漫漫坎坷人生路

刘维新 著

社会科学文献出版社
SOCIAL SCIENCES ACADEMIC PRESS (CHINA)

刘维新（60 岁）

刘维新妻子李桂兰（60 岁）

刘维新与妻子李桂兰（1993 年，温哥华）

刘维新一家（1971 年）

刘维新

刘维新与妻子李桂兰
（1983 年，谭柘寺）

刘维新（青海）

刘维新与妻子李桂兰

刘维新与女儿刘燕灵
（2018 年，日本箱根）

刘维新（1967 年前后，新疆）

刘维新（2018 年，日本北海道）

刘维新与家人（2016 年，日本东京）

刘维新与家人（2018 年，日本东京）

刘维新（2018 年，日本箱根湖公园）

刘维新与女儿刘燕灵（2016 年，日本池袋）

刘维新与家人（1999 年）

刘维新与妻子李桂兰七十岁寿辰（2006 年，北京同和居饭店）

目　录

序　言

由社会科学文献出版社出版的《刘维新解析城市经济学》（简称《解析》）一书出版后，社会反响很好，不少网络书店在销售，京东商城在不少网站都打出广告进行宣传。这本书原来有一章是介绍我的人生经历的，但后来考虑到要突出解析城市经济的内涵，尤其是突出“城市经济学是研究城市化、城乡关系及城乡融合的一门科学”，我毕生研究的重点也是围绕这个方面进行的，所以，专家在评定时就把介绍我个人经历的内容全拿掉了，这样更突出了学术性。

但《解析》出版后，有不少朋友向我建议还是把拿掉的那一章扩充内容出一本书，这样就和《解析》配套了。有朋友说：“你有那么多宝贵的思想、人生的经验，应该把它写出来。这不仅是你个人的总结，对青年人也是一笔精神财富。而且它们与你杰出的学术成就也就联系在一起了，做人与做研究很多时候是相通的，一个人的人品、思想和道德观念都会反映在作品里，为什么人服务也会得到反映。”在这样的背景下，我接受朋友的建议，又开始拿起笔来撰写《刘维新的求索人生》，后改为《漫漫坎坷人生路》，这就是这本书撰写并出版的背景和原因。

以我出版的著作和在社会上的影响度，可能有不少人还不知道，我是一位自学成才的专家，也许有些人不相信，但事实确实如此。这就是人们常说的“世上无难事，只要肯登攀”。应该说：“文凭是重要的，它反映了一个人的学习经历和成绩，但文凭不代表对社会的贡献，更不是他在事业上做出的成绩。能不能学以致用，关键是看工作后对社会的贡献。”

在写这本书时，我已近80岁高龄，开始心里也没有把握能否完成。抱着为后人负责的精神，我应该把我的人生经历和追求社会公平与正义，以及追求信仰不动摇的精神介绍给年轻一代，对他们也许还有点参考价值。于是我就又开始了写作。

苦难的童年时代

一　出生前的历史背景

我出生前的中国，正处在三座大山压迫下的半殖民地半封建的历史时期，是中国灾难最深重的历史阶段。

可以这样说，自1840年鸦片战争，中国的大门被英帝国主义用洋枪、重炮打开之后，再经过八国联军的入侵，中国就一步一步地走向半殖民地的悲惨境地。不仅香港、澳门被西方国家占领，还有不少沿海大城市，如上海、天津、武汉、广州等都设立了不同国家的租界地。尤其是日本的侵华思想，随着清政府的腐败衰落而逐步提升。

早在18世纪末，日本江户后期的经世思想家本多利明即在《西域物语》中大言侵华之词，宣扬侵占中国东北等地的论调。19世纪初，佐藤信渊又在《宇内混同秘策》中称："皇大御国乃天地间初成立之国，为世界各国之根本，皇国号令世界各国为天理。"[①] 根据此说法，日本应先吞并中国东北，再统战亚洲，最后吞并世界各国，其侵略扩张野心膨胀到了极点。而在第二次世界大战期间日本的所作所为正是这种思想的体现。这同目前日本首相安倍晋三想当亚洲领袖的思路如出一辙。日本侵占中国和亚洲的野心不死，很值得警惕。

---

① 鸿鸣：《甲午海战》，中国文史出版社，2017，第65页。

日本侵华、想当亚洲领袖的思想由来已久，起源于佐藤信渊，这也是日本挑起甲午战争的根源。1894 年 7 月 25 日，日本海军不宣而战，在半岛海域，突袭北洋海军运兵船，而挑起战事。8 月 1 日中日两国同时宣战。因为该年为中国的农历甲午年，所以，历史上称为“甲午战争”。甲午战争，日本战胜中国，腐败的清政府不仅签订了丧权辱国的《马关条约》，割让了台湾及其附属各岛屿，还给日本 2 亿两白银的战争赔款。

日本通过甲午战争，尝到了战争的甜头，这更加刺激了日本侵占中国的野心。正像日本前外务大臣井上馨所说：“在这笔赔款以前，日本财政部根本料想不到会有好几亿日元，日本的全部收入只有八千万日元。所以，一想到现在有三亿五千万日元（清政府的赔款折合成日元金额）滚滚而来，无论财政还是私人都觉得无比的富裕。”①

腐败卖国的清政府对日本侵略者屈膝投降割让国土和赔款，使得日本资本主义经济迅速发展起来，很快成为世界瞩目的经济强国，为日本发动第二次世界大战侵略中国奠定了经济基础，也更加助长了它侵占全中国和霸占亚洲各国的野心。

日本帝国主义由于在甲午战争中尝到甜头，于是又一次在 1931 年 9 月 18 日在中国东北挑起“九一八事变”。9 月 18 日这天，日本关东军炸毁了南满铁路柳条湖东段，并以此为借口炮轰东北军驻地北大营。虽然东北军兵力有 20 万，但因执行蒋介石的“攘外必先安内”政策，采取了不抵抗、逃跑的对策，使日本军仅用了四天时间就占领了整个东北三省，令数千万东北同胞沦为亡国奴长达十余年之久。当时东北不愿做亡国奴的民众大量涌向关内，成为难民。东北军采取不抵抗主义跑到关内，蒋介石将东北军调到陕西，让他们攻打延安，在打红军的过程中几次失利，迫使张学良最终认清了形势，发动了“西安事变”。

日本为什么一次次地挑起战事呢？一方面受《西域物语》和《宇内混同秘策》扩张主义思想的影响。另一方面，日本是一个地域狭小的岛国，资源十分匮乏。自古以来，日本人就对广袤的欧亚大陆向往不已，

① 鸿鸣：《甲午海战》，中国文史出版社，2007，第 126 页。

总想有一天能够在大陆上有立足之地。可是由于国小力弱，又受海洋限制，这种扩张的理想不能实现。随着社会发展，航海技术的进步，尤其是在甲午战争尝到甜头，日本吞并中国、霸占亚洲的野心越来越大，这就是日本发动太平洋战争的原因。

日本占领中国东三省之后，本想以此为起点，以“五族协和”与“王道乐土”作为侵占全中国的方针，逐步实现控制整个亚洲的野心。所谓“五族协和”就是借用孙中山提出的“汉、满、蒙、回、藏”的五族协和。日本将其改为“汉、满、蒙、日、朝”五族协和；所谓“王道乐土”则是迎合长期处于专制压迫下的中国人渴望“王道”政治，厌恶“霸道”的心理。也就是说，日本发动“九一八事变”是其起点，侵占整个中国是它的战略目标，因此，当时的“五族协和”与“王道乐土”，尤其是让清朝的末代皇帝溥仪当了“满洲国”的傀儡皇帝之后，就具有很大的诱惑性和欺骗性。

日本占领中国东北的历史背景，一是蒋介石实行攘外必先安内政策助长了日本的侵略气焰；二是在中国的南方，也就是从 1931 年到 1935 年底是蒋介石调动几十万军队，费尽所有心机，对井冈山解放区进行疯狂围剿，妄想彻底消灭共产党的时期。从第一次到第四次，都未取得成功，第五次围剿，由于毛泽东被剥夺了军事指挥权，导致红军遭到重大损失，并被赶出井冈山。正是这种背景给日本军国主义进一步侵占中国领土创造了机会。于是日本在 1931 年发动“九一八事变”之后，又在 1937 年的 7 月 7 日，再一次挑起卢沟桥事变，俗称“七七事变”，发动对中国全面占领的侵华战争。当年的 12 月 13 日，日本侵略军占领了当时中国的首都——南京，并制造了骇人听闻的“南京大屠杀”，一周内屠杀中国战俘和普通百姓 30 余万。

这就是我出生前后的历史背景。我出生后刚满周岁，就跟随母亲逃难，8 年求生经历在我幼年的心里刻下深深的烙印，应该说，这段苦难经历，对我整个人生产生了巨大影响，也成为我追求真理、艰苦求索人生的动力。

可以这样说，我坚强奋进的性格，刻苦耐劳的毅力，有理想、有信念、有追求的人生价值观的形成，以及我肯为追求社会正义和公平，信仰马列主义，站在劳动人民的立场上观察事物、研究问题、分析问题，都与我的出身及这段艰难的童年经历有关。

为什么在撰写本书时把日本军国主义侵略中国的历史事实重新告诉青年一代呢？一是由于各种特殊的历史原因，日本军国主义侵略中国的罪行至今未能得到认真的清算，导致日本青年对他们的先辈在侵略中国和亚洲各国中所犯下的罪行缺乏正确的认识。二是日本政府缺乏自省和承担，尤其是安倍晋三执政以来，否定日本侵略历史，复活日本军国主义的倾向十分明显。三是我们的后人未亲历那段苦难的历史，直到今天，已迟到了77年的国家公祭日才颁布，即将每年的12月13日，把日本人在南京大屠杀30万中国人民的日子作为“国家公祭日”。让中国人民永远不要忘记：日本侵略者曾从这一天开始，在几个星期里残暴地屠杀了已经放下武器的中国守城官兵和普通市民达30多万人，在侵占中国关内以后，8年时间，连同抗日阵亡的中国人就有3500多万，这在中国人的心里和中华民族的历史上留下了永远难以愈合的伤痛。四是我家有三口人死在“七七事变”后日本兵的屠刀下。让我们的后人永远不要忘掉这段日本侵略中国的历史，永远铭记在心。

二　家庭状况

1936年3月我出生在河北省武强县小范镇临滏村的一个贫农家庭。临滏村坐落在小范镇的东北角，相隔八华里的滏阳河边，俗称“码头、刘庄”。码头，有河西码头和河东码头之分。临滏村处在滏阳河河东，称河东码头。临滏村由何、李、刘三大姓氏组成，约150户，近700口人，后来分成三个村，隶属衡水市武强县管辖。

我的父亲刘文轩，十几岁丧母，在家曾读过几年的私塾，算是个有文化的人。奶奶病逝后由于家庭生活困难，父亲无法继续读书，被人介绍到河南洛阳的一家绸布店当学徒。我的母亲何秀梅，临滏村北边的小漳村人，小漳村隶属沧州市献县管辖。与父亲刘文轩结婚后，由于父亲在洛阳学徒也无法经常在家，因此，我母亲主要在家务农。当时我家只有一亩半耕地，养活全家十分困难，除爷爷给人打工外，主要农活和家务都落在母亲的肩上。

我的祖父刘永和，兄弟六人，他排行第二，过继给大伯，因此比其他几个兄弟生活略好点。其他几个兄弟全靠给人打工为生。

在1937年7月7日“卢沟桥事变”后，老大去西北逃荒，一直未归。老四与老五被日本人抓去当劳工，直到日本投降也没回来，死在什么地方都不知道。老六刘永德当时比较年轻，“七七事变”后，与本村的几个青年跑到太行山参加了八路军，一直在河北一带与日本人打游击。日本投降后，在国内解放战争时，在攻打石家庄的战役中被国民党飞机轰炸身亡（刘永德烈士之墓见图1）。

图1　烈士刘永德之墓

我爷爷的几个兄弟跑的跑，被抓的被抓，只有他留下来照顾家里及我的母亲和我们姐弟。日本鬼子扫荡时，爷爷就带着我们全家逃难。1939年的春天，我爷爷被日本兵抓到小范镇给日本人修“岗楼”，因为消极怠工被日本兵发现，日本兵用枪托猛打他的腹部，导致胃出血。晚上被老乡偷偷地送回家。那时也没有办法找医生，在家病了三天就去世了。当时我3岁，已经记事。爷爷死后，母亲找了几个人给挖了个坑就埋在刘家墓地里了，也无法通知在洛阳学徒的父亲，是我为爷爷打的幡、抱的罐。

我的爷爷被日本兵打死后，家里的生活就更加困难了，因为只有母亲带着我和姐姐、弟弟，还有我的一个小叔（只有6岁），每天艰难的生活着。这时日本兵还三天两头下乡扫荡，一听说日本人来扫荡，母亲就抱着弟弟，手拉着我和大我三岁的姐姐与小叔一起逃难，有时一跑就是到十几公里远的表亲戚家里躲避，提心吊胆地活着，没有一天的安生日子。一家人的生活负担全部落在母亲的身上。

我的外祖母家在沧州市献县小漳村，生活条件略好一点，离小范镇日本兵的“岗楼”也相对远一些，因此我经常住在姥姥家，与姥姥建立了比较深厚的感情。

我与父亲在日本侵占中国期间没有见过面，只是在日本投降后的1946年，父亲从洛阳去天津路过泊镇，母亲带着我去泊镇住了几天，这是我记忆中第一次见到父亲，因此与父亲很陌生，由于见面少，感情自然也不深厚。

三 颠沛流离的童年

在正常的情况下，童年是一个人一生中最美好、最无忧无虑的时期，因为不仅会得到母爱、父爱，还会得到整个社会中大家的喜爱。从幼儿园到小学，这个时期也是人一生中最值得记忆的时期。可是我没有赶上这样的时代，我赶上的是“国破家亡”、流离失所的时代，社会带给我的都是惊慌失措，悲伤、失落的记忆。我出生后刚满周岁就发生了“卢沟桥事变”，这是日本侵略军侵占中国东北三省之后，为侵占全中国又一次挑起的事端。

日本侵略军借助军事装备的优势，很快占领了北京（当时称北平）和天津，并从天津顺着大清河乘汽艇沿滏阳河南下，到达小范镇建立了据点，设立了“岗楼”[①]。以据点为基础，对周边村庄经常进行扫荡，每次扫荡都有大批妇女被强奸，男人被枪杀或被抓去当劳工。日本兵对一些村庄实行“三光政策”[②]。日本兵在扫荡期间，是无恶不作，给当地人民带来深重的灾难和痛苦。

日本侵略军三天两头扫荡，让人没有一天安定的日子过。我的童年就是在这样的环境中度过的。可以说我的童年有三个特点：①得不到一点正常人童年的温暖和安定，更别说童年的欢乐；②我的童年是在惊吓中度过的；③我是在流浪中学会说话和认识世界的。

尤其是在我 5 岁时，有一次在日本军扫荡中没有跑掉，被日本兵围困在一处，我看到日本兵将一个年轻的妇女扒光衣服，用绳子绑在梯子上，用火活活烧死……我看到一个人求生的挣扎。那个画面给我幼小的心灵刻上了深深的烙印，也刻上了永远无法抹掉的民族仇恨和创伤。从另一方面又给了我奋勇前进的源泉和动力。

我的童年，经历的是日本兵的追赶，看到的是日本兵的烧、杀、掠、夺，感受到的是爷爷被日本兵打死，我打幡抱罐为爷爷送葬的悲伤……这一切苦难磨炼了我坚强、奋进，不怕艰苦的性格，而求索与奋进成了我人生的动力。我认为国家必须要富强，才能不被人欺压；反对压迫和剥削，追求公平、正义成为我后来的人生追求和目标。

实践证明：一个人童年的生活环境，对他人生观的树立、性格的形成以及对人生的追求，都会产生深刻的影响。可见，童年时期生活的艰苦和挫折，对一个人的成长是有好处的，艰苦和挫折可以培养出吃苦耐劳、努力奋进的精神，相反，顺风顺水、娇生惯养下成长起来的孩子，真正成才的并不多，这是一条被实践证明的真理。

---

① “岗楼”是日本兵居住的地方。

② 三光是指：杀光、抢光、烧光。日本对农村扫荡时，曾广泛实行这种“三光政策”。

动荡的少年时代

一 西安事变与抗日游击区的形成

我的家乡处于太行山东部的抗日游击区，这个抗日游击区的形成，以及后来发展成“晋察冀鲁豫”抗日游击区的连成片，都与“西安事变”有关，因此了解“西安事变”形成的背景及其作用，对正确认识八路军、新四军在整个八年抗日战争中的历史贡献是十分必要的。

（一）西安事变发生的背景

1934 年 10 月 14 日，国民党蒋介石在南方发动了对井冈山解放区的第五次围剿[①]。共产党领导的红军在“左倾”路线的指挥下遭到重挫，被迫放弃根据地进行转移。红军从 8 万多人减少到不足 3 万人，被赶到贵州省，红军到达遵义后，中央召开政治局扩大会议，总结了王明等人指挥失败的教训。在周恩来、朱德等同志的推动下，又重新恢复了毛泽东的军事指挥权。红军在毛泽东的指挥下北上抗日。至 1935 年秋，经过两万五千里长征到达陕北革命根据地保安县吴起镇，与刘志丹、习仲勋领导的革命军队会师，从此以后，才真正对日本侵略军

① 第一次到第四次围剿，都在毛泽东、朱德的直接指挥下取得反围剿的胜利。后来受“左倾”思想影响，毛泽东的指挥权被剥夺，改由王明、李德等人指挥，最终造成第五次反围剿的惨败，红军被逼撤离井冈山。

直接进行游击战争。

日本侵略军在东北发动“九一八事变”，迅速占领东北三省以后并未满足，继续向关内延伸。东北军在“九一八事变”中采取不抵抗政策撤退到关内后，日本侵略军追到关内，东北军曾与日本侵略军发生过两次战役。一次是1933年1月的“榆关战役”，东北军失利导致山海关失守；另一次是“热河战役”，东北军又一次失利导致承德失守。在此背景下，张学良引咎辞职，出国考察。回国后，东北军被调到陕北剿共。

1935年9月蒋介石自任西北剿共总司令，张学良任副总司令。据历史资料记载，当年的10月，东北军与中共军队交锋，进行的两次战役均遭到惨败。一次是王以哲的67军110师两个团和师部被歼，师长何立中战死，团长裴焕彩被俘；一次是榆林桥战役，107师和619团全部被歼，团长高福源和不少士兵被俘。还有一次是东北军精锐部队109师孤军挺进陕北的关起镇，红军仅以800多人的伤亡就杀、伤、俘6000多东北军士兵。

在剿共的过程中，东北军先后6次偷袭红军，结果都没有成功，后来张学良才醒悟：“当地的老百姓都已经成了中共的眼线，东北军的一举一动他们都看在眼里，张学良深知已陷入中共人民战争的汪洋大海之中。”他曾对蒋介石说：“共产党有老百姓支持，你我都没有。”这是因为，中国共产党领导的军队是人民的军队，它与人民是心连心的，军队与人民是融合在一起的，人民军队是代表人民利益的。

东北军剿共连续失败后，1936年12月蒋介石又亲自到西安督战，引起张学良对内战的反感，成为张学良发动“西安事变”的起因。支持张学良发动“西安事变”的有两大思想基础：一是他认为剿共也是内战，都是中国人打中国人，今天打明天又和好了，都是中国人何必呢。二是他认为蒋介石用类似的西北军和东北军这样的“杂牌军”来剿共，是一斧两砍，剿共的全部损失及一切弹药、经费、人员，南京政府均不给予任何补偿。这两个思想成为张学良发动“西安事变”的思想基础。但更主要的是张学良放弃东北三省，使几千万东北人民沦为亡国奴，他良心上受到谴责！

当时杨虎城是什么心态呢？一是“九一八事变”日本侵占东北，他对日本仇视，抗日心切；二是对蒋介石的“攘外必先安内”政策不满；三是他从德国订购的10万支钢枪准备抗日派上用场，却被蒋介石在洛阳机场扣留，尤其是对将西北军放在剿共的最前线深感不满。当张学良将“兵谏”的想法与杨虎城交谈后，两人一拍即合，这就导致了“西安事变”的发生。

（二）“西安事变”的意义与作用

张学良与杨虎城将军在西安“兵谏”扣压蒋介石以后，向全国发出了关于救国八项主张的通电，提出：改组南京政府，容纳各党各派，共同负责救国，停止一切内战，立即释放上海被捕的爱国领袖，释放全国一切政治犯，开放民众爱国运动，保障人民集会结社的一切自由，确实遵行孙总理遗嘱，立即召开救国会议。通电发出后得到全国人民的强烈拥护。中共得知扣押蒋介石后，毛泽东迅速派周恩来前去调停。全国上下不少人主张杀掉蒋介石，尤其是解放区的人民，有的干部提出：“蒋介石杀了我们那么多同志，将他千刀万剐，也难解心头之恨。”当时毛泽东有段生动形象的讲话：你们大家的心情可以理解，正因为我们要报仇雪恨，我们更不能感情用事。杀了蒋介石，只能引起更大规模的内战，中国人打中国人，日本侵略军占领中国岂不更容易、更便宜了？

当时有人担心，如果蒋介石不谈判，不接受张、杨的抗日主张怎么办？蒋介石心狠手辣，毫无信义可言，放了他，他会抗日吗？对此，毛泽东做了生动形象的分析。他说：日本侵略者、国民党内的亲日派，他们唯恐我们不会杀掉蒋介石，而蒋介石又最怕死，在这种生死攸关的时候，蒋介石会认识到抗日则生，不抗日则死。再加上宋氏兄妹的劝说，蒋介石肯定会接受张、杨二将军的抗日主张。陕北的毛驴很多，毛驴驮了东西是不愿上山的，我们就采取对付毛驴的办法来对付蒋介石——拉他，推他，再不走就打他。当然喽，要拉得紧，推得有力，打得得当，驴子就被赶上山了。当前，日本帝国主义和中华民族是主要矛盾，我们党领导人民抗战是主要矛盾的主要方面，起决定作用的是我们，国共合作一致抗日是大势所趋。但是，驴子是会踢人的，我们要提防他，这就是既联合又斗争。从以上讲话，不难看出，毛泽东的伟大胸怀，是以国家、民族的长远利益为出发点，不记私仇。

西安事变的历史意义和作用很多，可体现在不少方面，但主要的是逼迫蒋介石暂时放弃了剿共和“攘外必先安内”政策，实现了第二次“国共合作”，形成全国共同抗日的局面，建立了抗日统一战线。这为中国共产党领导的军队北上抗日奠定了基础，创造了条件。为后来的晋、冀、鲁、豫大片游击区成为抗击日本帝国主义对中国的侵略的最前线做出了历史性的贡献。可以这样说，没有西安事变，就没有真正的抗日最前线，也没有在日本占领区域背后形成的大片抗日游击区，必须要让我们的后人正确认识和理解这段历史。“西安事变”，张学良、杨虎城两位将军是做出了历史性贡献的，任何时候都不能否定。

（三）抗日活动的开展

在全国强大的舆论压力下，并在中国共产党积极的调停下，西安事变得到和平解决，蒋介石被迫接受了张、杨二位将军提出的八项条件，实现了全国统一对外抗日的国共第二次合作，建立了抗日统一战线。暂时停止了剿共，停止了“攘外必先安内”的政策。这为中国共产党领导的人民军队开辟抗日前线创造了条件。因为在此之前，红军到陕北后，就被蒋介石派出的剿共西北军和东北军组成的剿共军队围困在陕西境内，无法开赴抗日最前线。东北军与中共军队交手失败，西安事变之后，共产党领导的军队改编为“八路军”、“新四军”，才真正开赴抗日第一线，并在日本侵略军占领区开展游击战争。

“七七事变”以后，日本侵略军先后占领北京、天津、石家庄，并向山西、河南挺进。中国共产党领导的八路军向山西挺进，对日军进行了有力的抵抗。尤其是“平型关战役”取得全胜之后，打破了“日本侵略军不可战胜”的神话，大大鼓舞了中国人民的抗战情绪，在全国展开全面的抗日。华北地区的游击区迅速从山西扩展到河北一带。我的家乡成了重点游击区。“地雷战”、“地道战”都发生在这一地区，这对我的成长，尤其是我人生观的形成产生了深远的影响。

二　在抗日游击区度过的少年时代

“西安事变”以后，实现了国共第二次合作，建立了抗日统一战线，为抵制日本的侵略创造了条件。日本军国主义发动了“七七事变”之后，向华北地区全面进攻，这为中国共产党领导的八路军向东扩展开辟抗日游击区创造了条件。

（一）游击区的抗日活动

中国共产党是无产阶级的政党，代表工人、农民的根本利益，因此，他与人民群众血肉相连，解除人民群众的痛苦，抵抗日本的侵略是它的基本宗旨。当时是采取什么方式组织农民、扩展抗日游击区的呢？一是建立以贫下中农为主体的“农会”，将贫下中农组织起来；二是建立妇救会，把农村妇女也组织起来。我的母亲就是妇救会的会员，不仅自己积极参加妇救会的活动，还积极动员周边村的妇女抗日救国，为游击队做军鞋等，经常带着我一起去参加活动，这些活动对我幼小心灵的影响是很大的，强化了我的爱国情操。

“七七事变”之后，日本军顺着大清河，沿着溢阳河，乘汽艇到达了小范镇，并在小范镇设立了据点，建立了“岗楼”，并对周边的广大农村进行扫荡。最初的几年应付日本侵略军扫荡，大都是有人提前报信，让大家逃离，待扫荡过后再回来，以减少损失。因为日本军扫荡时，烧、杀、掠、夺无恶不作。后来日本为扩大扫荡范围，抓了不少汉奸充当伪军，老百姓叫“二狗子”，给日本人扫荡打前阵。共产党利用这个机会，也派了一些“卧底”去当“二狗子”，以便随时掌握日本人的动向。老百姓叫他们“两面人”，白天是日伪军，晚上是共产党。利用“两面人”透露的信息，扫荡时，老百姓早就躲避起来，使日本军的扫荡空手而归。应该说，这也是一种很好的斗争方式。

（二）耳濡目染家乡的抗日活动

随着抗日游击区的扩大、农民抗日情绪的高涨，对日军斗争的方式也不断改变。尤其是经共产党领导的八路军在平型关战役中取得胜利之后，极大地鼓舞了广大人民的抗日斗志和抗日信心。因此，游击区的农民也开始从逃跑应对“扫荡”，发展到直接与日军对抗。

大约在1939年前后，我的家乡各村都开始挖地道，形成村村相连的地道网①，并建立了武装民兵。当时民兵基本是采用两种斗争形式：一是日军一来打，就钻地道，使日军摸不着头脑；二是破坏日军的建设。我记忆比较深的是：日本军修建“沧石铁路”（从沧州到石家庄的铁路），日本军白天修，晚上就被游击队拆掉，这条铁路最终也未建成。这些举动有力地抵抗了日本侵略军的扩张，有力地打击了日本侵略军的气焰。

我的整个少年时期，都是在这种“动荡”、“斗争”的背景下度过的，我没有见过国民党的军队，从开始记事起，就是日本侵略军和抗日游击队。这种背景锤炼了我的意志、培养了我不怕苦的斗争精神，增强了我的爱国情操。

三　日本投降后家乡的土地制度改革

日本投降的1946年，晋察冀解放区已经连成片。日本鬼子投降后，这些地区的人民除了敲锣打鼓庆祝胜利外，进行的第一项工作就是在共产党的领导下开展土改运动。就全国来讲，土改前，80%的土地都掌握在地主、富农手中，多数农民没有自己的土地，靠给地主当雇工（也称“长工”），或租用地主的土地，每年向地主交租维持生活。

我的家乡是比较贫困的地区，土地的质量也比较差，盐碱地很多。

① 这个地区村与村之间距离大都在三华里左右，处在平原地区，地层松软，挖地道较容易。

因此，我们村里没有恶霸地主。有一户开明地主，他是支持共产党抗日的，在天津还有绸缎庄，人们称他是“开明绅士”。“七七事变”后，因为日本侵略军经常下乡“扫荡”，这个地主全家都跑到了天津，家里只剩下一个管家。日本投降后，听说家乡搞土地改革，他就主动把自己的土地交给了村里的农会。另一户地主土改时，家里的土地已经卖光了，所以最后只定了一个“破落地主”。

可以说，土改在我的家乡，没有经历过像其他地方那样激烈的阶级斗争，也没有斗过地主，是非常顺利、和平的完成的。

我家经过这次土地改革，重新分得六亩耕地，加上自家原有的一亩半地，共七亩半地，还分得一头牛，三家共养，改变了以前半流浪的处境，基本生活有了保障。我父亲在日本投降以后回过一次家，是因为从洛阳调到天津工作，路过家乡，但只在家住了几天就走了。这是我第一次在老家见到父亲，显得格外生疏，我不敢正眼看他，紧紧拉着母亲的手从侧面偷偷地观察着父亲。他性格内向，对我也不亲近，我看着他那严肃的面孔，心中略略有些恐惧。这次，父亲带回二斤白砂糖，母亲把糖放在衣柜里，那时我们没有零食吃，也没见过这么多的糖，于是我每次放学回家都偷偷抓一把放在嘴里，那时农村孩子哪儿见过糖呀，我从来没吃过这么好吃的东西，不到一个月就把糖偷吃光了。母亲发现后，搂着我心痛地说：“孩子，这要把牙吃坏的呀！”

我当时 9 岁，姐姐 12 岁，我还有一个小叔 14 岁，家里家外的活计，都落在母亲身上。勤劳朴素的母亲在自己的土地上起早贪黑地劳作，从无怨言。我除上学外，放了学就到田地里帮母亲干农活，在地里锄草、割草喂牛，从那时体会到了“谁知盘中餐，粒粒皆辛苦”的道理，养成了勤劳节俭的好习惯。应该说，这个时期是农民最欢心的时期，是从奴隶变为主人的时期，自豪感印在每个农民的脸上，这种笑是发自心底的。没有剥削，没有压迫，人人平等，和睦相处，就像一家人似的相互关心和爱护。我家没有壮劳力，到农忙时节，邻居都主动来帮忙。那时候，解放区的人民都在唱着：“东方红，太阳升，中国出了一个毛泽东，他为人民谋幸福，他是人民的大救星……”农民对共产党和毛主席的崇拜是发自内心的，是没有任何外力推动的。

谁知好景不长，当人们还沉浸在日本投降后的喜悦和土地改革胜利的时候，蒋介石在美国的支持下，又发动了违背民愿的内战。在美国空军的支援下，“七七事变”后跑到南方的国民党军队被运回北方的大城市，接受日本的投降，享受现成的抗日成果，还不准在前线抗日的八路军接受日本侵略军的投降。如北京、天津、沈阳等城市。与此同时，还派胡宗南的几十万军队进攻解放区的心脏——延安。当时，全国人民对蒋介石发起的内战非常反感，青年都踊跃报名加入八路军，打倒蒋介石解放全中国的呼声日益高涨。

蒋介石恐怕做梦都没有想到，他自己违背“重庆谈判”精神，撕毁“国共合作”协议，自己挑起的这场内战，不到三年，在他手中的800万军队就彻底被打败（实际上是大批人都投向解放军），自己也被赶到台湾。中国共产党领导人民解放军，用了不到三年就解放了全中国，成立了中华人民共和国。那时，我刚刚12岁，有些事似懂非懂，但我知道肯定是好事、是大事，于是我和我的好朋友一起到小茆镇参加了新中国成立的庆祝活动，并听到了毛泽东主席在天安门宣布“中华人民共和国中央人民政府成立”的声音。

四　迟到的学习机会

日本投降后，村里利用地主交出的砖房四合院办起全村第一所中心小学（称完小），县里给派来一位姓贾的老师到村里，这是全村“七七事变”以后，办起的第一所学校。

日本投降了，人民可以安定生活了，我9岁才进入学校，所以非常珍惜这次晚来的学习机会。我刻苦认真地学习和钻研每一门课程。县里派来的这位贾老师要求学生也非常严格。除了学校规定的课程外，还教学生打珠算、写毛笔字。当学生写毛笔字时，贾老师认真地检查每位学生，看拿笔的方式，要求笔尖、眼睛和纸要形成一条线。打珠算也是非常严格，贾老师给学生出数字题目，要求几分钟内就要算完……这些，给我打下了良好的学习习惯和扎实的学习基础。

我在课堂上，基本都能达到贾老师的要求。因为我非常珍惜这来之不易的学习机会，所以在学校下课以后，几乎每天晚上回家都在煤油灯下自己练习写字和演练珠算的打法。每次都是在母亲再三催促下才上床睡觉。由于我在学习上刻苦努力，每次考试都是全班第一名或是第二名。我多次在全校受到表扬，还受到了贾老师各方面的关怀和照顾。

有一次县里组织各村的学校举行运动会，临滏村小学的学生也去参加了。在举行运动会过程中突然下起了大雨，学生全部被淋湿了，由于受冷水的刺激，我突然腹泻，结果未参加完运动会就被送回家了，病了一周才好，因此耽误了不少课程，后来贾老师每天下课后都到家里给我补课。我和母亲都对贾老师的认真负责和热心帮助非常感激，那时的老师关心学生，就像关心自己的孩子一样，师生间相处得亲密无间。

我在学校学习的 6 年中每次考试都保持在前三名。我除了学习外，赶上农忙时节，每天下课后还帮母亲在地里锄草、给牛砍草、担水，深知母亲撑起这个家不容易。当时很少去玩耍，也许是因为家境的原因，我显得比其他同龄人成熟。

在读小学的最后一年，我毕业考试获得了全班第一名。贾老师饱含感情，亲切地拉着我的手说："你应该继续学习。"（当时农村还没有中学）因此，贾老师向我的母亲建议："你应该让孩子去天津找他父亲继续读书，他很有前途。"也许就是这个缘故，母亲就让一个刚满 15 岁的孩子，离开了家，独自去了天津。我至今还清楚地记得离开家那天的场景：母亲和姥姥把我送到村口，母亲挽着我的手千叮咛万嘱咐，依依不舍；姥姥含着眼泪默默地看着我。我看着年迈的姥姥和朝夕相处的母亲，心里非常纠结，既舍不得离开亲人、离开故乡，又想走出去闯一闯，见见世面，最后狠下心，还是离别了亲人，走上了我人生的新征途。

贾老师对我的关怀和爱护使我终生难忘，我从天津第一次回家还专门到学校看望了贾老师。也许是贾老师的鼓励使得我一直坚持业余学习，一直到中央广播电视大学毕业。遗憾的是当我到北京工作后，多次寻找都未见到贾老师，那时他已退休还乡了。

拼搏奋进的青年时代

一　抱着求学的愿望进入天津

母亲认同了贾老师的建议，同意让我去天津找父亲。因为她不会写信，那时交通也非常不方便，无法与丈夫联系，怎么让儿子去天津呢？她犯了愁。一个刚满 15 岁的孩子让我自己走不放心，正在犯愁的时候，听说本村刘树旺从天津回来看他父亲，春节后回天津。我母亲知道这个情况后赶紧找到刘树旺商量，问他是否愿意把我带到天津找我父亲。哪知刘树旺与我父亲很熟，经常见面。因此，刘树旺一口答应带我去天津。

那时，天津刚解放不久，是恢复时期，小范镇到天津还不通汽车。从小范镇到天津只有两条路：一条是乘坐马车从小范镇到泊镇，再从泊镇转乘火车去天津；另一条路就是乘船去天津（木船）。最后刘树旺选择了乘木船带着我去天津。

1951 年春节刚刚过后，我母亲赶紧为我准备了几件衣服。临送我去小范上船时的早上，还特地为我做了一次大米和小米混合在一起的米饭，这是当时在农村很少能吃到的食物，那个味道我至今还清楚地记得，感觉非常香甜。

母亲和姐姐一起把我送到小范镇，临上船时，特意到饭店给我买了一盘炒饼，眼里饱含泪水地看着我吃炒饼，说：“你一个人在外要多注意身体，照顾好自己，以后，有机会妈妈去看你。”这是我长到 15 岁第一次离开母亲。这次炒饼给我的记忆特别深刻。母亲拉着我的手，千叮咛万嘱咐，把我送上了船，目送着船离开岸边，船走了很远几乎看不到了之后，才离开。船是从南向北顺水行走，小范镇离小漳村约有 10 华里。走了一个多小时，船快到小漳村时，老远我就看见姥姥已经在河边等待，这时刘树旺告诉船夫在河边略停片刻，并说：“这孩子姥姥来送他！”船停在河边，姥姥就过来了，搂了我半天才说：“孩子，你一个人出门在外，就靠自己啦，注意身体。”这时我的眼圈都红了，但没有哭出来。大约有半小时，刘树旺过来催促我，我于是和姥姥告别，船就开了。我含着泪水望着河边站着的姥姥，一直到看不见姥姥了才坐回座位上。

船顺着滏阳河北上（顺水）经大清河进入天津河北区的一个大清河码头，走了一天一夜才到达天津。这是我第一次进入城市，一上码头看到满街都是人，因为是个傍晚，街上的霓虹灯都亮起来了，真不知看什么啦，眼花缭乱，东张西望。这时刘树旺招手叫来了一辆人力三轮车，把我送到父亲单位后，他就走了。

这是我长到 15 岁第三次见到父亲。一次是 3 岁时在泊镇，第二次是日本投降后，我 10 岁时父亲在家住了一周，这是第三次，所以显得很生疏，没有多少话说。这次来到父亲身边，我只是说：“小学毕业了，贾老师建议让我到天津继续上学。”

当时，我父亲在天津大和酒厂当业务推销经理，自己在天津也没有住所，就在酒厂办公室搭了一个铺睡觉。见到我去找他，实际也很为难。说让孩子继续读书吧，自己没有条件，所以，父亲对我当时提出上学的要求没有做任何表态，就让我睡觉了。第二天父亲领着我到市里转了一圈，给我买了一身衣服，玩儿了一天，第二天就把我送到天津南市一家叫顺发永的酒店里去当学徒。求学的梦就这样破灭了。我从小和父亲接触很少，对父亲很惧怕，不敢反抗，只好去当学徒。但我心里很不服气，可也没有别的办法，只好暂时在这里待下来。

学徒的生活很苦，不仅要服侍经理、老板，就连比我先来的师兄也得服侍。这个店铺是个三层小楼，一层是营业厅，二层和三层住人。经理住三层，员工们都住二层。这个店只有几名员工，我是最小的，早晨起来后，我先要生火做饭，买早点，然后打扫店铺的卫生，一切杂活都落在我的头上。这个店铺处在慎义大街中间，坐北朝南，对面是共和戏院，向西离南马路的南大街不远，南马路的南大街就有一所中学。我看着和我年龄差不多的孩子上中学，心里特别羡慕，有时我把杂活做完之后，就偷偷溜出店铺，跑到中学偷听老师讲课。

慎义大街，就处在天津南市地区，因为南面是法租界，东西是英租界，还靠近日租界，只有这个地方属于中国管辖，所以天津被日本占领后，这个地方就没有人管。所以，老百姓称为“三不管”地区。解放前这个地区做什么的都有，说书的、卖艺的、要杂技的，大都集中在这个地区。戏园子、妓院、烟馆都有，地痞、流氓也在这个地方称王、称霸，可以说这是个“五毒俱全”的地方。

天津是用战争的形式解放的。解放以后，党中央派黄敬任首位市长。南市“三不管”是重点整顿区域。在肃清反革命的基础上，首先关闭了烟馆，其次将妓院里的妓女集中起来进行培训和教育，然后将这些人分配到纺织厂。应该说，当时妓院里的妓女，大都是贫困家庭出身，被逼无奈才进入妓院的，有不少也是被拐卖进去的。这些人经过培训教育，大都成为自食其力的劳动者。

我到顺发永酒店学徒时，这个地区正处于被改造的时期，旧社会遗留下来的各种势力的影响仍然存在，所以，显得很乱。我五姨夫在天津西站一个纱厂当技术员，知道我到天津之后，经常来看我，并告诉我：“这个地区比较乱，与人接触要特别小心。”我的父亲因为很忙，也很少来看我，因此，我内心特别孤独，五姨夫成了我最亲的人。

这个地区经过整顿，尤其是“镇反”运动之后，共产党在这个地区逐步建立起了工会和共青团组织，由于家庭出身好，祖父又是烈士，我很快就被和平区工会吸收为会员，之后，我经常参加工会组织的社会活动。随着肃清反革命运动的进展，社会秩序继续好转，加之国有企业的建立与发展，对私营企业的改造逐步加快，不到三年时间，吸毒和妓女问题都得到了彻底解决，社会主义改造也逐步提到议事日程。至1953年底，天津基本上解决了旧社会遗留下来的大量失业问题，各项工作逐步开始步入健康发展的轨道。

二　边做学徒边勤工俭学

我到天津一年以后，姐姐刘素芬经人介绍嫁给河西码头的李国强为妻。李国强在天津一家机械厂里工作，与我姐姐结婚后，就把姐姐刘素芬带到天津。在天津大沽租了一间不足十平方米的小屋。我姐姐到天津不久，就被天津国棉一厂招去当了纺织工人。

我在天津第一次见到姐姐是在南市大舞台戏院胡同口。见面后，姐姐抱着我大哭了一场。这是我离开家乡离开母亲之后，第一次见到亲人。姐姐问我这一年在天津怎么样，我说不喜欢在这里工作，希望能读书，要姐姐帮助我。姐姐与父亲也很陌生，不敢向父亲提什么建议。但是，姐姐支持我去夜校学习。

解放前的旧中国，文盲比例很高，在天津工作的人大都文化水平不高。因此，天津解放以后，在工会组织的领导下，办起了各种不同的职工业余学校，主要目的是提高广大人民的文化素质和工作能力。在此背景下，我在姐姐的支持下考进了天津市和平区第三职工业余中等学校，开始了边工作边学习的勤工俭学。

在考上夜校之前，我与姐夫还发生了一场争执：姐夫李国强反对我上夜校，认为一个十几岁的孩子，白天要很早起来打扫卫生、生炉子、售货，晚上还要上夜校读书到夜里十一点，从东车站自己骑自行车再回到店铺就快十二点了，太累了，怕我受不了。但我坚决要上夜校继续学知识，我说："我不怕累，我能坚持。"就这样，在姐姐的支持下，我开始边工作、边上夜校。尽管很辛苦，但我非常珍惜这次难得的学习机会。

这期间，我不仅每周一、三、五晚上自己骑自行车到东车站附近的第一文化宫的夜校学习，二、四、六还经常到区工会参加各种活动，在工会干事李锦同志的帮助下，我思想进步很快，16 岁就被吸收为中国共产主义青年团。成为一名光荣的共青团员。

我在上夜校期间，克服了很多困难，以顽强的毅力，在完成工作之余还完成了夜校的各种学业，坚持了三年的刻苦学习，各项成绩考试合格，终于拿到了初中毕业的文凭，实现了继续学习的愿望（见图 2）。人就是这样，一个人只要有梦想、有决心、有毅力，不断努力，就没有不能实现的梦想。

畢業證書
查學員劉維新年十七歲
河北省武清縣人現在本校高級班
修業期滿成績及格准予畢
業此證
校長
公元一九五三年十二月

图 2　初中毕业证书

夜校学习不仅提高了我的文化水平和知识，更重要的是锤炼了我的意志和进取的决心，这为我以后的工作奠定了基础。

经过艰苦努力，我获得的这张文凭不仅仅是一张纸，更是向前进步求索的志气和信心的体现，是永不满足、上进追求的表现。一个人有追求、有梦想、有目标，人生才有动力。这是一个人能否成功的起点，也是我人生转折的开始。至此之后，我不仅把大量的精力用在看书学习上，这期间我看了不少中国的古典小说，如《红楼梦》、《水浒传》等，进一步提高了我对学习的兴趣，也更加积极地去参加一些工会组织的活动。在工会干事李锦的帮助下，我成为天津市和平区工会的积极活动分子，在参加工会的活动中，我不仅加深了对共产党和马列主义知识的了解，更提高了判断和分析能力，这为我后来参加“三反”“五反”运动奠定了基础、创造了条件。尤其是后来我亲自参加工会组织的“五反”运动，并参加了对资本家偷税、漏税等问题的揭发和“打虎队”的斗争，通过运动提高了政治觉悟。这段业余学习与政治活动的历史对我后来的成长起了很好的推动作用。

三　加入共青团与参加“三反”“五反”运动

我是 1952 年加入共青团的，当时天津正在开展“三反”“五反”运动。除镇压反革命外，这是新中国成立后开展的第一个有群众参加的政治运动。为什么开展这场运动呢？起因是 1951 年 11 月 30 日中共中央根据同年秋季全国工农业战线开展的爱国增产运动中揭发出来的大量贪污、浪费现象和官僚主义问题，向全国指出：必须严肃地注意干部的贪污行为，注意发现、揭发和惩处。当年的 12 月 1 日中共中央下发《关于实行精兵简政、增产节约，反对贪污、反对浪费和反对官僚主义的决定》，这个文件把反贪污、反浪费、反官僚主义作为贯彻精兵简政、增产节约这一中心任务的重大措施，要求普遍检查贪污、浪费和官僚主义问题（简称“三反”）。1952 年 1 月 4 日，中共中央发出《关于立即限期发动群众开展“三反”斗争的指示》，要求各单位立即按限期发动群众开展斗争。很快，在全国出现了一个群众性的检查和揭发的高潮。在“三反”运动中暴露出很多不法资本家有向国家干部行贿、偷税漏税、偷工减料和盗窃国家经济情报等行为。在这种背景下，又提出“反行贿”、“反偷税漏税”、“反偷工减料”、“反盗窃国家经济情报”、“反盗窃国家财产”的所谓“五反”运动。“五反”运动，主要是在私营企业中进行。

1952 年 1 月 26 日，中共中央下发《关于在城市中限期开展大规模的坚决彻底的“五反”斗争的指示》，要求向违法资本家开展一场大规模的“五反”运动。1952 年 2 月上旬，“五反”运动就在全国轰轰烈烈地开展起来。当时我被区工会抽调到“五反”运动的“打虎队”中去当了一名队员，面对资本家的“五毒”进行了面对面的斗争，这对我的思想进步、对社会以及对共产党的认识影响都很大。

“三反”“五反”运动是 1951 年底到 1952 年底在党政机关工作人员中开展的“反贪污”、“反浪费”、“反官僚主义”和在私营工商业中开展的“反行贿”、“反偷税漏税”、“反偷工减料”、“反盗窃国家经济情报”、“反盗窃国家财产”斗争的统称。“三反”、“五反”运动的目的，是打击资产阶级的糖衣炮弹对革命干部的侵蚀，消除党内蜕化变质分子。提高广大干部和群众的思想觉悟，树立正气，推动社会对资产阶级的社会主义改造进程。历史经验证明：经过这次运动，这一目的完全达到，社会风气得到极大的改变。一个没有压迫、没有剥削的新社会已经露出曙光。同时，这次运动也为国民经济的恢复及后来的第一个五年计划的实行奠定了很好的社会基础和社会环境。

“三反”运动时间不到一年，但成效非常显著。不仅教育了大多数干部，挽救了犯错误的同志，清除了党内和国家干部中的贪污腐败分子，还有力地抵制了旧社会遗留下来的腐败恶习，树立了国家工作人员廉洁、朴素、为人民服务的工作作风。在“三反”运动中毛主席亲自批准枪决刘青山、张子善之后，几十年未出现过大的贪官和腐败现象。更主要的成就是通过运动，展示了执政党为人民服务的决心，使人民更加贴近共产党。

“五反”运动，不仅提高了广大群众的思想觉悟，看清了资本家唯利是图的本质，也打退了资产阶级的疯狂进攻，为后来对资本主义工商业的社会主义改造打下了坚实的基础。通过“五反”运动，不仅加快了国有企业的发展速度，也加快了对资本主义工商业的改造步伐，为后来全行业的“公私合营”创造了条件。

我通过参加这次运动，不仅学到了很多原来没有学过的知识，如《共产党宣言》和《哥达纲领批判》等马列主义著作，提高了政治觉悟和思想水平，为信仰社会主义和共产主义，追求社会公平、正义奠定了思想基础，同时也提高了分析、判断和工作能力。

我参加“五反”运动期间，也正在天津文化宫第三职工业余中等学校学习，工会组织的政治学习与文化学习相结合，对我思想上的进步，人生观、价值观的形成都产生了深远的影响，这段时间的经历使我终生难忘。

应该说，这个时期的政治运动，以及业余的文化学习对我的前途产生了很大影响，这与工会干事李锦同志对我的帮助和提拔是分不开的。正因为有了这样一段经历，也就为我碰到机会调到北京创造了条件。

四　巧碰机遇进京，思想文化进一步提高

“三反”、“五反”运动的胜利，极大地提高了干部和人民群众的政治觉悟及工作的积极性。也可以说，经过这次政治运动，广大人民群众真正看到了共产党执政的目的，是全心全意地为人民服务的。通过这次运动才真正把4.5亿人民团结在毛泽东思想的旗帜下，上下一呼百应。这是近百年来，中国人民第一次把人民的精神凝聚在一起。这种精神是战胜一切敌人的法宝，是取得胜利的源泉，这就是毛泽东思想，我们永远都不能抛弃。

正是在此期间，美帝国主义纠集了18个国家，并以联合国的名义发动了侵略朝鲜的战争，面对强大敌人的疯狂进攻，毛泽东的胆识让麦克阿瑟头脑清醒；麦克阿瑟正想祝贺胜利的时候，做梦也没想到已经打到鸭绿江江边的美军，却被“小米加步枪”的中国人民志愿军赶回“三八线”以南，从此，中国人民真正站起来了。这就是精神力量取得的世界奇迹。人是需要精神和灵魂的，再有钱没有精神和灵魂也是一片散沙，是提不起来的一摊泥巴。

抗美援朝战争，不仅没有影响中国生产力的发展，却极大地提高了国内生产力。三年经济恢复顺利完成，旧社会遗留下来的吸毒、娼妓在国民经济恢复期间就已清除得干干净净，并基本解决了旧社会遗留下来的失业问题。新中国成立后，在进入第一个五年计划期间，就基本实现了人人都有工作的梦想。

中国在抗美援朝取得胜利之后，就开始了第一个五年计划，并开始建设“156 项”工程。在这种背景下，北京中共中央机要局八处到天津招人，条件比较严格，一是要出身好，二是要思想比较进步。和平区工会干事李锦知道这个信息后，给我打电话问我是否考虑去北京工作。我同意李锦的建议，经过考试和审查后，我被录取了。就这样，我去了北京。这是我的第一次工作调动，也是人生中的一个重要转折。我怀着对新生活的向往，告别了父亲和姐姐，孤身一人来到首都北京机要局八处。

我到北京后的工作、学习和生活环境发生了根本性的变化。我被分配住在集体宿舍，是有暖气的楼房，用不着生火炉取暖，吃的是集体食堂 8 人一桌，与天津相比有天壤之别，这种变化使我感到特别满足，我十分珍惜这份工作，不仅工作上积极努力，凡是碰到学习机会我从不放过，机要局八处自己就有夜校，还有专职教员。我到机要局工作的当年，就参加了高中课程的学习，三年时间完成了高中全部课程的学习。由于我工作积极努力，学习、思想进步很快，多次受到领导的称赞和表扬，年终还被评为中央机关青年积极分子。

我在机要局工作时，就已成为申请加入共产党的积极分子，经常听有关马列主义学说方面的报告。1959 年中共中央机要局与总参机要局合并，精简人员，我被分配到中国科学院，先后在科学院出版社、印刷厂、院机关工作。并在 28 岁时加入中国共产党，成为中国科学院的干部培养对象。

1964 年我考入了北京电视大学中文系，经过四年的刻苦努力，以优异的成绩完成学业，“文革”后，1980 年补发了毕业证书（见图 3）。

我在北京电视大学学习期间，曾在《北京日报》、《北京晚报》等

毕业证书

刘維新 同志在本校中文系经肆年学习，已学完该系规定的课程，成绩及格，准予毕业。

证书登记中字第　号

北京电视大学

代

一九八〇年十一月廿八日补发

图 3　大学毕业证书

报刊上发表散文、诗歌 20 余篇，并阅读了中外的许多名著，如《三国演义》、《水浒传》、《西游记》、《红楼梦》、《钢铁是怎样炼成的》、《战争与和平》等。奥斯特洛夫斯基的名言："人最宝贵的是生命，生命每个人只有一次。一个人的一生应当这样度过：当回忆往事的时候，他不会因虚度年华而悔恨，也不会因碌碌无为而羞愧……"这句名言成为我人生的座右铭。在电视大学学习的四年里，我的文学水平与写作能力有了极大的提高，人生观与世界观也逐步形成。这为我后来事业上的成功奠定了基础。

20 世纪中期，我被推荐到中国科学院怀柔干部学院脱产学习科研管理一年。在这一年中我不仅学习了科学发展史、哲学、管理学的基本知识和理论，还较为系统地学习了毛主席的《矛盾论》和《实践论》等哲学著作。经过一年的学习，我扩大了知识面，掌握了做科学规划的方法，以及科研项目确立的程序。在一年的系统学习中，不仅掌握了科研管理的基础知识，也提高了马列主义的理论水平，对我提高管理水平，以及后来的科研工作都起到了非常积极的作用。

我通过中国科学院干部学院的培养和学习，回到机关后，被任命为管理中国科学院各所科研物资的职能局的负责人（见图 4），在郁文秘书长的领导下，曾参与自然科学规划第一次中国科技大会的筹备工作，并受到华国锋主席的接见。

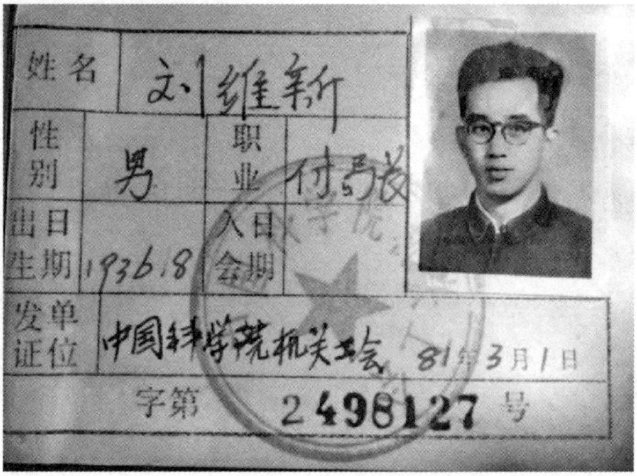

图 4　中国科学院工作证

进入学界的中年时期

一 进入学界的社会背景

1976 年毛主席逝世之后，以华国锋为主席的党中央一举粉碎“四人帮”，结束了延续十年的“文革”。粉碎“四人帮”的举措，得到全国人民的热烈拥护，在此基础上，全国迅速掀起经济建设的新高潮。上海宝钢等一大批国有大型企业都是在这个时期上马的。1976 年至 1978 年间，是我国历史上经济增长最快的时期，曾经被有的人批成“洋跃进”，后来的实践证明这种说法是错误的，宝钢目前仍然是我国贡献较大的国有大型企业。

1978 年党的十一届三中全会，又进一步推出“改革开放”的新政策。首先农村在公有制不变的情况下，实行联产承包分田到户。在此基础上，“改革开放”的行动逐步扩展到城市企业。由于在改革过程中碰到不少问题需要进行研究和解决，这就为社会科学的发展提供了条件。

改革开放以前，社会科学的研究只是在中国科学院内设立的一个学部（哲学社会科学部）开展，学部下设文学研究所、历史研究所、经济研究所、哲学研究所和法学研究所等几个基础理论研究所。除此之外，还设立了民族研究所和语言研究所。业务上直属中共中央宣传部领导。“文革”期间，社会科学研究人员大多数都被下放到“五七”干校劳动改造。

1978 年十一届三中全会决定进行改革开放，并把重心转移到经济建设上来，实行新的经济政策。在这种背景下，有不少问题需要从理论上进行研究，尤其是计划经济怎么转换，如何开放，怎样开放，开放到什么程度，商品经济与计划经济怎样融合，体制与机制怎么转换，等等。诸多问题都需要研究，并提出方案供中央决策参考，以适应改革开放与经济发展的需要。在这种背景下，胡乔木同志于 1978 年向中央建议成立中国社会科学院，中央采纳了他的建议，并任命胡乔木为第一任中国社会科学院院长。

在中国社会科学院成立之前，各省市除大专院校外，基本上没有独立的哲学社会科学研究机构。中国社会科学院成立之后，河南省、四川省先后成立省级社会科学院。中国社会科学院也在原来的基础上进行了扩充，尤其是经济类研究所。从原来的经济研究所先后分离出：财贸经济研究所（现已改为财经战略研究院）、工业经济研究所、农业发展研究所。随着经济的发展，尤其是市场经济的确立和发展的需要，后来又成立了人口、数量经济、城市与环境等专业性的研究所，以适应新形势发展的需要。

由于中国社会科学院新成立了这么多的研究所，原有的人手就不够了，需要向社会招聘人才，我就是在这种背景下，经过考核跨入了学界，进入中国社会科学院财政物资经济研究所的（当时也简称“财贸所”）。

1979 年我被派送到中央党校中央机关第六分部学习，这期间学习的重点是《政治经济学》和马克思的《资本论》第二卷。同时，对马列主义的三个组成部分，即哲学、政治经济学、科学社会主义进行较为系统的学习。应该说，这次学习深造对我后来转入学界不仅创造了条件，也为我在研究城市经济学方面做出成绩奠定了理论基础。

我在中央党校学习完了之后，没有等待分配工作，当得知中国社会科学院在招人，就直接考入中国社会科学院搞研究工作。我不愿意再继续做行政工作，主要有两大原因。

一是我从中央机要局调到中国科学院工作之后，几乎一直在机关做行政工作，有了厌烦情绪。现在要以经济建设为中心，想干点实事，以展示自己的价值。二是我认为自己不适合做行政工作，尤其是领导工作，因为性格太直爽，不会违心地去应对一些人和事，总是真话实说。看到不公的事情就想管，认为不对的就想说，像我这样性格的人，是无法应对改革开放以后的形势的。最典型的一个例子是在反击右倾翻案风运动中，中国科学院党组在科学院机关二楼207会议室召开过一次批判胡耀邦的扩大会议，在会上人家都批判胡耀邦，我却为胡耀邦鸣不平[①]，说："胡耀邦是老红军，他有病拉肚子，你们[②]还把他拉到大连化物所去批判，人要讲良心。"我发言之后，散会时，当时的郁文同志和刘华清同志都跟我握手。但是第二天我就被免去三局党支部书记的职务。

刘华清同志对科学院的小"四人帮"对我发言的处理很不满。事情过去一周后，刘华清就带着我和其他同志去云南调查，离开北京近一个月。我从云南回来不久，郁文同志又带我到河南新乡去搞社会调查（见图5）。

图5　在河南调查

注：前排左二为刘维新，左三是郁文。

---

① 反击"右倾翻案风"时期，胡耀邦当时是中国科学院党组书记，郁文是秘书长，刘华清是副秘书长。

② 指当时科学院的小"四人帮"。

经过这次运动，我给自己下了定义：像我这种性格的人不适合做行政工作，尤其是做领导。这就是我从党校回来后，未等人事局分配就直接考入中国社会科学院财贸所从事学术研究的重要因素。

二 进入学界的学科选择

我刚从中央党校回来，就得知中国社会科学院财贸所招人的消息。我当时思想斗争非常激烈，是留在中国科学院继续做行政工作？还是到中国社会科学院搞点实际的研究工作？中年改行能否成功？心里没有底。以前曾有人劝我下海一起搞“四通公司”的创建，因为我是搞科研仪器设备和物资供应的，对搞“四通公司”业务很熟悉。可是，放下“铁饭碗”，下海经商，我顾虑很大，当时孩子们还小，辞职搞“四通”失败了怎么办？我爱人也极力反对，我就没有选择这条路。这次从党校回来，自认为对自己提高很大，搞点社会科学方面的研究，经过努力是可以的。所以，通过考核就如愿以偿地进入了中国社会科学院财贸所。当时的中国科学院人事局局长吴学珍同志还再三挽留，我没动心，毅然奔向学术研究战线。这是我一生中第二次职业上的转变，也是第二次人生的转折，时年已经45岁了，可谓“半路出家”。

我从中国科学院机关考入中国社会科学院财贸所后，面临着一个学科选择问题。财贸所当时有十二个学科，除城市经济学外，其他都是老学科，如商业、财政、金融等。经过一段时间的思考，最后我选择了做城市经济学的研究。我认为，新学科具有开创性，比较容易跨入。

但是，我把正式党政关系转入中国社会科学院财贸所后，当时的党委书记祁丰同志找我谈话，并没有答应我直接进入城市经济研究室。因为祁丰书记了解我在中国科学院机关的情况，所以向我提出：“经我们研究，同意你选择城市经济学作为你的研究重点，但目前你还不能去‘城市经济研究室’，因为财贸所刚刚成立，整个科研管理还未走上正轨，科研组织工作非常薄弱，你有一定的组织能力，希望你能兼任科研处处长一段时间，你可以像研究人员一样不用天天来上班，一、三、五来就行，其他时间搞研究。”

我在与祁丰书记谈完了话后，思考了半天，我不能拒绝党委书记的要求。一是刚到一个新单位，领导提出要求，马上就拒绝，不礼貌，也不尊重别人；二是自己这时对城市经济学知之甚少，还没有入门，谈不上研究。经过思考之后，我接受了祁丰书记的建议，兼任了中国社会科学院财贸所的第一任科研处长。高浩微同志任副处长。

我在兼任科研处长期间，除了解了各学科的现状，编制科研计划外，还有组织学术交流、外事以及后来的招考研究生工作。我兼任处长期间曾多次协助所里组织全国性的大型理论研讨会，如在南京召开的“孙冶芳流通理论”研讨会，天津、武汉召开的“发挥城市中心作用”研讨会等。通过上述研讨会的召开，我不仅开阔了眼界，也开始对城市经济学这门学科的性质有所认识和了解。加之我除了编制科研计划、组织学术交流活动外，大部分时间都在图书馆翻阅城市经济学方面的相关资料，以及整理城市经济学的各种观点的卡片，一年的时间就整理城市经济学方面的卡片几百张。每天晚上回到家里，都整理卡片和阅读城市经济学方面的书籍，大都阅读到十一点半以后。

从我的实践历程看，作为一个半路出家搞学术研究的人，先做几年科研处的组织工作，是非常有必要的，不仅不会影响对本学科的了解和认识，对更加综合地观察事物，分析、判断问题，以及提出自己的观点，都是不可缺少的。因为社会科学的研究主要靠社会调查，对实践深入了解，总结实践中存在的问题和经验教训，才能揭示客观规律，从感性认识到理性认识，没有这个过程，是提不出有价值的学术观点的。

我深深体会到，在我兼任科研处长的几年中，不仅没有影响我对城市经济学的理解和认识，反而扩大了知识面，因为城市经济是个综合性的经济，是个综合性的经济系统，既有工业经济，也有大量的第三产业经济，它与单一的专门的商业经济与工业经济不同。恰巧中国社会科学院财贸所有商业、财政、金融、贸易、旅游、审计、会计等多门学科，而这些学科都与城市发展、城市经济运行不可分离。掌握了其他学科的知识，就可以更深刻地认识城市、城市经济的本质特征。也许是这些原因，我在兼任科研处长的几年中就发表综述文章 12 篇，在科研处的这段经历对我后来进行课题研究，提出自己的观点都起了非常重要的作用。

在我兼任科研处长期间，我不仅开拓与创建了中国城市经济学会，还同各个大学的经济系建立了广泛的联系，推动了“城市经济学”在各所大学的创建。这些活动对我后来形成的不少独特的科研成果都有很大的帮助。

三　半路出家、刻苦钻研的历程

我从中国科学院经考核调入中国社会科学院财贸所，从兼职科研处长到领衔组织主持课题搞科研，提出创新观点，在从事研究城市经济学的过程中经历了五个阶段，确定了自己的研究方向——城市经济学。

（一）学习国外城市经济学理论著作阶段

20 世纪 80 年代初，由蔡纪良同志翻译的日本城市经济学油印本在中国流传，由于我是中国社会科学院财贸所城市经济研究室的第一任主任，所以印出后他首先送给了我，这是城市经济学传入中国后最早流行的城市经济学专著。这个油印本成为我学习城市经济学的启蒙教材，对我在中国开拓城市经济学起到了很好的推动作用。之后英国巴顿的《城市经济学》，1984 年由商务印书馆翻译出版，这是最早传入中国的公开出版的城市经济学著作。美国沃纳·赫本的《城市经济学》对我的学习和研究也有很大的启发和帮助。

城市经济学这门学科，诞生于 20 世纪 60 年代，是一门“出生”较晚的经济学的新生学科。20 世纪 80 年代初传入中国，当时发育尚未成熟，但是，它体现出的实践意义和理论价值却是很大的。随着城市在国民经济中的地位和作用日益增强，城市经济学在经济学科中的地位和作用也越来越重要。

1. 我是怎样学习城市经济的

我认为，学习城市经济学，其一，要明确认识这个学科产生的背景和历史任务；其二，要了解其研究的对象、内容、体系及其区别于其他经济学学科的性质与特点；其三，是重视城市经济学的诞生和发展对经济理论学科发展做出的贡献及其巨大的经济价值；其四，重视城市系统的复杂性和城市研究的艰巨性；其五，在正确世界观及其理论指导下，针对实际工作需要，不断发展完善城市经济学科，使其在中国现代化建设中发挥作用。我一直把城市经济学当作一门应用学科对待，围绕中国城市经济发展中出现的问题提出解决方案与理论指导，为城市改革、经济发展以及区域经济协调发展服务。这是我研究城市经济的目的。

2. 我是怎样认识城市经济学的

城市经济学具有丰富的内容和深刻的内涵，我对城市经济学及城市发展的认识是从以下几个方面逐步深入的。

（1）城市是生产力发展到一定阶段的产物。“城市”是古代、近代、现代城市的抽象。从词义上说，城市是由“城”和“市”组成的。“城”在古代汉语中指的是在一定地域上用作防卫的围起来的墙垣；“市”则是指进行交易的场所。“日中为市”，指的是周围乡村的农民按照习惯和约定的时间到一个适中的地点交换彼此产品的情形。这两个字合在一起就形成了“城市”，它既反映了“城市”的起源，又反映了城市的早期功能。城市不是从来就有的，它是随着商品经济的发展与生产力发展到一定阶段后逐步产生和形成的。

（2）城市是经济密集的社会有机体。城市有别于非城市的基本特征，除了产业性质和结构以外，就是它的空间存在形式及其内在关系。城市是聚集人口、经济、人才、科技信息的空间地域系统。其特征：一是经济要素在一定地域内高度密集；二是其内在结构不是杂乱无章的堆积，而是有内在联系的，从而它是有序和有规律循环的有机体。认识前者有利于规划调整人口、工业、商业、道路、绿化的合理密度；认识后者有利于了解城市的本质，发现城市的问题，寻求解决问题的方法，这些对指导城市健康发展具有十分重要的意义。

（3）城市是区域发展的中心。城市从来就不是单独存在的经济单元，它是开放的，是与所属区域紧密联系的经济系统和人文系统。区域是城市发展的基础，是城市发展的导向和动力。区域对城市具有养育、支撑的作用，具有反哺和带领的作用。

城市经济中的内涵一般表现为生产中心、流通中心、消费与信息中心，具有辐射、吸纳和中介等作用。此外，一般城市还有文化中心、教育中心、政治中心、军事中心等功能。不过由于城市的性质不同，这些中心功能对具体城市来说有强有弱、有大小和作用力度的区别，但作用性质不变。

（4）城市经济学是研究城市化、城乡融合与城乡一体的一门科学。我一直认为，城市经济学是一门研究城乡协调发展的应用科学，城市人口的发展离不开乡村农业人口向城市的转换，也可称“城市化”过程。所以城乡一体化应是它研究的目标。因此，早在20世纪80年代，我就发表了《城乡融合是社会发展的必然趋势》（见《城市融合研究》1988年第3期）。20世纪90年代又在《中国昆山的崛起与可持续发展》一书中提出“城乡一体化”的三位一体理论。

可以说，学习城市经济学，认识城市经济学的本质与内涵，是在中国开拓城市经济学的必要条件和基础，也是为创造符合中国国情的城市经济学所必需的。

（二）认识城市经济阶段：从感性认识到理性认识阶段

这个阶段大体经历了四年的时间。这期间我除每周一、三、五搞科研处的组织工作外，几乎所有时间都用在看书和查资料上了，每天都读书到十一点半左右才上床休息。这期间还曾组织五次大型的学术研讨会，整理了城市经济学方面的资料卡片两百多张，积累了大量资料，到1985年我先后在《学术研究动态》、《财贸经济资料》、《经济研究参考资料》等杂志上，发表学术观点综述文章7篇。这为后来进入课题研究创造了条件。

（三）调查与研究阶段

城市经济学传入中国后，究竟是一门理论学科还是一门应用学科，在学术界争论很大。我研究城市经济学是以应用为目的，结合改革开放、城市体制、城市发展思路、城市发展战略与发展模式进行研究，因此，必须对中国大中小城市进行调查。几十年来我几乎跑遍了中国的城市，尤其是大中城市。我调查城市分为重点系统调查和一般性调查两种。

1. 重点系统调查的城市及其成果

从20世纪80年代初期至20世纪末期，我先后重点系统调查的城市有：西安、广州、天津、拉萨、昆山、三河、烟台、济南、青岛等，21世纪初还系统重点调查了延边朝鲜族自治州、河北高邑、张家口的张北县等。主要成果有《中国昆山的崛起与可持续发展》、《广州城市发展与建设》、《世纪之交的城市建设》和《拉萨史》等，围绕这些调查发表研究报告和文章几十篇。

2. 进行专项调查的城市

这是只围绕一个专题进行的城市调查，不是全面系统的调查。例如：

（1）对湖北襄樊（今襄阳）市的调查。其重点是研究科学技术人员在城市经济发展中的作用，是为研究科技在城市发展中的贡献率而进行的专项调查，最后写出调查研究报告。

（2）对山东济南、烟台企业用地的专项调查。当时对3000多个企业进行随机抽样调查，汇总出数据提供给中国社会科学院财贸所与联合开发署合作的课题研究用，最后形成完整的土地有偿使用的调查研究报告。为制定中国土地有偿使用政策提供理论依据。

（3）围绕土地使用制度改革、实行土地有偿使用的实地调查。先后对珠海、广州、深圳、佛山、福州、厦门、三明、抚顺等近20个城市进行了专项调查。这次调查最大的成果是：广州、佛山、珠海三市土地管理体制比较研究。这个研究报告被国务院机构改革办公室主任吴佩纶看中。该报告的主要观点被国务院“关于城乡土地统一管理”文件采纳。

(4) 围绕土地管理法的制定进行的调查。我带研究生刘俊彩和黑龙江土地管理局王处长一起先后对牡丹江、绥芬河、大庆、哈尔滨、齐齐哈尔等城市进行了调查，并写出研究报告给国家土地管理局制定土地管理法时参考。

(5) 围绕西部大开发耕地保护和退耕还林项目，先后对贵阳、遵义、绵阳、都江堰、宁夏、榆林、延安、西安、成都等16个城市和数十个乡镇与农村用地情况进行了调查。调查完成后，我起草的总报告及“2605”项目的问题，都受到中央重视，先是许嘉璐副委员长给我写信，并将报告转给温家宝总理批示。

应该说，我通过对重点城市的系统调查和一般性的专项城市调查，了解认识城市产业、城市管理、城市功能以及城市产业之间的关系，对城市有了从感性到理性的深刻认识。这些调查与研究，对于推动城市经济学的学科建设，以及深入研究城市、提出创新观点起了重要作用，也对系统研究城乡关系奠定了基础。

(四) 参与课题研究阶段

我进入中国社会科学院财贸所五年后参与课题研究。参与课题研究是提高科研水平和能力的桥梁，也是个人学术成长的捷径。通过课题研究，在调查、实践、讨论过程中能够激发灵感、锤炼思维能力、提高综合整理能力和文字表达能力。五年来我参加了许多重要的课题研究，如与联合国开发署合作进行的“中国土地利用与管理”课题研究，最后形成由我主编的《中国土地的有偿使用经营与管理》一书，由东北财经大学出版社于1988年9月出版发行。与美国纽约公共管理研究所合作的“中国土地使用与管理”课题研究，最后由经济科学出版社于1992年出版《中国城市土地使用与管理》一书，中国社会科学院的重点研究课题“中国房地产经济”，最后由河南人民出版社于1991年出版《中国房地产经济研究》一书。这是我国改革开放以后出版的较早的一本理论著作，在社会上也产生了不小的影响。通过这些课题的研究，我不仅积累了大量资料和丰富的经验，还极大地提高了研究分析和思考判断能力。在这个过程中，我发表了几十篇学术论文和研究报告，在社会上产生了很大的影响。

（五）主持课题、带领团队深入研究与创新探索阶段

我带领团队主持创新研究，是从承担国家土地管理局的重点研究课题“中国土地租税费体系”开始的。这项研究填补了国内研究空白，并获得国家土地管理局科技进步二等奖。

这项研究启动的背景是：中国的经济体制改革，已经从计划经济转变为“有计划的商品经济”，再向市场经济的过渡期。王先进局长认为：“要搞市场经济，土地是最重要的资源，也是最主要的市场要素，如何进入市场，这里的租税费如何运作，采取什么形式，租税费三者是个什么关系等问题，都需要搞清楚。”在此背景下，把“土地租税费体系”确定为国家土地管理局的重点研究课题，并由王先进局长提议请我任课题组组长（注：这时的我正承担“中国土地利用与管理”课题研究，经常向王局长汇报研究进展情况）。

“中国土地租税费体系”研究，不仅提出今后土地改革要“明租、征税、少费”的思路，还从理论上界定了“租、税、费”的关系，在这个研究中还提出取消农业税的建议。这个研究报告提出的许多观点都是具有开拓性的，不仅填补了国家在这个领域的空白，还为市场机制的建立奠定了理论基础，并获国家土地管理局科技进步成果二等奖。

我主持的第二个课题是“昆山的崛起与可持续发展”。这个课题启动的背景是：国家土地管理局准备推广昆山土地出让滚动开发模式的经验，让昆山土地局写了一份材料上报国家土地管理局。国家土地管理局科技司司长张小华看了这个材料不满意，打电话给我，要求我帮助到昆山去总结“土地出让滚动开发的经验”。我接受了这个任务，并带着研究生刘俊彩到昆山总结土地出让滚动开发的经验，经过对当地一个星期的调查，最后写出昆山土地出让滚动开发的经验报告送国家土地局。昆山土地有偿使用滚动开发管理的经验，之后被推广到全国。经过这次对

昆山的调查，我感到昆山不仅土地出让滚动开发的经验值得推广，在人口、资源、环境与协调发展方面做的也很好。当时昆山有20个镇，已经有好几个镇建起了污水处理厂。于是我给昆山土地管理局徐惠中局长写了一封信。认为，他们不仅土地管理方面经验不错，在人口控制、资源开发及环境建设方面也搞得不错。徐惠中局长接到我的信之后，就把信送给了当时昆山市的市委书记李全林同志（后来的江苏省副省长），李全林亲自给我打电话，要求我带专家组到昆山调查，从理论上总结昆山经验。在这种背景下启动了“昆山可持续发展模式”的研究。从调查、研究、分析，到写出《中国昆山的崛起与可持续发展》，历时18个月。这是中国首部关于城市可持续发展模式研究的专著。这部专著不仅总结了昆山可持续发展的经验，即人口、资源、环境与发展相协调，还从昆山的实践中概括出“城乡一体化”的三位一体理论。这部专著社会影响很大。从这以后，我还先后主持了“三河市城市发展战略规划研究”、“延边朝鲜族自治州发展战略研究”、“高邑县域经济发展战略研究”等不少实际应用课题的研究。

以上五个阶段，是我进入学界的真实写照，每一个阶段都付出了艰辛和汗水，只有辛勤耕耘才会有丰硕的收获。我进入学界后，至今出版各种专业书籍18部，撰写学术论文、研究报告388篇，接受中央各大报刊和电视专访90多次。

虽然我在中国科学院时已被评为工程师（见图6），但并未延续，而是到了中国社会科学院财贸所后，还是按学界的职称评定规则按部就班地一步一个脚印地走入学术殿堂。

1985年在中国社会科学院财贸所被评为助理研究员，这是从中国科学院转入中国社会科学院财贸所四年以后评的。1988年被评为副研究员，1994年被评为研究员（证书于1995年签发，见图7）。

应该说，在中国社会科学院的职称评定是比较严格的，它不仅有本院的评委，还有一定比例院外的同行学术评委，而且竞争也相当激烈。

我的学术研究成果，没有人云亦云的一般论述，都是在实地调查研究的基础上提出来的。

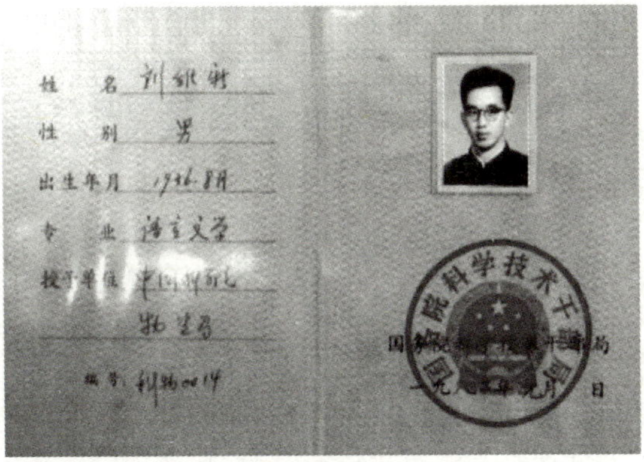

图 6 工程师证书

我的学术研究，因为都是在实际调查的基础上形成的，所以都有着鲜明的个人观点，而且也比较符合改革开放发展的实际需要。正因为如此，引起了广泛的社会关注。

为纪念改革开放三十年，中国社会科学院副院长李慎明主持编辑的《党的建设与中国特色社会主义——中国特色社会主义理论前沿报告》，将我的《中国房地产市场宏观调控制度的建立与完善》一文收录书中（社会科学文献出版社，2011）。

中国社会科学院老专家协会在组织“我在现场——亲历改革开放三十年”上，特邀我撰写了《土地与房地产改革 30 年的重点回顾》文章。这篇文章里展示了我关于西部大开发耕地保护机制与政策建议中的朱镕基总理关于“2605 项目”的总结批示，[①] 还展示了我给全国人大的信中，提到关于西部耕地保护政策的建议，并很快得到许嘉璐副委员长给我的回信，也展示了温家宝总理的批示。

也许正是我的许多学术观点，在社会上产生了广泛影响的原因，当我退休还未离开时，建设银行就派人找上门来，请我帮助编辑出版《中国房地产金融》杂志，在我主编《中国房地产金融》的 17 年中，共组织编辑了十个专项研究。

① 得到总理批示的背景：一是当时中央刚提出西部大开发战略，退耕还林是核心；二是我是知名学者，经常给中央写报告。

中国社会科学院制发
编号：12119
姓 名 刘维新
性 别 男
出生年月 1936年4月
专 业 城市经济

（a）

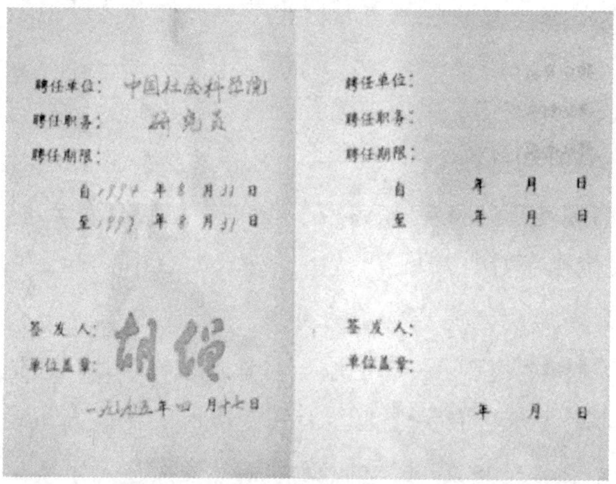
聘任单位：中国社会科学院
聘任职务：研究员
聘任期限：
自 年 月 日
至 年 月 日
签发人：
单位盖章：
一九九五年四月十七日
聘任单位：
聘任职务：
聘任期限：
自 年 月 日
至 年 月 日
签发人：
单位盖章：
年 月 日

（b）

图 7　副研究员和研究员证书

四　创建中国城市经济学会及其历史背景

（一）中国城市经济学会创建的背景

中国的改革开放是从农村土地联产承包到户开始的，后来逐步转入城市。中国社会科学院财贸所城市经济研究室，是我国最早成立的以研究城市经济为主体的研究室，是在刘明夫任所长的年代成立的，第一任研究室主任是蔡纪良。中国改革开放转入城市后，时任总理赵紫阳特别强调在发展有计划的商品经济的同时，发挥城市的经济中心作用，要突破条块分割。在这种背景下，关注城市研究的人越来越多，并引起各级地方政府的高度关注。

这种背景下，在我以中国社会科学院财贸所科研处处长的名义具体组织和会同地方政府，从 1982 年至 1987 年先后在牡丹江、天津、武汉、重庆、兰州召开多次全国性的“城市经济中心作用”、“发挥城市流通中心作用”、“城市发展战略”，以及学科建设等方面的学术研讨会时，通过这些活动提高了大家对商品经济及城市经济学的认识。尤其是 1985 年 4 月在重庆召开的“发挥城市流通中心作用”的研讨会，到会的 300 多名代表强烈呼吁中国社会科学院应牵头成立中国城市经济学会，建立学术交流平台，推动学科建设及城市经济的研究和发展。会后由我与科研局的周明俊同志一起向马洪院长做了汇报。马洪院长同意成立中国城市经济学会，并建议上海市市长汪道涵同志任会长。之后由我起草报告，周明俊修改后以社科院的名义报国家体改委批准。国家体改委批准后，于 1986 年 6 月在上海召开了“中国城市经济学会”成立大会，学会挂靠在财贸所，这就是创建中国城市经济学会的过程。学会成立后的第一届城市经济理论研讨会是 1987 年 8 月在兰州召开的，到会代表 350 多人。会议重点讨论城市发展的战略问题，会后由我主持编辑出版了会议文集《城市发展战略与管理》，1984 年 10 月由甘肃人民出版社出版。

这次会议在全国影响较大，不少地方政府找学会帮他们搞城市发展战略研究。学会是一个学术团体，直接承担课题有困难，财贸所又不是完全搞城市经济研究的，更何况以财贸所的名义与地方也无法接洽。在这种情况下，我想是否可以成立一个虚设的中国社会科学院的城市研究中心，对外可以承担课题。我把这个想法告诉傅崇兰同志，征求他的意见，他同意我的想法，并说这得经院里批准。

后来，中央派中宣部原常务副部长郁文与江流同志任社科院领导，郁文同志为院党组书记，我曾在郁文同志手下工作过 13 年，相互也比较了解。想向他汇报，征求一下他的意见。写好了报告，我和老傅到郁文家，汇报了我们的想法，郁文同志不但同意了我们的想法，还指示我们写了报告，这就开启了社科院虚设机构的先河，以后有许多所也效仿建立了类似的中心。中国社会科学院城市中心是 1992 年成立的，先后在金台路和鼓楼西大街办公。当时办公室只设一个人接听电话，其余的人都在各自的研究所。这就是社科院设立非实体中心的来历。将中心改为研究所既是城市经济发展的客观需要，也是学科发展的必然结果。这就是中国社科院城市发展与环境研究所成立的历史过程。

目前的城市发展与环境研究所与我在时已今非昔比了，不仅各学科和研究室齐全，还有较强的研究实力，并有一定的社会影响，我看到这些很欣慰，我想城市发展与环境研究所会越办越好。

（二）中国城市经济学会的历史贡献与作用

中国城市经济学会曾经对我国城市经济学科在中国的建立和发展，以及对城市经济的研究和发展都做过重大的历史推动作用和贡献。

学会为学术观点的交流提供了平台，激发了研究人员的灵感，学会所起的这种作用是任何单位都不能代替的，它的特殊作用表现在以下几个方面。

1. 学术交流的广泛性

学术团体可以冲破行政主管单位的界限，不同地区、不同单位、不同国界都可以利用这个平台进行学术交流，应该说，学术没有交流和争鸣就没有创新和发展，它是学术研究的推动力。

2. 学科建设的推动性

当时我国各大高校的城市经济系大部分都是在城市经济学会的推动和经济研究成果的影响下成立的，这种作用单靠行政命令是很难做到的。

3. 学术研究的探索性

学术研究本身是一种创新，创新没有学术观点的交流和思想火花的碰撞是不行的，只有学术思想火花的碰撞和交流才能形成学术观点，才能对实际工作起到推动作用。

4. 学术研究的互补性

学术团队的一个独特作用是同行学术观点的交流，各位学者可以通过学会这个平台进行学术交流，取长补短，激发灵感。实践证明，学术研究单靠“闭门造车”是不行的，尤其是社会科学研究，必须在调查研究的基础上进行各种学术观点的交流，学术团体在这里起到了上下左右连接的桥梁作用。图 8 为 2002 年 12 月在南京召开中国城市经济学会第三次会员代表大会暨理论研讨会的现场。

图 8　中国城市经济学会第三次会员代表大会暨理论研讨会会场
（2002 年 12 月　南京）

以上是以学科为基础的学会的四个特色，说明研究实体和学会之间是相互补充和推动的，是不可分离的。

2003 年 9 月至 2013 年 9 月中国城市经济学会因为某些原因脱离了城市中心，发展很不顺利，受到各种批评。十年后，民政部通知中国社会科学院，学会应重新返回中国社会科学院城环所，希望通过整改后重新恢复中国城市经济学会的本来面貌，为推动学科建设与学术研究提供更好的服务，更希望把被撤销的《中国城市经济》复刊，为城市研究者提供发表成果的平台，这是大家共同的衷心期盼。

探索与耕耘的中老年时代

我进入学界后经过五年刻苦钻研，之后才开始进入课题研究和探索阶段。又经历了承担国家重点课题及开拓国际合作项目，为国家填补空白及创新性研究，摸索研究城市发展的思维模式，到探索性的创新研究四个阶段，最后进入探索与耕耘的创造期。

一　承担国家重点课题研究及开拓国际合作项目

（一）承担重点研究的第一个课题

我参与承担国家的重点课题研究的第一个项目，是中国社会科学院的重点研究课题——中国城市经济管理，这也是社科院“七五”重点研究课题。这个课题研究的侧重点是城市土地与房地产。因为，人、土地、住房是构成人类社会最基本的要素。城市是人类社会发展的历史性产物，是生产力发展到一定阶段的人类聚集形式。从城市产生时起，人、土地、住房就成为构成城市的最基本要素，因此，亦是研究城市经济社会发展的主要课题，是城市经济学的核心问题。我们承担的这个课题，要求三年内完成，但城市经济是个极其广泛的课题，需要研究和阐明的问题很多，于是我们选择了城市经济中最重要、最基础，又是我国目前城市经济管理中最现实、最迫切的问题，即房地产经济，作为我们研究的突破口和起点，抓住了房地产经济的研究，也就可提纲挈领，带领整个城市经济和城市管理的研究。

我们在这项研究成果中把研究的目的、研究的方法和研究的主要内容都告诉给了大家，提出警惕房地产泡沫，抑制房地产炒作和强化投机管理，不能自由化发展，但是，中国房地产在十年快速发展中产生了一系列的问题，大都是我们的研究成果中所预料的。现把研究成果的前言部分摘录如下。

1. 研究房地产经济的目的

一是加速房地产业的形成和发展。房地产业不仅是现代城市的重要产业部门，而且是整个国民经济的支柱产业。越是经济发达的国家和城市，其房地产业就越是发达。美国在70年代和80年代，每年建筑业的产值，占GNP的10%左右，房地产和建筑业的就业人数占总就业人数的5%～7%。堪称亚洲“四小龙”之一的新加坡，在促进经济振兴的过程中，建筑业发挥着重要的作用。在国民生产总值中，建筑业产值占据较高比重，1973年的比重为7.5%，1984年达到12.8%。建筑业不仅成为新加坡的一个支柱产业，而且迅速地解决了新加坡居民的住房问题。

长期以来，中国房地产业没有受到足够的重视，因此没有得到充分的发展。这不仅影响城市经济的繁荣和发展，而且直接影响整个国民经济的发展。随着国民经济和城市经济的发展，随着国家向有计划的商品经济的过渡，随着城乡人民生活水平的提高，城市房地产业必将飞速地发展，我们的研究必须为这种发展开拓道路、扫清障碍，促进其前进。

二是促进城市土地的有效使用和合理配置。城市土地是国家稀缺的、不可再生的自然资源和重要的生产要素，亦是开拓房地产业的基础。土地经济理论，特别是城市土地经济理论，历来是经济学，特别是城市经济的重要课题。研究这一课题的根本目的是使有限的土地资源得到最大限度的使用、最合理的配置。我们研究房地产经济同样是为了达到这一目的。

三是加强房地产经济与其他经济的协调发展。城市经济结构极其复杂，房地产经济虽然是重要的产业部门，但毕竟只是其中的一个行业，它的活动和发展离不开其他部门和行业，也必然对其他行业和活动产生影响，同时，整个城市经济，其他行业和部门的状况和发展也会对房地产业的活动和发展产生影响。我们必须研究这种相互依存、相互影响的关系，找到内在的相互制约和相互促进关系，从而使房地产业和其他各行各业协调发展。

2. 研究房地产经济的目标

一是在房地产经济中引入市场机制，形成具有中国特色的房地产业。房地产业是社会生产力、城市经济发展的产物，亦是商品经济共有的产业部门，要发展房地产业就要发展商品经济。没有健全的市场机制，房地产业就不可能有长足的发展，所以，我们要发展房地产业就需要引进市场机制。但是，各种社会制度、各个国家，房地产业的发展过程、经营方式、流通渠道是各不相同的，各具特点。我们研究房地产经济就是希望在中国形成具有中国特色的房地产经济，为形成这一经济提供我们的设想和意见，建立中国城市房地产业的模式。

二是建立灵活的经济运行系统和有效的管理模式。房地产业作为一种经济，必然会有自己的组织结构和运行系统。这个运行系统是什么样的，必须从中国的现实出发，进行规划和设计，使之符合中国的国情，能够自如运转，同时，作为一种经济，不仅有自身的管理系统，而且需要国家和政府加强管理和控制。我们的研究目标，就是要建立有效的管理体制模式。

3. 研究房地产经济的方法

我们的研究不是纯理论研究，而是理论与实践相结合的研究。我们研究中国房地产经济的出发点是中国房地产经济的诸多问题和种种矛盾，特别是在中国经济体制改革中，城市经济改革中暴露出来的涉及房地产经济的一系列问题。从分析这些问题入手，经过详细的、深入的研究和分析，得出我们的结论，找到产生诸多问题的原因、问题的性质；而后根据中国经济发展的总规律和总趋势，比较其他国家可以相类比的问题、经验和方法，提出我们解决问题的方法、对策和模型，并成为我们对这些问题研究的归宿。当然，我们提出的方法、策略、对策和模型，不是针对具体城市、具体部门或房地产经济某一经济行为、经营活动的具体措施，而是从总体上、全局上、战略上提出我们的意见。这些意见在全局指挥、管理、决策上有一定的可行性和可操作性。但这不意味着在具体经济活动中可以运行和操作，要达到这一步还必须插入中间环节，进行接力研究。然而这不是这一课题本身的研究任务。

4. 房地产经济研究的主要内容

对任何经济问题的观察和分析，首先要研究和解决观察分析的立场、观点和方法问题，即对观察的问题要有共同的理论概念、相同的命题、共同的逻辑思维体系，否则，即使在同时间、同地点，共同观察同一问题也会得出完全不同的结论，使讨论缺乏共同的基础。当然，最后也难以求得共同的解决办法，因此，在第一章主要是探讨城市房地产经济的一些基本理论问题。研究理论的目的不是理论本身，主要是为以下各章内容确定一个正确的理论前提；第二章，主要是从总体上揭露房地产经济存在的问题，并对这些问题作简要的分析；第三章至第七章，就房地产经济中的主要问题进行分析和研究，如产权问题、开发问题、市场问题、价格问题、管理问题等，这当中的每一章都分析其经济活动和经营管理中的问题，找出问题的原因，揭示经济活动的客观规律，按照规律提出模型和对策。第八章，更多地从国家和政府的角度出发，阐明如何加强对房地产经济的管理，并在更高的高度和更综合的角度做了分析和研究。

这个课题是同杨重光一起完成的，由我联系河南人民出版社出版的。这是我国改革开放以后较早出版的一部“房地产经济”方面的理论专著，那个时候住房制度改革正在起步阶段，还谈不上房地产业的真正商品性的开发与经营，因此，这部著作对后来我国的房地产经济开发经营起了很大的推动作用。

这是我参与研究的第一个课题，之后还参与和承担了社科基金、国际合作研究课题，以及作为主持人承担的一系列重点战略研究项目。

（二）开拓国际合作项目的研究

20 世纪 80 年代初，联合国开发署的几位专家在中国考察中国城市发展与土地使用问题，专家组组长叫黑马，中文翻译是中山大学在美国的留学生叫张军。他们来中国的目的是了解中国城市发展的情况和土地使用情况。他们首先到了国家建委（现在的住建部），可能没有得到满意的答复。后来给中国社会科学院财贸所科研处打电话，正好我接的电话，他们想邀请社科院搞城市方面的专家到北京西苑饭店联合国驻京办事处商谈。

我接完电话后，向所领导做了汇报，并约杨重光、刘增录一起赴西苑饭店联合国驻京办事处商谈。我和杨重光、刘增录先后向联合国开发署专家组介绍了中国城市经济学会的情况，并汇报了中国大中小城市发展的现状。然后联合国开发署专家组组长黑马提出拟与中国社会科学院财贸所合作研究中国城市土地有偿使用情况的要求，经费由联合国开发署出。我说："我们需要向领导汇报后才能决定。"黑马说："明天我们去南京考察，回京能否听到准确消息?"我回答："可以。"在西苑饭店同联合国专家组商谈之后，我回到所里向所长张卓元做了详细汇报，张卓元说："这是个好事情啊，我看可以同意，待我向院里汇报后再回答他们。"就这样院里同意以所里的名义与联合国开发署合作研究"中国城市土地有偿使用"。这是中国社会科学院财贸所第一次与国际组织合作搞课题研究。合作研究确定后，联合国开发署先后安排专家组考察了荷兰、英国、加拿大和美国。图 9 是波士顿规划局座谈会现场，图 10 是我在联合国总部门口。

该课题用了两年时间完成调查与研究，并写出研究报告。首先，由我率领张敬东、张京等同志，在山东的济南和烟台，搞了 3000 多家企业用地情况的随机抽样调查，其资料供写研究报告用；其次，我率队先后到上海、辽宁的抚顺就有关土地有偿使用搞实地调查；最后于 1988

图 9 美国波士顿规划局座谈会

图 10 在联合国总部门口

年由我出面联系中国土地学会、中国城市经济社会年鉴理事会、湖北省土地学会、武汉市土地局、武汉市经济研究所共同发起“全国城市土地有偿使用专题研讨会”，这是中国第一次公开研究与探索城市土地有偿使用的会议，社会影响比较大，并推动了我国城市土地有偿使用的发展。以下是当时我执笔撰写的一篇报道——《城市土地有偿使用势在必行》。

城市土地有偿使用势在必行

——记城市土地有偿使用专题讨论会

由中国城市经济学会、中国土地学会、中国城市经济社会年鉴理事会、湖北省土地学会、武汉市土地局、武汉市经济研究所共同发起的全国城市土地有偿使用专题讨论会于1988年4月1日至6日在武汉召开。参加会议的有中央有关部门、科研单位、大专院校的土地经济专家、学者和实际工作部门的同志60多人。现将主要观点综述如下。

一　城市土地有偿使用的作用

代表们一致认为，城市土地有偿使用的理论基础和依据是马克思的地租理论和有计划的商品经济理论。它的直接作用是明确土地所有者与使用者的经济关系……从宏观上讲，它有利于土地资源的合理配置和运用经济手段管理城市土地、调节土地的使用结构、为城市建设提供一个稳定的可靠的资金来源。从微观上讲，它能督促用地单位精打细算，节约每寸土地，提高土地的使用效率。它的间接作用，是通过级差收费，为企业创造平等的竞争环境，通过城市土地使用权的有偿转让，促使生产要素市场的发展和完善，从而充分推动商品经济的发展。

对于土地使用费的构成，代表们看法很不一致。

一种观点认为，根据马克思主义的地租理论，并从我国城市经济实际情况出发，土地使用费由三个因素组成：(1) 绝对地租，它体现着国家所有权，它是剩余产品的一部分；(2) 级差地租Ⅰ，这主要是由城市及城市各地段的位置、环境和条件等因素决定的额外利润；(3) 级差地租Ⅱ，这是由城市市政基础设施建设和其他事业发展所引起和形成的级差收益，土地使用费中的这部分费用对生产经营性企业来说，可以进入成本，并在税前征收。

另一种观点认为，土地使用费只能是国家凭借土地所有权，占有土地使用者所创造的剩余产品价值的一部分。它不是任何意义上的投资补偿，对生产经营者来说，理所当然不能进入成本，也不允许由于征收土地使用费而提高产品价格，土地使用费应在税后征收。

还有代表认为，土地使用费只能是土地所有权在经济上的实现，土地的国家所有制是征收土地使用费的前提。因此，进行土地使用制度的改革，只能强化所有权，不能弱化或模糊所有权。至于城市土地使用费的主要部分用于基础设施的建设，那是根据我国实际情况而采取的一种措施，不能因此改变土地使用费的构成和性质。

二 土地使用费的征收范围

与会代表对于城市土地征收费用范围讨论较热烈，看法很不一致。

一种观点认为，城市土地属于国家所有，凡是使用国有土地的，原则上都应缴纳土地使用费。机关、部队、学校都应一律照章缴费，费率可以较企业低一些。如不向非营利性单位收取土地使用费，就达不到调整城市土地使用结构、合理使用每寸土地的目的。因为浪费土地和不合理使用城市土地的不仅是企业单位，机关、部队、学校也很严重。

另一种观点认为，由国家财政开支维持的机关、部队、学校等非营利性单位，不应征收土地使用费，因为对这些单位征收土地使用费，无非是增加了国家的财政支出，是从这个口袋装入那一个口袋，会造成虚假财政，缺乏实际意义。

第三种观点认为，在一些城市中机关、部队、学校占地较多，浪费严重，有的还利用多占的土地进行变相经营。因此，对机关、部队、学校等非营利性单位，应制定用地标准，发土地使用券。对超过规定标准的单位收取土地使用费，对于已经转入经营性、营利性使用的土地，应按照地方规定金额征收土地使用费。

对于城市中的插花地问题，即城市中心区的集体所有土地问题，代表们有四种不同观点：(1) 视同国有土地，照章收取土地使用费；(2) 国家向集体土地所有者征收地产税，税额包括来自土地的超额利润；(3) 按宪法规定，城市土地属于国家所有，因此应把城区范围内的集体所有土地通过适当方式收归国有；(4) 当集体土地按不同方式进行转让时，收取与转让价格相当的税收。

三 城市土地的分等定级与收费标准

多数代表认为，城市土地分等定级，不能搞得太复杂，分级过细、计算太复杂就难以推行。因此，目前土地分等宜粗不宜细，宜简不宜繁，应先付诸实施，再在实践中逐步完善。

少数代表认为，应当在起步时就考虑完整性和科学性，定级要合理，计算要准确，这样才能为企业创造平等的环境，否则就失去了分级的意义。

对于收费标准，有三种观点。

一种观点认为，城市土地从无偿使用到有偿使用，是一个改革过程，要逐步推进。收费应从低标准、低收费起步，而后逐步调高。这样做的好处是：(1) 易于推行，不会过多增加负担；(2) 不会引起价格全面波动；(3) 遇到的阻力小，改革能顺利进行；(4) 符合群众心理承受能力。

另一种观点认为，收取土地使用费，应一步到位，即尽可能收足。如果收费过低，甚至是象征性的，势必带来一系列后果：(1) 对用地单位缺乏约束力，低效率使用土地，浪费土地现象无法得到克服和纠正，起不到调节土地的作用；(2) 收费太低，也不足以逐年补偿城市基础设施投资，无法形成基础设施建设资金的良性循环，不利于城市建设的发展。

第三种观点认为，应从总体上考虑这个问题，低标准是从不改变现在税种、税制前提下提出的，带有一定的不彻底性。土地是最基本的生产和生活条件，土地的有偿使用，要从调整国家、地方、企业和居民之间的分配比例着眼，理顺各方面的关系，并不是增加企业负担。

四 城市土地有偿使用与住宅商品化的关系

代表们一致认为，住宅制度改革应考虑土地使用费的因素。我国几个住宅改革方案都未考虑土地因素，这是一个缺陷。大多数情况下，住宅与土地是不可分离的。在现实经济中，住宅的经营和使用往往包含着土地的经营和使用。因此，住宅制度改革，不能避开土地。

有的代表还认为，城市居民住宅占城市土地的比重，一般都在30%以上，收取住宅用地使用费的必要性是不容怀疑的，而且这笔费用必须包含在房租和房价之中。因此，(1) 住宅制度改革要与土地有偿使用同步；(2) 住宅制度改革要把收取土地使用费作为重要内容，加以研究并列入有关条文；(3) 对各城市中大量存在的住宅和其他交易活动，以及涉及的土地使用权的有偿转让，应统一研究和解决。

（此文发表在《城市改革理论研究》1988 年第 3 期）

此课题完成后，还由我主编了《中国土地的有偿使用经营与管理》一书，由东北财经大学出版社出版。这本书全面系统地介绍了中国城市土地有偿使用的必要性、可行性及其必然性，是我国最早公开出版的中国土地有偿使用的书籍，社会影响很大。

此课题完成后，由联合国开发署安排我和杨重光、刘增录三人去荷兰、英国、加拿大、美国考察，由张军带队兼翻译。考察组到美国考察后去联合国汇报课题研究成果。以下是专家组考察美国波士顿规划局的照片（见图 11）。

考察美国之后，这时财贸所的副所长贾履让我作为团长向联合国汇报科研成果，汇报完成后得到一致好评。

这个课题刚刚结束，美国纽约公共管理研究所就找上门来，希望共同合作研究“中国土地使用与管理”，由美国福特基金和中国国家社会科学基金资助。这个课题上马后，1989 年 3 月我带领张敬东和张京对广州、珠海、佛山、深圳等城市的土地管理现状进行对比调查研究，当时广州实行的是城乡土地分管，珠海是城乡土地实行五统一管理（即规划、开发、经营、出让、管理），佛山实行的是城乡土地统管，我们将广州、佛山、珠海三个城市土地管理模式深入调查后做了个比较分析和研究，最后撰写出《广东省三种土地管理体制调查报告——广州、珠海、佛山土地管理机构设置比较》研究报告，报告先报送到国务院机构改革办公室，吴佩纶主任看后认为这个报告很好，于是在 1989 年 10 月在建设部招待所专门主持召开了一次“土地统一管理”研讨会，邀请我到会做主题发言，介绍广州、珠海、佛山三市土地统管与分管的

（a）

（b）

图 11　专家组考察美国波士顿规划局

利弊。而在这之前建设部曾做过一次反调查，两个发言在会上交锋。广州、珠海、佛山市的领导都到会。会议经过激烈的争论，最后吴佩纶主任肯定了我的发言，并于会后发布了国务院文件，全国实行了土地的统一管理。会后国家土地管理局王光希副局长紧紧握着我的手说："你给国家办了一件大事。"我的研究摘编如下。

论城乡土地的统一管理

我国土地管理体制在改革之前，是一种城乡分管，政出多门，分散管理的体制。在土地资源配置上实行的是行政划拨的单一模式。因此，土地资源浪费严重，使用效率不高。1986 年我国颁布了《土地管理法》，并成立了国家土地管理局，对土地管理体制进行了改革，由分散管理改为统一管理，并引入经济手段。但是，至今还有少数同志对城乡土地的统管持怀疑态度，致使“统管”和“分管”争论不休，弱化了城乡土地统一管理的职能。本文试图对城乡土地统管的背景、意义以及统管的内涵谈一些粗浅看法，仅供参考。

一　提出城乡土地统管的背景和意义

城乡土地统管体制的建立，是我国有计划商品经济发展和整个经济管理体制转换的需要，也是由一定的历史背景所决定的，不是主观想象。

（一）城乡土地统管的背景

1. 人地之间的矛盾日益激化。人类的生存和社会的发展，都离不开土地。我国人口的急剧增加，耕地面积的迅速递减，成为制约我国经济社会发展的重要因素，必须强化土地的管理，以适应社会、经济的发展。我国陆地面积约 960 万平方公里，但耕地资源非常有限，仅占总面积的 14%。据统计，1949 年我国耕地面积为 14.68 亿亩。建国初期，党和政府积极号召开荒造田，因此到 1957 年，除建设用地外，还净增 2.09 亿亩，我国耕地达到 16.77 亿亩，这是我国耕地面积最多的一年。此后，耕地面积迅速递减，到 1988 年共减少耕地 2.41 亿亩，平均每年净减少耕地 700 多万亩，其中 1985 年一年就减少耕地 1500 万亩。1978～1988 年，净减少耕地 5500 万亩，相当于山西省的全部耕地面积，平均每年耗掉一个上海市的耕地面积。与此相反，人口却由 1978 年的 9.63 亿增加到 1988 年的 10.96 亿，目前已超过 11 亿，平均每年增加 1300 多万人，10 年间增加了相当于四川省和上海市的总人口。目前，全国有三分之一的省份人均耕地不足 1 亩。被誉为我国粮仓的黑龙江省，从 1949 年至 1988 年耕地面积扩大了 50%。而人口却增长了 2.4 倍，人均占有耕地由 8.5 亩下降到 4 亩。该省可开垦为耕地的潜力也愈来愈小。全国人均耕地面积从 1949 年的 2.71 亩下降为 1988 年的 1.3 亩。应当看到，我国后备土地资源并不多。据调查，在后备土地资源中能够开发为耕地的只有 1.2 亿亩左右，零星闲散荒地约 1 亿亩，能够开发为耕地的也就 0.5 亿亩。如果对未利用的土地进行综合开发利用，也只能用开发的土地补上建设占用的耕地，不能适应人口的增长需要。由此可见，耕地、人口承载力的潜在危机，已经日趋突出。

我国耕地、人口的反向发展，导致耕地的巨大危机，除了严格控制人口外，只有改变城乡土地分管的格局，强化城乡土地的统一管理，提高土地利用率，节约使用土地，控制耕地递减速度，才能使矛盾缓解。各级领导和土地管理人员，必须充分认识这种危机性和紧迫性。

2. 行政区划管理体制的变革，使城乡概念发生变化。中国旧的行政管理体制是城乡分割的管理体制，城市最多加上一部分郊区（菜田），农村的各县是由地区管辖的。1981 年中央提出“要发挥城市的中心作用，建立以大中城市为依托的经济网络和经济区”的设想，为此，1983 年中央下达文件，推行了市带县的领导体制，并实行了地市合并，为解决城乡分割打下了基础，至此城乡概念发生了如下变化：①从城乡分割逐步走向城乡融合，从行政区划范围上讲，城市已经包括它所带的县；②从规划上讲，城市的总体规划，不仅仅是城市市区的规划，而且必须包括所带县的区域，是区域性规划；③从发展上讲，不仅要考虑城市本身的发展、郊区菜农的发展，还要考虑粮食的生产，城乡经济的协调。因此，对于土地资源的利用、规划和开发，再不能城市考虑城市的，农村考虑农村的，必须整体考虑。这种城乡行政区划变更的背景，要求城乡土地必须统一管理，不能再实行城乡土地分管和隔离。国家的土地管理职能，只能集中不能分散，这是社会的需要。

3. 城市化进程的加快，要求城市建设用地与农村耕地的利用必须统一规划与协调。解放以来，我国城市化的进程大大加快，1947 年我国设市城市只有 69 座，100 万人口以上特大城市 6 座，50 万～100 万人口的大城市 10 座，20 万人口以下的小城市 34 座，到 1952 年设市城市已达157座。1957～1978年增加了35座，城市化进程较慢。但是，1978年之后，城市化进程大大加快，亦可说出现了“超城市化倾向”。城市总数从1978年的192座发展到1988年的434座，增加了242座，增长了1.26倍。城市占用的土地面积，从1978年的19.5万平方公里（市区），猛增至1987年的97万平方公里（市区），增长了3.97倍，此间扩大土地面积77.5万平方公里，平均每年扩大面积7.75万平方公里。我国还有1万多个镇、394万个村庄，面积都扩大了2～4倍。

城市规模的扩大和数量的剧增，要求对城市建设用地进行通盘考虑，因为它关系到整个经济、社会的发展，关系到人类的生存。在这样的背景下，再继续实行城乡土地分管，显然已经不符合中国的国情，对于城乡土地必须统一规划、统一协调、统一管理，以强化土地管理职能，节约使用每一寸土地。

根据以上背景和因素，我国最大的城市——上海，在《土地管理法》颁布之前的1985年就成立了城乡土地统一管理的新机构——上海市土地管理局，从而结束了政出多门、分散管理、职责混乱、浪费土地严重的历史。1986年之后，党和国家相继对土地管理工作采取了一系列的重大决策：一是颁布了《中华人民共和国土地管理法》；二是组建了国家土地管理局，规定了城乡土地统一管理的职能；三是修改了《宪法》，允许国有土地使用权出让和转让，明确土地使用权具有商品的属性，在土地资源的利用中引入市场机制。

（二）城市土地统管的意义

从理论上讲，城乡土地统一管理，不仅适应了经济发展的客观要求，而且对于防止浪费土地、控制耕地递减速度，以及提高土地利用效率都有着重要意义，主要表现在：

1. 强化了城市政府管理土地资源的职能。多年的实践证明，土地分散多头管理，受到部门工作的局限，往往是重使用、轻管理，缺乏整体观念，使政府形不成总体的、统一的管理概念，导致土地利用上的失控。城市政府往往考虑城市建设、发展多，考虑加强土地管理、节约使用土地少。“统管”能加强整体观念。

2. 引进了城市政府对部门用地的约束机制。城乡土地由土地管理部门依法统一管理，对用地部门使用土地起到一定的制约和限制作用，加之土地使用制度的不断完善，对合理使用每一寸土地，节约使用土地，提高土地利用率，以及调整土地的使用结构都有重要作用。

3. 明确了国有土地产权的代表机关。按照我国《宪法》的规定，城市土地为国家所有，但是，哪个部门是国有土地代表机关，始终是悬而未决的问题。在实行有计划的商品经济条件下，特别是明确土地使用权的商品属性之后，土地的产权代表机关不明确，会阻碍商品经济的发展。城乡土地实行统管之后，对于城市国有土地，一个城市只有一个法定的土地管理部门代表政府行使国有土地的管理职权，也就明确了国有土地的产权代表机关。例如，上海、深圳、福州、厦门等城市，在进行土地使用权有偿出让试点时，就已确立了由市土地管理局作为城市国有土地产权代表机关的法律地位，并得到了外商的公认。这些城市的土地管理部门在主持历次国有土地使用权公开招标、拍卖出让的过程中，发挥了不可替代的作用。

4. 有利于形成科学的土地管理体系。城乡土地统管使城乡土地管理工作进入一个新阶段，一套完整的、科学的土地管理体系正在逐步建立与形成，其表现是：①在组织机构方面，从省、市到县、区、乡、镇，建立了一套垂直的土地管理机构；②在管理内容方面，从土地利用规划到土地开发整治，从用地计划管理到项目用地审批，从土地行政划拨到实行土地使用权有偿出让，从土地资源调查到分等定级，从土地权属确认到登记发证，从部门用地的协调到宣传教育、监督检查及对违章案件的查处等，可以进行全面的管理；③在管理手段方面，可以采取行政、经济、法律手段与科学技术相配合的综合管理；④在管理队伍方面，除原有的老土地管理人员外，近几年增添了大批具有法律、经济、基本建设管理、工程技术、城市规划、农业区划等各个学科知识的科技人才，形成了一支知识结构较为合理的土地管理队伍。这对强化土地管理、提高土地使用效率具有十分重要的意义。

二　城乡土地统一管理的基本内涵

土地的统一管理，同产业和行业的管理是不同的，加强土地管理的目的在于最大限度地防止土地资源和资产这两种形式上的浪费和流失：一是合理控制农业用地转为非农业建设用地，从基本资源条件上保障农业这个基础；二是保证城市土地级差地租的大部分归国家财政所有，以支持城市基础设施建设和土地复垦工作的顺利进行。

（一）城乡土地统管的基本内涵

1. 土地政策、法规的管理。主要是研究提出土地管理、开发利用和保护土地的方针、政策、法律及改革土地使用制度的原则、方案，经批准后，负责贯彻执行和具体实施。

2. 地籍管理。地籍管理的内容应当包括：土地调查，土地的勘测，土地的分等定级，土地资源的统计和审计，建立和完善地籍资料，建立地籍档案，这些都是土地管理的基础工作。没有这些基础工作的开展，就谈不上对土地的管理。所以，在一个城市地籍档案工作必须统一，不能分散。

3. 地政管理。地政管理包括：确认土地权属，土地登记注册，发放土地使用证，办理变更登记，查处土地权属纠纷，协同征收土地使用税（费），落实土地使用政策等。土地作为持续利用的资源其权属管理尤为重要。无论是实行行政划拨，还是有偿、有期使用的用地制度，都是土地管理的中心内容。权属管理的特点是：①覆盖的全面性。不论城市或乡村土地都概莫能外，没有城乡之分。②实施的垂直性。一直具体到城乡每宗具体地块，宏观与微观管理不可分。③主体的单一性。管理主体只能是单元，不能是多元，在我国是国家土地管理部门独家管理，如同人口登记是公安部门独家管理一样。④职能的垄断性。受国家委托的土地管理部门才具有此职能，不存在其他部门参与管理的问题。

4. 土地使用管理。这里讲的土地使用管理，不是指土地开发经营管理，其主要是：①土地利用的计划、规划管理，其中包括建设用地的审核、报批和征拨，特别要从严掌握农业用地转为非农业建设用地的审批；②土地后备资源的开发管理，有计划有组织地复垦土地，开荒围海造田。这两点必须统一管理，不能分散。至于土地开发的经营活动可适当分散。

5. 土地流通管理。国有土地第一次出让，涉及权属转移，属于地政管理范畴，不属于纯经营活动，必须由代表国家政府职能管理土地的部门统一管理，不能分散管理。土地使用权的第二次出让，属于经营活动，可分散管理，也可归口到其他有关部门，但必须到土地管理部门登记，办理使用权转移手续，土地部门起监督作用。地产市场的管理，属于宏观管理，不是微观管理。

6. 土地监察管理。主要是对土地开发利用和流通过程的动态监测与检查，它属于执法监督工作范围，是土地管理部门的本身职责。此工作只能统一不能分散。

以上六个方面的工作，除土地政策、法规管理主要是宏观的间接管理外，地籍、地政管理和土地监理，都要以直接管理为基础。土地开发利用和流通方面的管理，既有直接管理也有间接管理，管理的过程一般是从宏观到微观，前后衔接，逐步落实。因此，在统管的基础上，还要做好与其他部门分工协调，在政企分开、所有权与经营权分开的原则下，不同的部门各有侧重，使它们既能彼此配合，又能相互制约。

（二）土地管理与产业管理的区别

土地管理，实质上是土地资源管理（城市土地既是资源也是资产），它不是行业和产业的管理。例如，土地管理与房屋管理，两者既有紧密的联系，又有本质的区别，前者属于资源管理，后者属于产业管理（可称行业管理），因为各自具有不同的特征。

1. 主权和产权的区别。土地是国家主权的物质实体，绝对要求由国家统一管理，实际生活中的各种边界纠纷充分说明了这一点。而房屋则不然，任何国家都可以到另外一个国家购买房屋或经营各种产业。所以，土地的管理与房产的管理具有本质的区别。中国土地管理的覆盖面，必须是960万平方公里，而不能是其中的一部分。房屋则不然，没有整体观念。

2. 所有制与物质上的区别。从所有制上讲，土地只有公有制一种，即国家所有和集体所有，土地的所有权不准买卖。而房屋的所有权非常复杂，既有共有，也有集体所有、个人所有，还有合资所有。不仅鼓励买卖，而且随时都有变更所有权的可能，不是劳动产品，是一种自然物。而房屋是一种人类劳动产品，要不断折旧更新，直到报废。

3. 经济收益上的区别。有偿出让国有土地使用权和收取土地使用费（税），是土地所有者向土地使用者收取的地租，不是经营利润，是土地所有权在经济上的体现。所以，必须归土地所有者——国家所有，不能流向任何单位和部门。而房地产收益是投资利润，应归房屋开发经营者所有。问题是目前现实生活中房屋的卖价租价，包括上述两个方面，即人们常说的“地价隐藏在房价之中”。地价没有分离出来，本应为国家所得的地租，有一部分被房地产开发经营者一类的公司所得，这极不合理。不言而喻，将隐藏于房价之中的地租科学地分离出来，由国家收取，是理顺城市政府与房地产开发公司经济关系的关键所在。

4. 土地资源的开发、供给、利用管理，涉及许多部门和行业，不单单是国家土地管理部门的独家职责，土地利用尤其如此。有的由国家土地管理部门独家管理有利，有的则应多部门参与管理，应区别对待。土地管理部门对土地的管理，是代表国家、政府对土地的最高层次的管理，同时也是代表国有土地所有者，要求使用者全面执行租用土地时所承诺的各项义务。城建部门、房管部门，以及国家其他一切部门，都有权督促所辖企业、行业或单位正当使用土地，但这不是代表国家进行资源管理，而仅属于产业管理或部门管理。从理论上讲，国有土地的产权代表，只有一个部门，不能有一个以上的部门，更不能城市土地是一个部门、农村土地是另一个部门。商品经济要求产权代表必须绝对明确、绝对单一，不能有任何含糊不清。

三　建立土地管理与开发经营相互协商、相互制约机制

土地管理工作，特别是城市土地管理工作，涉及面广，牵扯部门多。土地管理体制改革以来，碰到几个方面的交叉和矛盾。例如，土地管理与测绘管理职能的交叉；城市规划与建设用地的审批、征拨职能的交叉；城市土地管理与房屋管理职能的交叉；城市建设与土地管理制衡

作用的矛盾等。当然，在明确了城乡土地统管的职能之后，以上交叉和矛盾是不难解决的，也是能够解决的。

1. 规划部门与土地管理部门的相互制约关系。就城市来说，城市规划是经济工作的先导，它起着龙头的作用。城市土地管理、使用及城市建设都要以规划为依据。首先，城市建设规划，要符合宏观国土利用规划，城市建设要按国家用地规划行事，不能无限制地扩大建设用地。其次，土地管理和使用要符合城市总体规划和建设计划，否则不能批地。它们之间是一种相互支持、相互制约的关系，合而为一，不利于节约每寸土地和提高土地使用效率，这已被不少城市的实践所证明。

2. 国有土地使用权出让与转让再转让的关系。国有土地使用权的出让和转让、城市规划区内土地使用权的出让（或称第一次出让），是土地所有者处分土地使用权的法律行为，不是经营活动，尽管有的引入市场机制。所以必须由政府垄断，授权土地管理部门负责。可由土地管理部门会同城市规划、建设、房产、物价、财政等部门共同组成领导小组，提出出让项目的具体方案，报政府批准后实施。出让国有土地级差地租收益划归国家财政，防止流失。目前深圳、上海、福州、厦门等城市就是这样做的。土地使用权转让或再转让（或称第二次转让），属于地产市场的交换行为，是一种经营活动，可由房地产经营部门统一管理，也可由管理市场的部门管理，但要到土地部门办理转移手续，接受监督。原来由行政无偿划拨的土地，其使用权随房屋权属转让时，要按照规定向土地管理部门办理土地使用权出让手续，并补地价或征收土地增值税，这些土地收益均归国家财政。土地管理部门和房屋管理部门也是一种相互协调、相互支持和制约的关系。

3. 耕地的占用与复垦的关系。我国是一个人多地少的国家，解决好耕地的占用与复垦的关系是解决“一要吃饭，二要建设”的大问题。但是，根据我们调查，不少城市没有解决好这个问题，耕地占用与复垦荒地脱节。其表现是：①征收的耕地占用税，不能完全用于复垦；②土地开发经营获得超额利润（含有大量地租），被开发公司占有，政府无法全部收回；③多数复垦公司负债经营，积极性受到严重影响。这种局面不改变，复垦事业很难发展。由此可见，耕地占用税和政府出让土地的收益，必须拿出绝大部分用于复垦土地，否则后果不堪设想。没有城乡土地的统管，耕地占用与复垦统一规划也是做不到的。因此，占用耕地进行开发经营与复垦之间要有制约的关系。

总之，城乡土地的统管，在目前国情下具有十分重要的意义，不明确城乡土地统管的基本内涵，各种经济关系也无法理顺，各部门之间的相互制约机制也无法建立，也就谈不上强化土地的管理，节约每寸土地，提高土地使用效率。

（本文发表于《中国土地科学》1990 年第 2 期。该文最早是 1989 年 9 月国务院机构改革办公室吴佩纶副主任召开的土地管理职能协调会上的发言，其中不少观点被国务院 1990 年实行的城乡土地统管文件采纳）

由于我在土地使用制度改革、土地有偿使用方面做出的突出贡献，在中国国家土地局成立科技委员会时，被特聘为国家土地局科技委员、常委，直至退休。

二　为国家填补空白及创新性研究

我进入科学研究与探索阶段后，在不少方面为国家填补了空白，做出了开拓性的研究，对社会影响较大的有以下几个方面。

（一）在中国土地租税费体系方面的研究填补国家空白

这项研究是国家土地管理局“七五”时期的重点研究课题，是王先进局长提名中国社会科学院财贸所，由我主持的重点研究课题。课题组在我主持下吸收了当时农业大学土地资源系博士谢经荣，中国人民大学的研究生王小映，国家税务总局的周茵（处长）、李彬同志共同参加研究，用了近三年时间完成研究总报告，并通过了专家组的鉴定，图

12 为专家组部分成员（见图 12）。

这项研究填补了国内空白，并为社会主义市场经济建立运行机制，发挥土地的调节作用奠定了理论基础。此成果获国家土地局科技进步二等奖。这项研究的最大价值在于不仅从理论上明确界定和理顺了租税费的关系，提出明确的理论界定标准，还为中国土地使用制度的改革提出了前瞻性的战略思路。以下是当时我为该课题起草的深化改革思路。

图 12　专家组部分成员

建立租税费体系的思路

在研究和分析房地产及租税费存在的主要问题之后，不难得出这样的结论：要建立与完善租税费体系，就必须明租、正税、少费，这是土地租税费体系建立的条件，也是建立社会主义市场经济的基础，同时也是将我国的经济发展与国际市场接轨的需要。

一　明租

明租，就是在市场经济条件下，明确收取地租。因为地租、土地税和费，不仅形成的基础与内涵不同，也代表着不同的利益关系，三者之间不能混淆。否则就会导致租税费的混乱。

1. 恢复地租概念的意义

在传统经济的管理模式下，我国实行的是高度集中的计划经济，财政统收统支，企业原材料由国家计划调拨，产品由国家包销，企业利润全部上交，亏损由国家补贴。企业使用的土地由国家无偿划拨，并长期由企业无偿使用，也不计入企业产品成本。租金融合在企业利润中一并上交，企业并没有自己本身的利益，利益主体是单一的。城市国有土地的价值在企业中未有任何显示。这种运行机制是与高度集中统一的计划经济相匹配的，从理论到实践都是讲得通的。

但是，随着我国经济体制改革的逐步深入，不仅所有制形式发生了很大变化，由单一的公有制变为公有、集体、“三资”、个体多种所有制形式，而且经济利益也由单一的变为多元的，由于国有企业已成为独立的自主经营、自负盈亏的经济实体，企业之间也都有了各自的经济利益。不同集团（企业）代表着不同的群体利益。显然，在这种背景下，国有土地再被企业无偿长期占有，是与市场经济相吻合的。因此，恢复地租的概念，作为土地所有者的国家向土地使用者收取地租是名正言顺的。这是因为：①在市场经济条件下，为了创造平等竞争的条件，企业使用的土地必须打入生产成本。②企业使用国有土地，因为要交地租（租金），这就迫使企业强化管理，合理使用土地，提高土地利用率。③有利于市场经济的发展。企业过多地占用土地，国家就要根据土地级差效益，收取不同地段不同数额的地租。反过来迫使企业一是让出多余的土地，二是搬出优越地段，对房地产市场发育有利。④国家向土地使用者收取地租，就明确了国家与企业的土地租用的关系，有利于在理顺产权的基础上理顺各种经济关系，对市场经济运行机制的完善有利。

应当指出，我们所说的恢复地租的概念，不仅仅是指城市国有土地，对于农村集体土地，也应向使用集体土地的农民收取地租，将现在的提留改为地租（可叫土地租金），这样有利于强化农民的集体观念，也有利于发展土地的适度规模经营，对提高土地利用率，发挥土地效益，克制抛荒都有着重要的作用。恢复地租的概念，不仅对加强土地管理，防止土地收益流失有重要作用，而且也是理顺产权及各种经济关系的前提。但是，在实施之前，国家必须有法律明确国有土地产权代表机关。

2. 设立地租是市场经济发展的需要

随着我国经济体制改革的逐步深入，早在20世纪80年代初期，深圳一些城市就依据马克思的地租地价理论，向“三资”企业和使用国有土地的单位和个人收取“土地使用费”。1984年抚顺市又进行了全面收取城市土地使用费的试点。之后逐步在全国铺开。“土地使用费”其实质就是地租。由于我们回避了“地租”这个词，导致了租税费的混乱局面。目前，我国的一些沿海城市，税费名称多达24种，搞得人们眼花缭乱，而各个城市的标准和名称也相差很大，仅属于地租内涵的就有：①土地出让金，是指一次性有偿出让而收取的土地出让金。②土地使用费，是指原划拨给外商和“三资”企业的用地，各个城市的收费标准也很不一致，从每平方米1元至20元都有。③土地使用金，是指已经有偿出让的国有土地（50~70年），为表示土地所有权的存在，每年还向土地使用者收取每平方米0.3~1元的土地使用金，各个城市差别也很大。④目前征收的土地使用税，实质上也是地租的代名词，因为不向已有偿取得土地使用权的外商和“三资”企业收取。税是以法律形式颁布的，它是政治权力的体现，对所有的纳税人都是平等的，取得土地使用权的方式和企业性质，都不能成为不交税的条件，因此，说它是地租的代名词。⑤私房土地租金，是指私房主表示使用城市国有土地的报偿，上海每月每平方米收取土地租金0.016~0.08元。上述名目的费、税金，都是土地地租的内涵，却有多种叫法。至于“费”就更多了，如土地管理费、土地闲置费、配套费等，多达13种。

产生上述问题的原因：一是缺乏理论界定，一些同志对租税费的本质认识不清；二是从本地区部门利益出发，巧立名目，以避免与中央分成；三是土地租税费体系尚未形成。我们所说的明租，就是要解决混乱问题。明租就是明确设立地租。这是为了适应市场经济的建立与深化土地使用制度改革的需要必须采取的步骤，因为在对外开放中，如果再不规范概念，同国际公认的概念相一致，既不利于与国际市场接轨，也不利于建立与完善我国市场运行机制。我们设想的地租体系思路是：①城市国有土地由地方政府（国家明确的土地产权代表机关）收取地租，然后按比例上交中央政府或国家，以中央税种形式向土地产权代表征税。②农村集体土地，由使用集体土地的农民向代表集体的经济组织（农委会或生产队）交纳地租，相当于集体提留、国家向农村集体经济组织课征土地税。这样就理顺了土地产权关系及各种经济关系。对产权交易及防止土地资产流失都是有好处的。地租的征收标准可视当地经济状况而定。因为地租是由超额利润转化的，是直接生产者在农业或其他产业中所创造的生产物被土地所有者占有的部分，乃是剩余产品价值的分配，是土地所有权在经济上的实现形式。这样与土地相关的各种经济关系，也很容易理顺。

二　正税

关于税的概念与定义，我们在第一章已经论述过了，这里主要论述正税。何谓正税？其含义是什么？

正税包括两层含义：一是要与我国的财政税收体制相适应，要考虑土地交易的全过程，建立一个为土地管理和增加土地收益服务的土地税收体系。使土地与房产税既达到一定收入规模，又简化了税种，加强了调节力度，减少避税、逃税现象，促进土地资源的合理利用，与国际上其他国家和地区的做法相衔接。同时也要同我国分税制改革衔接。另一层含义是将不属于税内涵的税种进行改变。如“土地使用税”就是地租的内涵。当时是出于征收方便而叫税的。说“土地使用税”具有地租内涵的依据有两个：①《中华人民共和国城镇土地使用税暂行条例》第一条规定：“为了合理利用城镇土地，调节土地级差收入，提高土地使用效益，加强土地管理，制定本条例”。既然“土地使用税”是因“级差收入”而设，就自然属于地租的内涵。②在我国的一些沿海城市，凡是有偿出让的土地（外商和内商均有），都会象征性地收取一定的使用费，以显示土地所有权的存在。前面已述，税是一种政治权力的体现，不能以取得土地使用权的方式划分征收范围。由此可见，在恢复地租概念、收取地租的情况下，“土地使用税”应取消或改变名称，成为真正的税。

应当指出，正税的过程就是建立土地税收体系的过程，因此，是一个复杂的过程，它涉及方方面面，需要慎重对待，要考虑到各方面的因素。

第一，要明确建立土地税收的原则。我们认为应考虑这样几点：①要考虑各种同土地利用有关的市场行为，根据土地在交易过程中（包括房地产开发、经营、销售）各种利益关系设置一定的税种。②任何土地、任何土地交易都应交税，但税种既不能重复，也不能过多过乱，覆盖面要广，税种税率要简化。③依据土地税是财产税、地方税和行为税的性质，根据土地利用类型，制定不同的税率。

第二，土地税收体系的设立，不仅要同我国分税制的整个税制改革体系相衔接，还要充分考虑它同住宅制度改革的关系，要同企业改革相适应，并要同土地、房地产法规的制定相协调。

第三，为了尽快建立与完善土地税收体系，需要从以下几个方面准备：①尽快建立规范的土地市场，设立土地（含房屋）交易法规；②健全地籍档案资料，为土地的交易提供服务；③建立与健全法定的土地评估方法；④加强城市发展的总体规划，城市建设要以规划为龙头，城市土地的开发、房屋的建设，以及土地的出让、转让，都要以城市总体规划的土地使用目标和功能分区进行，否则会打乱城市发展布局。

应该说，今后在社会主义市场经济的条件下，土地管理的主要任务将成为：①从以行政手段调控转变为运用土地税和地租，调节土地的利用方向。国家运用经济手段（税率）对土地使用方式实行间接的宏观调控。②用法规手段，规范土地市场行为，使之逐步规范化。③健全与完善地籍档案资料，为社会的土地交易提供服务。④国家运用税种税率的差别，调节土地收益，尤其是要抵制土地投机行为，解决由于土地收益分配不公而引起的社会心态失衡。⑤国家利用税率调节土地利用结构，合理配置土地资源。

总之，在社会主义市场经济条件下，税收的杠杆作用，将随市场运行机制的完善越来越明显，传统的行政调节将越来越弱。

三　少费

少费就是尽量少用费的概念。因为费是对投资与使用管理的补偿，应严格区分各种费的类型。当前，我国的一些沿海开放城市所收取的与土地相关的仅叫费的，就多达 13 种。我们认为，其中有不少是缺乏理论依据的，也是不合理的。因为地租、土地税和费，三者之间的内涵概念都是不相同的，形成的基础也不一样，不能混淆和乱收费。

对于费的基本内涵与形式的基础，我们在第一章里已有详细论证，此处不再赘述。对于费用的产生，起码要具备两个条件：一是国家与地方政府的投入，而这种投入是土地之外的投入，是一种为改善土地利用条件的投入；二是投入后才产生受益关系，只有享受这种投入效益的单位和个人，用户才能交纳费用，因此，费用的征收是有条件的。也可以说，这是收费的原则。由此可见，明租、正税、少费是我国土地使用制度深化改革的方向。这既是建立市场经济的需要，也是建立与完善土地租税费体系的基础。总之，改革开放十几年的实践证明，要发展社会主义市场经济，就必须明租、正税、少费，只有这样市场运行机制才能逐步建立与完善，只有这样才能逐步与国际市场接轨，也只有这样具有中国特色的社会主义市场经济才能沿着健康的道路发展。

（二）中国城市可持续发展模式的研究

《中国昆山的崛起与可持续发展》是我主持研究的中国城市可持续发展的第一部专著（见图 13）。在社会上产生了广泛影响，昆山也成为中小城市发展的楷模和标杆。这部专著在三个方面填补了国内空白。以下图片是该专著首发式上笔者与当时的市委书记李全林的合影及课题组专家与市领导的合影（见图 14、图 15）。

一是完整地论证了中小城市实现可持续发展的原则、条件与实施的措施，给全国中小城市可持续发展树立了样板和标杆。该专著出版后，上百个城市的市长去昆山参观，影响了不少中小城市的发展。

二是本专著从昆山的实践发展中概括出“城乡一体化”的三位一体理论，这为实现“城乡一体化”的发展模式奠定了理论基础。当时提出时，争论比较大，但随着城乡经济的发展，“城乡一体化”的概念

图 13 《中国昆山的崛起与可持续发展》封面

图 14 我和李全林的合影

被大多数人接受，并被中央文件采纳。

三是昆山的发展是工业基础发展以外向型经济为主的发展模式，这就改变了“三来一补”珠江三角洲式的发展模式。并以“两魂、两眼、一明珠”的城市特色发展无烟工业（旅游业）。下文是当时我为本书撰写的导论摘编。

图 15　课题组与赵志军副局长的合影

一　审时度势、抓住机遇

审时度势，也可理解为利用“天时”，即宏观背景，改革开放以来中央所确立的宏观政策。天时对任何城市都是平等的，关键是城市的领导者能否结合本地区城市的实际巧妙地运用，或者说抓住机遇发展自己，这就反映了领导者的决策能力和水平。昆山领导者以超前意识及时准确地把握住中央改革开放以来所确立的一系列方针政策，抓住了每一个机遇，发展了自己。

概括起来可体现在以下四个方面：

(1) 党的十一届三中全会，做出“中心转移”的决策，把工作转移到经济建设上来。昆山的决策者抓住这个机遇，坚持以农业为基础，结合本地实际情况，提出“东依上海、西托三线、内联乡村、面向全国”的横向联合发展思路。在一定范围内构成了人、物资、资金和技术等生产要素的合理配置，实现了社会化生产的合理分工。从理论上讲，这既具有发展社会生产力的性质，又起到调节生产关系的作用。

（2）20世纪80年代中期，党中央国务院决定加大沿海城市和地区的开放力度，批准14个沿海开放城市兴办开发区。昆山运用沿海地区的区位优势，在吸取70年代兴办“红旗工业区”① 教训的基础上，在旧城区的东侧，依托旧城区的基础设施办起了“工业新区”。中央领导于1987年参观“工业新区”予以肯定后，才改为“自费经济技术开发区”。昆山自费兴办的开发区，坚持“项目为纲，效益为本”的发展原则，走出了一条“富规划，穷开发”的创业之路，提出并实行了“三先三后”政策，即先生产、后生活，先向外、后向内，先上马、后完善的开发建设方针。在资金筹措方面，采取了“三个一点”方式，即地方筹一点，银行贷一点，开发区收一点。就这样，于1984年7月昆山“自费经济技术开发区”在长江三角洲地区迅速崛起。当时，国家批准的14个沿海城市开发区，每平方公里原基础设施投资需要1亿元，而昆山“自费经济技术开发区”仅花了国家批准开发区投资的十分之一。

（3）1992年，党的十四届三中全会，提出进一步加大开放力度，建立社会主义市场经济的发展目标，并把上海浦东列为新的重点开发区，确定长江三角洲为经济发展的重点区域。经层层验收，1992年8月22日国务院将昆山自费开发区批准列入国家开发区序列。在这种背景下，昆山决策者在慎重研究和分析本身经济基础的情况后，比较明确地提出“抓住三个机遇，形成三个格局”的发展战略设想。即：抓住浦东开发开放机遇、沿江重点发展机遇、昆山开发区“国批”机遇；以此形成以开发区为龙头，带动乡镇工业小区的全方位开放格局；以中心城市（昆山旧城与形成的新区）带动卫星城的现代化城镇格局；在

① 20世纪70年代初期，县委为了搞工业发展，在离昆山十多公里的巴城，利用原劳改厂的土地，兴办了红旗工业小区，当时办起了机械厂、磷肥厂、制药厂等，因交通不便（当时无公路）、基础设施和服务设施不配套，职工不安心工作，至今也未发展起来。

巩固农业基础、提高工业效益的前提下，大力发展第三产业，并逐步形成“三、二、一”结构的产业格局。在此基础上，提出到20世纪末把昆山建成基本现代化中等城市的宏伟目标。

(4) 90年代初期，当世界各国都在关注科技在经济发展中的作用，增加科技含量时，昆山的决策者就及时制定了科技发展规划，并提出“科教兴市”的发展战略。

昆山人运用天时赋予的良机，经过几年的艰苦奋斗，经济与城市建设都迈上了一个新的台阶。目前，现代化中等城市的基础框架已初步形成。尤其是近5年的快速发展，“三个格局”的发展设想已初步实现。

1. 以开发区为龙头的全方位开放格局

至1994年底，全市累计兴办外资项目1273项，总投资41亿美元，合同利用外资33.8亿美元，外资到位10.7亿美元。仅1994年就新批准外资项目279项，总投资11.6亿美元，合同利用外资10.7亿美元，外资到位5.69亿美元。新批项目的投资规模达到557万美元，外方出资比例达到91.1%。上一年已有621家“三资”企业投产，完成销售额41亿元，占全市工业销售的四分之一，实现利税2.2亿元，出口创汇3亿美元。这些外资企业以昆山经济技术开发区为核心，遍布在20个建制镇的配套工业小区或旅游度假区内，全方位的开放格局已经初步形成。

2. 以中心城市带动各城镇现代化的城镇格局

近3年来，昆山的城镇建设步伐大大加快，在“城市现代化、乡镇城市化、村庄集镇化、经济国际化”思想的指导下，城镇建设初步进入现代化阶段。目前昆山境内的公路已联通昆山区域内的各个村庄；1994年末全市20个镇全部开通程控电话，移动通信网覆盖全市，市内电话用户达15115户，其中住宅用户9073户；农村电话用户达7709户，其中住宅电话用户4073户，移动电话用户1995户，无线寻呼用户10105个。邮电局还特地为15个村庄办起电话村，平均60%的农户装上了电话。城乡电话普及率达每百人8.86部。

目前昆山市区内，建成区已发展到近15平方公里，旧城区改造面积达70%以上，宽阔整洁的马路两旁竖立起一栋栋大型现代化的公共建筑，如新华书店、华夏购物中心、科技大楼、政府大厦以及中国银行、中国交通银行、中国工商银行等大型建筑遍布在市中心各个角落，现代化的城市轮廓已初步形成。城市的环境卫生及其绿化都达到相当高的水平。昆山已被建设部授予“全国园林绿化先进城市”称号。

遍布在市中心周围的各镇，近几年的城镇建设也有了快速发展，一般都形成了3~5平方公里的建成区。具有旅游度假盛名的淀山湖、阳澄湖、周庄以及陆家、正仪各镇，城镇建设更是别具一格，高出一般城镇一个档次，现代化气息更浓。可以这样说，以昆山为中心的群星拱月式的城镇体系，已经初步形成。

3. 巩固农业基础，提高工业效益，大力发展第三产业，逐步形成“三、二、一”结构的产业格局

昆山市尽管近几年建设用地较多，在耕地面积锐减的情况下，农业基础作用没有动摇，第一产业在三次产业中的比重逐年下降，但粮食产量却在逐年增加，这是相当不容易的。当前，虽然没有完全实现三次产业由“二、三、一”向“三、二、一”转变，但确实有了很大进步。因为昆山旅游资源丰富且别具特色，昆山拟把旅游度假区的开发建设作为新的经济增长点。昆山紧靠上海，从区域角度看是上海的一座“卫星城”。在中国实行五日工作制的今天，昆山的旅游业及商业、服务业大有发展前景，这将有助于产业结构尽快向“三、二、一”格局转换。

二　发挥优势、积极进取

昆山处于非常优越的地理环境之中，并拥有土地、旅游、水产品资源优势，这为昆山的发展创造了有利的条件。

1. 区位优势

昆山东靠上海，西临苏州，处于上海与苏州之间。京沪铁路、312国道穿城而过，吴淞江、娄江东流过境，水路经上海港、张家港可直接出海。公路至上海虹桥机场只有1小时汽车路程，正在建设中的沪宁高速公路也将从昆山经过，它是由东向西的第一个道口。从江苏省看，昆山处于江苏经济“金三角”的前沿，是江苏省经济开放向东延伸的窗口，又是上海辐射的中继站。这种优越的区位优势为昆山经济的迅速发展带来了生机。

昆山人巧妙地运用这种优势，在经济发展上迈出了三大步。

(1) 80 年代初期，当农村推行家庭联产承包责任制，解放了农村劳动力的时候，昆山就迈出乡镇企业崛起的第一步。只用了几年时间，农村经济就进入农林牧副渔、工商运建服务综合发展的新阶段，使得农副工三业生产协调发展。

(2) 80 年代中期，在全国都搞横向经济联合时期，昆山面对上海工业的梯度转移和“三线企业”急于出山，而上海比较拥挤、难进的现实状况，迎来上海和“三线”不少企业同昆山联合办企业，由此给昆山带来先进的技术、管理和资金。当时昆山与外地投资联合，采取了不争领导权、不争所有权，只要把企业办好，有利于增强经济实力，有利于发展生产力，就不怕“肥水流入外人田”的方针。这种具有长远眼光，胸宽大度的精神，换来昆山工业经济的大发展。

(3) 1992 年后，“在抓住三个机遇，形成三个格局”的思想指导下，也是运用这种区位优势，引来大批外商来昆山投资建厂。因为昆山开发区起步比浦东早，投资环境①和条件相对比浦东优越，而地价又便宜。同时还发挥了“三沿”优势，即沿江、沿湖、沿开发区。因此，使得一批外商进入昆山，其中一些技术含量较高的大跨国公司也进入昆山落户，推动了昆山经济技术开发区以及配套小区经济全面发展，使产品和技术又上了一个新档次，开始向经济国际化迈进。

2. 资源优势

昆山的资源优势，比较突出地表现在以下方面。

(1) 土地资源优势。昆山全市土地总面积为 921.3 平方公里，80 年代初期耕地面积为 88.02 万亩，人口为 52.1 万，人均耕地面积 1.69 亩，大大高于江苏省的平均水平，是土地资源较丰富的地区，当时处于人少地多状态。昆山人借助土地资源的优势，率先对土地使用制度进行

① 在现今社会中，“投资环境”不仅包括硬件，如交通、通信等，还应包括软件环境，如劳动力素质、社会风尚、人口的文明程度等。

改革，从无偿使用变为有偿使用，早在1989年8月就有偿出让了第一块土地，拉开了以地生财的序幕。这在全国县级市中还是第一家。自1989年至1994年底，共有偿批租（出让）土地521幅，5.23万亩，合同出让金52亿元，已到位出让金额25亿人民币。这就为城镇基础设施的现代化建设，以及土地复垦、环境治理，提供了雄厚的资金，并为加快城镇现代化建设的速度创造了条件。同时通过土地的有偿使用，达到了几个重要的生产要素的优化组合，并产生了更多的经济效益，成为昆山经济发展的一个新增长点。

（2）旅游资源。昆山人从实际出发，利用已有的旅游景点，如阳澄湖（巴城镇）、淀山湖、周庄古镇、玉峰山等自然景观和人文景观，开辟旅游度假区，大力发展旅游业，促进第三产业向更高层次发展。昆山的这些旅游资源都具有鲜明的特色，宣传得好会产生巨大的吸引力，我们经过实地考察，将昆山的旅游资源特色概括为“两魂”、“两眼”、“一明珠”。

两魂

昆山市处于一望无际的平原上，却有海拔80.18米的一座秀丽的孤山出现在旧城区的北端，这就是玉峰山，也称马鞍山。这座山峰兀立百里平畴，为清澈的古娄江盘绕，景色别致。山分东西两大峰，形如马鞍，马鞍的凹处，有个林木扶疏、花卉绚丽的公园，方圆560亩。据史料记载，该园在明清为郑氏废园，到清光绪三十二年辟为公园。1936年为纪念顾炎武（亭林先生），定名为亭林公园。园内融山水花木为一体，犹如一个小巧精美的山石盆景，主景玉峰山有三多：一是景多，大小72处；二是峰多，大大小小的山峰，千姿百态，如老人峰、文笔峰、紫云峰……；三是洞多，有栖霞、桃源、抱玉、长阳等山洞数处，真是难得的旅游胜地。此可称为昆山的自然魂。

顾炎武是明末清初时期的杰出思想家和爱国学者，盛名于海内外。亭林公园南门的正前方竖立着顾炎武的高大塑像，塑像下方刻着他的“天下兴亡，匹夫有责”的名言，塑像的北面就是顾炎武纪念馆。这一人文景观吸引着不少海内外仁人志士慕名而来。此可称昆山的人文魂。

两眼

淀山湖位于上海浦东、昆山国家级开发区与苏州新加坡工业园的三角中心。湖面清澈、碧蓝，有12.5公里的湖岸线，是不可多得的自然景观资源，离上海只有25分钟的车程。目前已开辟为省级旅游度假区，并列入“中国21世纪小城镇规划与建设的示范工程”，其必然会成为上海与浦东的“后花园”，有巨大的开发潜力。古人诗曰：“疏星残月尚朦胧，闪入烟波一棹风。始觉舟移杨柳岸，直疑身到水晶宫……”难道这不是一只明亮的眼睛吗？

阳澄湖，是扬名中外、闻名遐迩的“阳澄湖大闸蟹”的产地，又是昆山巴城镇所在地，目前已辟为旅游度假区，并开辟了一个大型淡水浴场，别墅群已耸立在湖岸边。城镇建设近几年有了较大发展，并初具规模。阳澄湖水域辽阔，碧水如镜，湖光秀色，四时分明。每天早晨，朝霞映在湖上，迷雾缭绕，水汽朝澜，轮拖汽笛长鸣，宛如游龙逶迤破浪。傍晚，当太阳渐渐隐没在水天相接的远方时，湖汊口的芦塘边、柳荫下，渔船炊烟四起，迎来了月巡当空、星影摇荡的阳澄夜色，秋时的阳澄湖，碧波与晴空相接，水天一色，渔帆片片，蟹影点点。真可谓：浪花相连，渔帆招展，天水相接，霞光闪烁。此可称昆山的另一只眼。

一明珠

周庄是昆山市所辖的具有900多年历史的古镇，处于阳澄湖、白蚬湖、淀山湖和南湖的怀抱之中，是一座江南典型的具有“小桥、流水、人家”特色的古镇。近几年，人们惊异地发现，就在拥挤喧闹的上海、苏州之间，还有这么一座历史悠久、民风淳朴，供人在幽谧的街巷中、秀美的田野上、清澄的河水间，来欣赏历史的遗迹，探究民俗民情的渊源，观赏江南沈万三宅院、张厅的“箸泾”，寻觅一份野趣，使浮躁的心灵复归于宁静的地方。所以，1992年以来，周庄古镇成为新开辟的旅游胜地，声名鹊起，犹如一颗拂动了尘埃的珍珠，散发着璀璨的光芒，展现在人间。

正是由于昆山人运用“两魂”、“两眼”、“一明珠”的自然景观与人文景观，使得第三产业在国民生产总值中，3年提高了16个百分点。

(3) 水产资源。水资源丰富是昆山地理环境中最为突出的特色。大量的水体，交织如网的河流，不仅为昆山创造了便利的水上运输条件，而且大面积的河湖水面，也给昆山的淡水捕捞和养殖业发展创造了条件。昆山从历史上至今渔业生产一直很兴旺。1987 年昆山地区有各级水产场 268 个，成片鱼池近 30494 亩，全市水产品产量 1.83 万吨。不仅阳澄湖“大闸蟹”闻名中外，塘鲤鱼、鲑鱼等也享有盛名。

昆山水资源及水产品的丰富，为昆山经济的全面发展，以及外引内联起到了重要作用。

三　招贤纳士、团结奋斗

如果将“天时”视为发展的条件，“地利”视为发展的基础，那么“人和”就成为发展的决定因素。任何事业的成功，都是“天时、地利、人和”三者融合、凝结在一起的客观反映，缺少任何一点都不能取得圆满的成功，这已成为事物发展的客观规律，古今中外无数事实都证明了这一点。

昆山的“人和”，不仅仅反映在人们思想上的解放，观念上的创新，领导层的宏远气魄，还反映在“纵向”与“横向”的团结奋斗，协调一致。

纵向：自改革开放以来，昆山主要决策者换了四届，但每届都是在继承前届事业的基础上，继续开拓，并不是每届领导另搞一套，否定前者，树立自己；而像赛跑中的接力棒似的，一届比一届开拓与发展。因此，继承性强，这既反映了领导者的胸怀大志，又反映了领导干部胸怀人民，一切为人民的思想和共产党的干部素质。其特点是：①艰苦奋斗，心里装着人民，走社会主义的共同富裕之路，社会主义的特色较浓，这与一些地区相比，形成鲜明对照。②物质文明与精神文明一起抓。因此，社会风气与社会主义的道德观念较好。③领导层出现意见分歧及时交流思想，因为立党为公，很快就统一到经济发展与建设上来。④领导班子成员中配合默契，相互支持。

横向：昆山市机关的各部委局之间，以及主要领导与一般干部之间，比较团结和协调，对昆山市的发展战略思想比较明了，远期、中期、近期干什么，目标清楚，怎么干都心中有数，有一种上下一致、团结奋斗的气氛。昆山在80年代以来，从外地引来大批科技人才，在使用与提干上，都与本地干部一视同仁。因此，外来干部与本地干部较为协调和团结，干群之间隔阂较少。干部处处想着为民办实事，公而忘私，不少中层干部节假日都放弃休息，一心扑在工作上，因此，群众对领导比较理解，对工作也给予热情支持，中国的两句老话说得好："人心齐，泰山移"，"众人拾柴火焰高"。这是昆山在十几年时间就迅速崛起，并取得快速发展的最根本的原因。应该说，在市场经济大潮中，做到这一点是很不容易的。

近几年，昆山市委、市政府巧妙地运用"天时、地利、人和"的有机整合，在抓住三个机遇、形成三个格局的过程中，发挥三个经济增长点的作用，重点开发建设三区，有力地推动了经济全面发展，使得昆山迅速崛起。

四　高瞻远瞩、协调发展

昆山迅速崛起与发展的成功，已经引起国内外人士的广泛关注。其重要原因，是昆山的经济社会发展，已初步走向良性循环，并开始走向可持续发展的道路。所谓"可持续发展"，就是"既满足当代人的需要，又不对后代人满足其需要的能力构成危害的发展"。昆山近几年就是向着"人口、环境、资源与发展相协调"的方向迈进。昆山的成功经验，从理论高度去总结，并结合中国城市发展现状，比较突出的有三个方面。

1. 较好地解决了"城市发展与耕地保护"的关系

对中央一再提出的要正确处理"一要吃饭，二要建设"的关系，昆山处理得较好。昆山土地管理局提供的数字显示，昆山市1986年耕地面积为773155.5亩，1994年降为718044.5亩，减少耕地面积5.51万亩，平均每年减少耕地6888.9亩。而人口1986年为543526人，1994年底已上升为578269人，增长34743人，平均每年增长4342.9人。加上昆山近几年经济建设发展速度较快，外地劳动力也不断涌入，目前在昆山劳动的外地人口达3.57万人。人增地减的矛盾也较突出。昆山又是全国的商品粮基地，在现有的71.8万亩耕地中，既要满足58万人的吃饭需求，又要每年完成上交1.5亿～2亿公斤的商品粮任务。昆山的具体解决办法：一是提高土地利用效率，对出让未动工的土地一律回收交农民耕种，由土地局承担风险；二是按国家法律的规定，对于出让的土地使用权，过期不动工的收回其土地使用权，至1994年底已收回土地使用权76幅、14685.7亩；三是组织力量对零星废地进行复垦，目前已复垦土地1.9万亩，其中复垦为良田的占65%；四是定点取土、河底取土，减少耕地的占用；五是建立永久性基本农田（口粮田）保护区，组织集约化规模经营，提高单位面积产量，目前昆山有规模经营单位（各种类型的农场）1699个，粮食产量逐年上升。1979～1988年，粮食总产42.39亿公斤，年均产量4.239亿公斤，1989～1994年，在耕地面积大量减少的情况下，每年平均产粮4.6亿公斤，还保持了粮食产量的增长势头。基本做到资源与发展的协调，并较好地解决了“一要吃饭，二要建设”的问题。这对经济比较发达的沿海诸城市和地区来说，无疑具有重大的启示作用。

2. 创造了一种城镇现代化、农村城镇化的“三位一体”改造模式

昆山在工业化与城市化过程中，创造了一种城镇现代化、农村城镇化的“三位一体”改造模式，为中国村镇向现代化迈进及实现城乡一体化提供了经验。

“三位一体”即建制镇的改造建设与乡镇工业的改造及村庄改造相结合，通过统一规划，分期实施，逐步完成。昆山是江南乡镇工业起步较早的地区，目前有不少乡镇企业已不适应市场经济的发展。初期兴办的乡镇企业，一方面有不少带有不同程度的污染，这些乡镇企业都要逐步改造和关停并转。另一方面，由于占地多，基础设施不配套，效益也不好。因此，昆山的20个镇都相应地在城镇旁边建立起工业小区，把各村的村办企业逐步集中到工业小区，这样不仅可以节省大量土地，而且基础设施建设与配套也比较容易和节省，集聚效益比较好的得到充分发挥。与此同时，对自然村过密的地方有计划、有组织地按着“三位一体”规划，逐步搬迁，相对集中到镇，腾出的土地还田，并实现农村人

口城镇化。以淀山湖为例，目前淀山湖镇已集中全镇区域范围内的40%人口，计划2000年城镇人口达到60%～70%；农业生产基本实现集约化规模经营和农业生产的机械化，已经向农业现代化迈进。不仅农村城镇化大为提高，而且农业经济也得到发展。

当然，这种“三位一体”的改造方法，需要一定的经济实力和经济基础，恐怕在内地一时还难以实现，但是，我们认为：中国的农村城镇化就应该走昆山的“三位一体”道路。因为：①中国是一个具有12亿人口的大国，在城市化过程中，目前我国已有2亿多的农村富余劳动力，随着农村规模经营的发展、机械化程度的提高，剩余农业劳动力还会逐年增加，不可能将这些剩余劳动力都安排在大中城市。②中国有396万个村庄，农民的宅基占地和乡镇企业用地，在我国每年耕地减少的数量中名列第三位。无疑通过村庄和乡镇企业的改造，使一部分的宅基地和乡镇企业用地复垦为农田是非常必要的，也是解决人增地减矛盾的途径之一，应该予以提倡和推广。③乡镇企业相对集中在镇周围的工业小区，不仅可以大大提高企业的经济效益，提高产品档次，增强市场竞争力，有利于基础设施建设的配套，而且环境也可大为改善。农民搬到城镇居住，生活环境和条件大为改观，我们参观了正仪镇的农民新村和淀山湖镇的新村，其设施条件不亚于城市，每户农民居住面积都在250～390平方米。电灯、电话、楼上楼下，上下水齐全。难道这不是我们梦想的“天堂”吗？在这里已基本上看不到城乡差别。应该说，这不仅是符合中国国情的农村城镇化道路，也是保护土地资源，解决“资源与发展”关系的重要举措。

3. 昆山向可持续发展迈出了重要一步

可持续发展是协调人与自然的关系，促进人类生存与发展的基本原则。李鹏总理代表中国政府在联合国环境与发展大会上指出：“保护环境和发展的经济，关系到人类的前途和命运，影响着世界上每一个国家，每个民族，以至于每一个人……中国十分重视在发展经济过程中保护环境，把保护定为一项基本国策，并为此进行了不懈的努力。从我国的实际情况出发，制定了经济建设、城乡建设和环境建设同步规划、同步发展，实现经济、社会和环境效益相统一的战略方针。”针对昆山的实际情况，昆山市委书记李全林同志也曾在不同场合讲过：“我们发展经济是为人民生活的更好，如果经济发展了耕地没有了，没有饭吃；经济发展了环境被破坏了，没有洁净的水喝，发展经济还有什么实际意义呢？”

昆山市委、市政府不仅仅把人口、环境与发展的协调放在口头上，而且在实际中迈出了一大步。

其一，自1980年以来，昆山始终坚持发展经济与控制人口生产一起抓，社会经济与人口生产形成了比较协调的局面。1981～1991年人口年平均自然增长6.24‰，全市的计划生育率一直稳定在99.8%，连续9年杜绝了多胎生育。在控制人口自然增长的同时，加快对人口素质的提高。近几年来，昆山市政府为提高人口素质，每年投向科教卫的资金均占总财政支出的35%以上，1994年达到39.35%。

其二，把绿化环境、保护生态、美化城市提到重要的议事日程。近几年就新建和扩建公园6座，增加绿地7000平方米，完成了19条街道全面绿化（含亭、廊、雕塑等景点建设），城区绿化覆盖率达40.52%，人均绿地8.1平方米。在城市卫生方面，1994年完成环卫六大重点工程，总投资221万元。一个环境优美、整洁卫生的新型城市已呈现在人们面前，并为创建全国卫生城市打下基础。

其三，加大环境污染治理力度，强化资源的保护和充分利用。鉴于昆山对土地资源的利用和保护以及土地使用制度改革，它已成为国家土地管理局改革的试点城市，也是国家的先进城市。对于环境的治理与保护，市委、市政府采取了有力措施：①对有污染的138个乡镇企业进行“腾笼换凤”“退二进三”调整方案，并进行了有计划、有步骤的改造和实行关、停、并、转，已改造完成40%以上，计划2000年前全部改造完成。②对于新上马的工业企业，有污染的不准上马，达到国家环境保护标准后才能开工；目前市区范围有污染的企业已基本处理和解决。③对本区域范围内的水源进行了保护与治理。④加快污水处理厂的建设，旧城区5万吨、投资1亿元的污水处理中心正在兴建；旅游度假区的淀山湖、阳澄湖和正仪镇的污水处理厂已建成。“九五”期间，各镇全面实现污水集中处理排放，全市污水处理率达85%，达标率在90%以上；工业生产实行集中供气、供热；城市气化率达到95%，农村达到65%。⑤开发区从自费开发起，就注重了集中供气、供热，实行了“两水”分离（雨水和污水）。

应该说，昆山市委、市政府，立足长远，面向未来，审慎地处理经济建设与环境保护的对立统一，这是昆山近几年经济高速健康发展的重要原因，也是未来可持续发展的重要条件。

昆山崛起与发展的成功经验，给人们的启示与可借鉴之处是多方面的，从理论与现实意义上讲，上述三个方面是具有重要的理论意义和现实价值的。但是，可持续发展是一种全新的理论和发展模式，限于编著者的学识，对昆山的可持续发展，还未能进行更全面深入的分析。这有待于以后进一步总结和研究，以期更好地指导我国可持续发展政策的实施。

以上是两项填补国内空白的研究与开拓性研究。社会影响比较大的还有：

(1)《中国城镇发展与土地利用》一书（见图16），该书由商务印书馆出版。本书在城市发展建设中展示出许多亮点：一是提出新世纪城市发展的新思想；二是提出城市可持续发展的四大支撑理论；三是论证了“经营城市”的历史由来；四是论证了城市发展与区域协调发展的关系。

(2)《论横向经济联系与联合在城市经济体制改革中的作用》。这是20世纪中期笔者撰写的一篇论文，那时还没有提出“市场经济”概念，当时在研究城市体制改革的问题中，感觉到要发展商品经济首先要打破条块分割，只有发展横向经济联系与联合才有发展商品经济的基础。这篇论文在当时对推动商品经济发展、给企业松绑起到很大推动作用。

图 16 《中国城镇发展与土地利用》封面

横向的经济联系是伴随商品经济的发展而产生和发展起来的。在我国发展横向经济联系与联合，不仅是社会主义商品经济发展的客观需要，而且是我国城市经济体制改革的重要内容，是城市开放的具体体现。

经济联系，是一种动态的经济活动形式，它涉及的范围广，包括的层次多，是一种多方面、多内容、多种方式的经济往来，反映了商品经济运动规律的内在联系。

经济联合，则是一种相对稳定和固定的经济组织形式，它是发展商品经济、实现经济联系的一种形式，是在横向经济联系和经济技术协作的基础上向高阶段发展的结果。但是，经济联合要受一定条件的制约，按《国务院关于进一步推动横向经济联合若干问题的规定》的要求，它必须是两个以上单位才能联合，并从事一定的生产经营活动；必须有一个机构；必须有一个完备的章程或协议；必须经过一定的批准手续，并依法登记注册。

由此不难看出，经济“联系”与经济“联合”，在概念上是有所不同的，但它们是不可分割的，只有横向经济联系的发展，才会产生横向经济联合的形式。经济联合，也只有在经济联系的基础上，建立起来的横向经济联合体，才能巩固、发展、有生命力。没有内在联系的企业，只用行政手段把它们“联”在一起，是不能巩固和长久的。

随着对内搞活经济、对外实行开放方针的贯彻执行，我国各地区、各部门、各城市之间在生产、流通、科技领域，多层次、多形式的横向经济联系有了较大的发展，这就为联合创造了条件。自从扩大企业自主权以来，企业之间出现了许多不同内容、不同形式的横向经济联合体，这是近几年在我国经济生活中出现的新事物，它已经显示出很大的优越性和强大的生命力。它的好处是：资源开发、资金的使用、生产力的配置都比较合理，经济效益也普遍较好，符合社会需要，有发展前途。因此，大力发展横向经济联合对推动我国社会主义商品经济的发展具有重要作用。

（一）有利于打破“条块分割”和“地区封锁”，有利于发挥城市的经济中心作用。条块分割与地区封锁，是旧体制中的主要弊端，发展横向经济联系与联合，不仅可以冲破条块分割与地区封锁，实现政企职责分开、简政放权和所有权与经营权适当分开，而且还可以达到“扬长避短，共同发展”的目的。因为它不受地区、部门、行业界限的限制，能够取他人之长，补己之短。因此，《国务院关于进一步推动横向经济联合若干问题的决定》要求：“要积极发展原材料生产与加工企业之间的联合，生产企业与科研单位（包括大专院校）之间的联合，民用与军工企业之间的联合，工、农、商、贸企业之间的联合，以及铁路、公路、水运、民航企业之间的联营，等等。”这些联合，既可以是专业化协作，也可以是生产要素的联合，即人才、资源、资金、技术和商品购销方面的联合。通过这些经济的联合，逐步形成一种新型的经济组织——企业群体或企业集团。这些企业群体或企业集团，是跨地区、跨行业、跨部门的，这就有力地冲破了“条块分割”与“地区封锁”，使条块之间、城乡企业之间、地区之间的经济往来连成一片，在商品经济的激烈竞争中推动我国社会主义有计划商品经济的发展。

（二）有利于合理地组织专业化协作和社会化大生产。过去之所以不能很好地组织专业化协作，很重要的原因是旧体制所造成的分割。而按照经济内在联系所组成的经济联合体，是一种比较合理的组织专业化协作的形式，经济效益也较明显。在我国搞经济联合比较早的企业，是第二汽车制造厂。他们是在东风系列产品的基础上搞起来的，是以第二汽车制造厂为主体，以生产东风汽车系列产品为纽带，在自愿互利的基础上，共同组成的经济联合体。到 1984 年上半年，参加联营的单位已发展到 18 个省、市、自治区的 66 个厂、113 个配件定点厂，并以联营厂、定点厂为依托，在全国建立了 104 个东风汽车特约技术服务站。通过联合不仅把一些由于产品落后、质量差、成本高、连年亏损、面临破产的企业搞活了，从“小而全”的生产方式转变为专业化协作的社会化大生产，解放了生产力；而且还促进了企业组织结构、产业和结构、地区布局的合理化。由此不难看出，有一个大企业为骨干或有一种名牌产品为主线发展起来的经济联合体，较为巩固，并具有生命力。

（三）有利于挖掘现有企业潜力，促进技术进步，促进城乡结合，提高产品质量和社会经济效益。发展横向经济联合，特别是把城乡企业有机地结合起来，这在改革中具有重要意义。因为城乡企业的联合，可以达到以城带乡、以乡促城、城乡结合、共同发展的目的。通过城乡企业的联合，不仅可以促进中小企业的技术进步，为中小企业培养锻炼人才，提高中小企业的管理水平和人员素质，而且企业和社会经济效益都可以大大提高。从长远观点看，对城乡差别的缩小也有促进作用。例如，天津家用缝纫机的生产，1985 年已把架子的生产全部转到了乡镇企业，使整机生产能力由 1979 年的 32 万台，提高到 1985 年的 92 万台，提高了 1.88 倍。根据辽宁省政研室的调查，沈阳市有 160 多个企业同 1500 多个乡镇企业建立了经济技术协作关系，产值近 4 亿元，占全市乡镇企业工业总产值的 40%。大连冷冻机厂、大连柴油机厂等 27 个单位，向外扩散零部件的产品至少在 10% 以上，多者达 50%，从而使企业的生产能力和产值均增长 20% ~ 50%。协作厂的生产能力和经济效益也成倍增长。凡主体厂向外扩展10%的产值，本身便可以同步增长20%的产值，即“外扩一、内增二”的生产增长关系。根据天津市经委系统的调查，仅经委系统的企业1985年通过经济联合，就增加利税7000多万元，增加企业留利1300万元。中华橡胶厂去年产值的三分之一和利润的26%是通过经济联合实现的。以上情况说明，发展横向经济联合，是促进技术进步、提高经济效益的有利途径。

（四）有利于形成商品市场、资金市场和技术市场，有利于促进名、优、新产品的发展。横向经济联系的基本形式是商品的横向流动，流动量的加大和聚焦就会形成商品市场；再进一步向高阶段发展，不但会有物资（商品）的流动，还会有其他生产要素的流动，如资金、技术、人员的流动，必然形成资金市场和技术市场等。企业之间的横向经济联合，就是后一种经济联系的重要表现。所以，横向经济联合对建立和完善社会主义的市场体系有促进作用。事实证明，经济联系与联合，特别是经济联合，一般都是以某个大中城市为中心，某一骨干企业或名牌产品为依托，逐渐扩散形成跨地区、跨部门的一群企业组合成的一种复合经济组织。“二汽”、大连、沈阳、苏州的经济联合体就是如此。这种组织具有自觉“扬长避短”、聚集名优产品和不断创新的能力。为了提高自身产品在市场上的竞争力，扩大在市场上的占有率，就必须依据市场供求变化状况，不断更新产品。这对解决我国长期以来产品老化问题会有很大的推动作用，促进产品的更新换代，以适应市场的需要。例如，苏州净化设备公司，就是一个城乡经济联合体，它是以净化设备为中心、以经济合同为纽带，按着专业化协作方式组成的，并具有多层次的结构，以隶属关系不变为特征的联合体。这个联合体成立两年多来，研制成功并投入生产的新产品有8种，产品在国内市场上的占有率，从20%提高到30%以上。

（五）有利于发挥城市的流通中心作用。城市的流通功能是城市的基本功能，它表现为城市的辐射力与吸引力。城市流通包含着深刻的含义：一是商流（所有权转移过程）和物流（商品实体空间移动过程）的统一；二是使用价值运动和价值运动的统一；三是流通客体和流通主体的统一；四是信息流通与物质流通的统一。这些矛盾对立统一的运动过程是在城市空间范围内完成的，其运动过程就表现出城市流通的中心作用，也反映出城市辐射力与吸引力的扩展能力，这都是经济联系与往来产生的结果。所以，横向经济联系与联合的大力发展，必然强化城市流通的功能，促使城市大力发展第三产业，提高城市的综合服务能力，为横向经济联系与联合提供各种外部条件。这种相互作用的结果，推动着城市经济的发展。

综上所述，近几年来，我国的横向经济联系与联合都有了很大的发展，这对推动城市经济的发展和提高经济效益起到了一定的作用。但是，就目前看，企业之间的联合，大部分还停留在零部件、工艺技术和商标输出等方面的松散联合的水平上，真正通过联合形成紧密的经济实体，并且有集团性质的联合还很少。显然松散的联合，也能在一定范围内、一定规模上进行生产要素重组，提高经济效益。但由于联合体内的资金、技术、设备和人员不能在更大范围内流动、重组，产业结构调整和最优化，以及经济效益的进一步提高受到制约。如何促使横向经济联合向更高阶段发展，需要从两个方面着手：一方面，经济体制改革要为横向经济联合创造良好条件，特别是计划体制、财政体制、物资流通体制的改革要为横向经济联合开路；另一方面，要创造一种使企业具有内在动力和外部压力的环境，同时为企业的横向经济联合创造适应的外界条件。这就要靠发挥大中城市的各种综合服务功能的作用，为横向的经济联合提供更多的方便，促进经济联合的发展。这就要求城市必须改革原来行政管理企业的办法，不能采取只要符合本地区利益的联合就支持、鼓励，不符合的就限制，是本系统的联合就积极，同外系统的联合就不积极的做法。应把眼光放远些，用全局的战略眼光看待横向经济联合。如果大中城市的领导机构不适应这种新情况的需要，对企业的传统观念和管理方式不彻底改变，企业的自主权就很难落实，就会限制企业的横向经济联合。

应当认识到，发展横向经济的联系与联合，是经济体制改革的重要内容，也是发展社会生产力的客观要求。为了适应这种要求，首先要把企业搞活，只有企业摆脱了行政的束缚，有了自主权的时候，联合才有可能，在企业没有自主权，一切听从上级主管部门的安排的情况下，就不可能有横向的经济联合。因此，扩大企业的自主权，增强企业的活力，是发展经济联系与联合的关键。

（此文发表于1986年《财贸经济资料》第8期）

开拓性研究，除以上两项研究外，还有与杨重光合作撰写的《社会主义城市经济学》、《西部大开发耕地保护机制与政策研究》、《中国特色社会主义住房供给体系研究》等，这里就不一一列举了。

三 研究城市发展的逻辑思维模式

我在研究与探索城市发展实践的过程中体验了四种逻辑思维模式，都有案例研究做参考。

（一）用战略思维探索与研究中国城市发展道路的研究成果

1.《中国昆山的崛起与可持续发展》

这是典型的从发展战略出发从事的研究，成为中国中小城市可持续发展的典型，因为前边已叙述，这里就不再叙述了。

2.《中国城镇发展与土地利用》

这部专著从战略的角度提出很多战略上的亮点：一是提出“迈向新世纪的城乡一体化”的新思路；二是提出在城市建设中的“经营城市”的新概念；三是提出城市可持续发展的四大支撑理论，即资源、环境、区域与品牌。

3.《城乡融合是社会发展的必然趋势》

这是早在改革开放初期，80年代撰写的论文，可看出我的预见性。以下是原文。

城乡融合是社会发展的必然趋势

恩格斯在阐述社会主义、共产主义基本原理时，曾多次提到“城乡融合”问题，从城乡分离、对立到融合做了精辟的分析。恩格斯认为城乡融合是人类的伟大理想。当然，只把城乡融合作为人类的一个理想是不够的，还应当为实现城乡融合创造必要的条件。我国在消灭了城市和乡村的对立之后，怎样向城乡融合的道路迈进，是需要认真研究的问题。笔者想就城乡融合问题谈一些粗浅看法，抛砖引玉，以便进一步探索、推动城乡融合研究的深入。

一　正确认识和理解城乡分离、对立与融合的历史过程

城乡分离是社会分工引起的。从生产力角度考察，城市产生的社会、经济基础是人类劳动的三次大分工。随着人类社会的发展，生产力水平的提高，由原始公社时期物物交换，过渡到以货币为媒介的商品交换，这是个历史发展过程。当人类进入奴隶社会时，手工业和商品交换有了一定的发展，这时期产生了一批城市，也出现了城乡分离。据资料记载，我国在4000年以前，当夏禹确立王权后，我国的城镇就出现了。那时的城市既是奴隶主政治、军事统治中心，又是与周围乡村进行商品交换的集散地。正如马克思所说：“一切发达的、以商品交换为媒介的分工基础，都是城乡的分离。”城市与乡村的分离，使城市成为一定区域内的经济中心。

城市与乡村分离后，在长期剥削阶级占统治地位的社会里，城市与乡村之间的关系，是一种压迫与被压迫、剥削与被剥削的关系。统治者凭借着城市强大的政治、军事和经济实力，对农村实行统治与剥削，于是产生了城市与农村的对立。这种对立是由阶级压迫和剥削所引起的。随着资本的原始积累，一家一户的小农经济为资本主义的大农业所代替（这点在西方发达国家较明显），农民破产，流浪到城市，成为资本家雇用廉价劳动力的来源。同时，资本家通过它的垄断价格，它的赋税制度，以及商业诈骗和高利贷，在经济上剥削农村。这种严重的城乡对立的后果导致城市的畸形发展，恶性膨胀。资本主义生产资料的私人占有

是社会城乡经济关系生动和本质的表述。

在我国，新中国成立前的旧中国是一个半殖民地半封建的国家，城市和乡村之间虽然没有出现西方资本主义国家的那种对立局面，但也一直是处在对立运动之中的。新中国成立之后，随着阶级压迫和剥削的消灭及社会主义制度的建立，城乡对立的基础被彻底消除，城乡关系发生了本质的变化。但是，历史上造成的城乡差别、工农差别仍然存在。实现城乡整合的客观条件还不具备，差距很大。原因是：①生产力发展水平很低。②商品经济不发达。③长期以来，我国的经济管理体制，一方面高度集中，以行政手段为主，另一方面，采取了限制城市发展的政策，企图以此缩小城乡差别，结果事与愿违，反而拉大了城市与农村经济的差距。④经济管理体制的原因，导致了城乡之间、地区之间的分割，为城乡经济协调发展带来阻力。

以上情况说明，马克思、恩格斯提出的城乡融合的思想，是科学社会主义的重要组成部分，应当结合我国的实际情况，采取正确的政策，以城市带动农村经济的发展，大力发展商品经济，为城乡融合创造必要的条件。五届全国人大四次会议政府工作报告中提出了“以大城市为依托，形成各类经济中心，组织合理的经济网络”的设想。这个设想就是以城市为中心，根据经济发展的内在联系组织各种经济活动，以此打破地区间、部门间、城乡间的分割。这就为在我国实现城乡融合指明了方向。近几年我国实行的市带县的领导体制，也为城乡融合创造了条件。

二　城乡融合是历史发展的必然趋势

城乡结合，工农结合是马克思、恩格斯关于消灭城乡差别科学思想的精华。马克思说：“一切发达的、以商品交换为媒介的分工基础，都是城乡的分享。可以说社会的全部经济史都概括为这种对立运动。”当然要完全消除这种社会分工，就必须“使社会全体的成员的才能得到全面的发展”，这需要长期努力，甚至需要几个世纪的工夫才能实现。能否这样理解：城乡的分享，是社会前进的表现，是社会发展的必然的历史过程。事实上，城市与农村分离之后，它们之间的联系从未间断过。一方面，城市的形成和发展离不开农村的支持；另一方面，随着商品经济的发展，农村对城市产生了依赖性，要求城市帮助发展工业和科学技术，并为农村剩余劳动力和资金提供出路，也为农副产品提供销售市场。只是有了阶级压迫和剥削之后才产生了对立。因此，城乡的分享、对立乃至融合，就像人类从原始社会到奴隶社会、封建社会、资本主义社会再到共产主义社会一样，是人类发展和进步的必然结果。

由此不难看出，要实现城乡融合，首要的任务是铲除城乡对立的基础，也就是说，要消灭城乡之间的压迫和剥削关系，建立平等的相互支持和协调发展的关系。在解决城市与乡村对抗性的矛盾之后，才谈得上融合问题。这一点，在我国已经解决，问题是实现城乡融合的经济基础和客观条件还不具备。

在社会主义初级阶段，城乡融合还受到多种因素的制约。

1. 生产力发展水平低，城市与农村发展很不平衡。总的来说，我国生产力发展水平很低，而农村就更低了。从产值上讲，1987 年我国农业总产值仅占工业总产值的 32.27%。按城市和农村人口平均计算，城市人口人均产值是农村人口人均产值的 12.5 倍。从社会经济效益讲，差距更大，不仅城市和乡村之间，而且城市之间的差距也很大。300 万人口以上的城市按平均工业净产值比 10 万人口以下的城市高 7.8 倍，比 100 万～300 万人口的城市高 3.3 倍，比 100 万～300 万人口以下城市高 1 倍。但这并不是说，城市规模越大经济效益就越好。一般情况下，一定限度内的城市规模的扩大、增长与城市经济效益的提高成正比，而达到一定规模之后，再继续扩大反而导致城市经济效益的下降，要从辩证的观点出发看待这个问题。所以，运用现有大中城市的优势，带动农村乡镇企业的发展，大力提高农村生产力发展水平，使城市与农村生产力发展水平逐步缩小距离，是促进城乡融合的途径。

2. 商品经济不发达。新中国成立 30 多年来，我国国民经济得到迅速发展，不仅改变了半殖民地性质，调整了工业布局和结构，而且逐步建成了比较完整的工业体系，经济实力有了巨大的增长。但是，由于我们长期以来对商品经济缺乏正确的认识，将商品经济视为资本主义，因此商品经济发展受到极大的制约。所以，商品经济在我国没有发展起来。改革开放以来，商品经济得到迅速发展。城市一般代表着新的生产力水平、优越的生产条件和先进的技术，容易促进商品经济的发展，产品在市场上的竞争力也较强。而农村基本上靠体力和手工劳动，生产力水平低下，农业生产率和商品率都很低。据调查，一些沿海地区主要农副产品的商品率：粮食为14.4%，油料为39.2%，生猪为67.7%，蛋品为87.42%，家禽为13.18%。这是沿海地区的调查，内地一些地区远远达不到这个水平。由此可见，以城市为依托，发挥城市的中心作用，积极帮助和促进周围农村商品经济的发展，使农村自给半自给的小农经济向着商品性的、社会化、专业化大生产转化是我国社会主义初级阶段的主要任务，也是逐步缩小城乡之间、工农之间差别的可以选择的道路。

3. 传统的经济管理体制，造成了地区、城乡之间的分割。高度集中的，以行政手段为主的传统经济管理体制，阻碍了城市与农村经济的协调发展，拉大了城市和农村经济发展的距离。随着经济体制改革的深入，原有体制的弊病受到冲击和克服，特别是实行市领导县的体制后，城乡分割的局面有了一定程度的改变。农业实行家庭联产承包责任制以后，生产力有了很大发展，商品率有了一定提高，主要表现为：①不少城市都在郊县建立了一些副食品、工业原料和出口产品基地，重点是菜、肉、禽、蛋、奶、花、果等。②积极扶持和发展专业户、重点户，有的地区还发展了集体农场。这些专业户从单一的小农业经济中分离出来，具有充分发挥其功能、技术和资金的优势。这些专业户、重点户的劳动生产率和商品率高过一般农户几倍，已成为农村发展商品经济的骨干力量。问题是这些专业户缺乏有力的组织领导和技术指导，因此发展缓慢，在农户中所占的比例还很小。③大力举办各种农副产品加工业和立足本地资源的工业副业。改革开放以来，农村乡镇企业有了很大发展，这不仅为农业剩余劳动力提供了就业机会，而且对城乡融合也起到了促进作用。④近几年农村小城镇得到很大发展，而且速度惊人，1976～1985年，建制镇发展到7511个，净增加4635个。这些小城镇是连接城市与农村经济的桥梁，是农村商品发展的基地，同时也是城市与农村技术、信息、金融、流通、物资供应等各种服务网络的连接点，成为城乡结合的纽带。

三　采取正确的政策促进城乡经济的协调发展

社会主义初级阶段主要发展生产力，大力发展商品经济。把我国目前较低的生产力水平迅速提高到现代化水平，这是全国人民在现阶段的中心工作，也是这个时期的主要矛盾。社会主义初级阶段的这一基本矛盾和特征决定了该阶段经济发展的政策。因此，这个时期的经济政策应当是：

1. 有利于建立以城市为依托的经济网络。五届人大四次会议政府工作报告中指出："以大城市为依托，形成各种经济中心，组织合理的经济网络。"显而易见，以经济比较发达的城市为中心，带动周围农村的发展，统一组织生产和流通，逐步形成以城市为依托的不同规模、不同类型的各种经济区和经济网络，是社会主义初级阶段的目标。我国实行的市带县的领导体制，无疑有利于城乡经济的协调发展和经济网络的建立。

城市与农村本来就有着密切的经济联系，特别是城市与其邻近的县城和农村更是有着不可分割的内在经济联系。只是由于管理体制的原因使这种联系被人为地割开，形成封闭型的自我循环系统。在此情况下，工农业生产的联系，工农业产品的交换，必须经过许多行政部门和行政层次的迂回中介，才能得以实现。显然，这种体制是不适合社会主义初级阶段的商品经济发展的。只有改变成为开放的，有竞争的，能横向联系的，并运用市场机制的管理体制，把城市和乡村双方优势紧密结合起来，才能促使城市与农村经济协调发展。

2. 有利于区域市场的建立和发展。市场与商品经济是密不可分的。可以说，商品经济发展到什么程度，市场就发展到什么程度。因为商品经济在社会化大生产的条件下，社会分工使商品生产者互相分离，每一个商品生产者都按照特殊的生产方式生产着具有特定使用价值的商品，而市场能使商品生产互相结合，在市场上实现自己生产的商品的价值，并取得他人生产的商品的使用价值。市场的作用表现在：①沟通生产与消费之间的联系，是社会再生产的必要条件，起着生产与消费的桥梁作用。无论是生产资料还是生活资料，只有通过市场，才能到达消费者手里。②是连接工农业生产或城乡联系的纽带。社会主义初级阶段的城乡差别、地区差别以及工农差别不仅不能消除，而且有些地区可能还会拉大。这也是初级阶段必然出现的现象。因此，在城乡差别没有消除以前，城市主要是工业品集中生产地，而农村主要是农副产品集中生产地。所以，城乡之间的经济互通有无，互相交换不仅需要建立多种形式的所有制，而且还必须自觉地依据和运用价值规律，在市场上展开竞争，发挥优胜劣汰的机制效用，并在此基础上加强工农业生产或城乡经济的密切联系。此外，市场还是联系国家和企业的中心环节，国家可以运用价值规律，利用税收和利息等经济参数或经济杠杆来调节市场，从而保证国民经济的良性循环。

应该看到，农村经济体制的改革，联产承包责任制的实行，造就了农村商品市场的微观基础。而城市改革，特别是企业自主权的扩大，使企业逐步成为独立的商品生产经营者，这又推动着市场的建立和发展。这两种因素的汇合，成为区域市场发育成长的条件。当然，区域市场是社会主义统一市场的组成部分，不能导致地区封锁，窒息竞争，保护落后。因此，区域市场的发育成长，要注意到：①发展运输业和通信业。市场的区域联系受到运输费用和市场信息阻碍，市场必然要随着运输和通信的增长而发展。②注意规模经济的发展。规模经济的要求，会直接影响市场结构，对市场体系的形成，特别是生产要素市场的发育具有重要意义。资金市场、技术市场、信息市场都是建立在大工业的基础上的，因此，注意发展农村的规模经济是十分必要的，这不仅有利于提高劳动生产率，而且有利于城乡经济一体化，使城乡市场之间的联系，成为市场体系的组成部分。③注意发展流通经济。流通落后是市场形成的重要阻碍。市场体系的发育和完善，必须要经过一个商业、金融业等第三产业部门的迅速发展过程。因此，发展第三产业是建立和完善市场体系的必经之路。

3. 有利于搞好城乡之间的流通。商品生产和商品流通，是社会再生产不可分割的两个环节。“生产决定流通，流通反作用于生产，对生产起指导和促进作用”，这是传统的观念。事实上，在某种情况下，流通也是决定生产的，流通的先导作用是明显的。马克思指出：“资本的流通时间，一般说来，会限制资本的生产时间，从而也会限制它的价值增殖过程。限制的程度与流通时间持续的长短成正比例。也就是说，流通时间越等于零或接近于零，资本的职能就越大，资本的生产效率就越高，它的自行增殖就越大。”这说明流通在社会再生产过程中的作用。那么流通时间的缩短依靠什么来实现呢？①要靠合理的生产力布局。根据现阶段社会生产力多层次的结构，应相应发展多种经济成分的商品流通。在国营商业起主导作用的前提下，在城乡普遍建立有国营、集体、个体商业参加的商品流通网络。在社会主义初级阶段，要重视集体和个体商业的发展。目前农村办起的从事商业、服务业和商品运输业的专业户和联合体，是农村流通网络的重要补充和助手，必须积极支持，使其巩固和发展。另外，从发展生产力出发，按照生产关系要适应生产状况的规律，创造生产关系的适应形式，建立适合生产力发展的流通体制。②疏通城乡之间的流通渠道。目前除国营商业和供销社商业按计划调拨渠道外，应建立多层次、少环节，简便易行的城乡产销直接见面的流通形式。这样有利于缩短流通时间，加快城乡之间的物资交换。同时建立适应缩短流通时间的各种流通网络，如经济协作、科学技术与人才交流、信息、金融网络等，推动生产力的发展。③处理好城乡商品流通中的条块关系。在实行市带县体制及建立和发育区域市场的同时，要注意克服出现新的地区分割。要按照流通的内在联系和商品经济的运动规律，建立合理的条块结合、城乡结合的经济网络。这样“能够打破产品交换的时间、空间和个人限制”，实行多渠道、少环节、开放式的流通结构。只有这样，才能促进商品经济的发展，提高经济效益。总之，在社会主义初级阶段，一方面要大力发展社会生产力，促进商品经济的发展，逐步缩短城市经济与农村经济发展距离，缩小城乡差别，为城乡融合创造条件；另一方面，也要从本地的实际情况出发，不能操之过急，犯“左”的错误。城乡融合虽然是社会发展的必然趋势，但这是个历史发展过程，不是短期内能够实现的，在近几十年内只能为城乡融合创造必要的外部条件和环境，为将来的城乡融合奠定基础。

（本文发表于《城乡融合研究》1988 年第 3 期）

（二）用底层思维破解城市发展中的难题

我认为，从事社会科学的研究，有个站什么立场上、为什么人服务的问题。因为同样的一个问题站在不同的立场上就会得出截然不同的结论，社会科学具有阶级性。我认为，一个马克思主义的学者，应该始终站在劳动人民的立场上研究社会发展中的问题，为普通劳动人民服务。从以下几篇文章中的观点可以看出我从事社会科学学术研究的立场。

1. 一位城市经济学家临终前的呐喊

深切怀念饶会林教授

编者按：中国城市经济学会副会长、中国城市经济学会学科建设专家委员会主任、东北财经大学教授、博士生导师饶会林不幸于 2006 年 6 月 26 日逝世，享年 74 岁。为缅怀饶会林教授对中国城市经济学的贡献，本刊特刊发刘维新研究员、郭鸿矛教授、张人广研究员的三篇怀念文章及王明浩的满江红词一首，并将饶会林教授的未完遗作摘录刊出。

一位城市经济学家临终前的呐喊

为悼念中国城市经济学会副会长、学科建设专家委员会主任，著名城市经济学专家饶会林教授的不幸逝世，东北财经大学于 2006 年 7 月 8 日在大连召开“饶会林学术思想追忆会”，我怀着沉痛的心情参加了“追忆会”。我同饶会林教授相交 20 多年，没想到他这么快就走了。6 月 14 日我去看望他时，他落泪了，握着我的手，用微弱的语气说：“老刘啊，我不行啦，我这一生虽没做出什么大事，但回忆起来，我问心无愧啊！”是啊，他对事业，兢兢业业，不断创新，问心无愧；对同志心怀坦荡，不损人利己，问心无愧！他是我学习的榜样，他的不幸去世，使我无限悲痛。

饶会林教授的不幸逝世，是中国城市经济学界的巨大损失，使中国城市经济学界失去了一位卓有成绩的领导和专家。饶会林教授的一生，是为中国城市经济学科在中国的建立奔波的一生，为推动中国城市经济的发展做出了巨大贡献，留下了丰富的精神财富，他的创新理念贯彻到城市经济研究的始终。从城市规模效益、城市空间结构，城市土地、房地产评说，到“我的城市文化观”，都具有创新性。他出版的《城市经济学》上下册，是一部最具权威性的著作，获得社会上的普遍好评。这是他给后人留下的最宝贵的精神财富，饶会林教授的精神永存。

2. “繁华的城市”如何帮助“落后的农村”

城市与区域经济的协调发展，必须走循环经济之路，循环经济是节约资源、改善环境的基础和条件。而我国城市发展所利用的土地资源和产生的GDP同国外相比差距很大，东京是北京的10倍以上，其他资源的消耗量也比发达国家高出30%~40%，转变经济增长方式已迫在眉睫。

在经济快速发展过程中，城市与区域发展的不协调，主要表现在两个方面：一是城市与乡村的落差加大；二是城镇体系不完善，特大城市的过度发展带来城市的臃肿和效益下降，中小城市发展缓慢，还未形成较合理的城镇网络体系，区域经济基础薄弱，为区域城市群的形成带来困境。

大城市支援周边地区

改革开放以来，我国的城市得到迅猛发展，城市化进程也大大加快，从1978年的17.9%上升到2004年的41.8%，26年间增长了23.9个百分点，平均每年增长0.92个百分点。如果包含常住一年以上的流动人口，其比例会更大。但发展很不平衡，出现了“繁华的城市”和“落后的农村”现象，比如京津唐周边地区的贫困带问题，这个贫困带涉及24个县、226万人口，这是城市发展与区域经济发展不协调的突出表现。要解决这个问题，中央一要加强在农村基础设施的投入；二要改善农村医疗卫生条件，解决农民的看病难问题，以改善农村的生活环境；三要加强教育投入，真正实现农村九年义务教育，为就业创造条件；四要加快城镇化进程，推动农村剩余劳动力尽快向中小城市转移。培育京津周边中小城市的快速发展，是解决不协调与走向和谐的基本出路。

除此之外，解决“京津”周边地区的贫困问题，北京和天津应给予经济上的支持和技术设备上的支援。因为这些地区，尤其是北部和西部地区，不仅是京津地区的水源涵养带，更是生态环境的基础，直接影响京津的安全和健康发展。解决不好，对京津地区的发展将构成威胁。所以，把这些地区的发展纳入京津总体区域发展规划之中，是不可忽视的重要方面。

把“城市化”改为“城镇化”

要实现区域经济一体化，就必须构建合理的城镇体系，这是现代经济发展的客观需要。所谓城镇体系，就是指在一个区域范围内，要有大城市、中等城市、小城市和建制镇（中心镇）组成的城镇网络，只有内在的城镇网络，才能推动区域经济的协调发展。目前城镇化的问题，不仅仅是大中小城市及城镇的不协调，还表现在城市与区域的不协调，所以出现“繁华的城市”和“落后的乡村”现象，这既是区域经济不协调发展的表现，更是城镇体系不完善的体现。

在交通比较发达，信息现代化的背景下，大型企业不一定要放在大城市，因为大型企业是集聚人口的基础，人口的集聚又会推动城市规模的扩张，这是一条基本规律。大城市，尤其像北京、上海这样的特大城市，其开发成本和交易、居住成本都比较高，而城市的臃肿和效率低下已十分明显，合理的工作地与居住地之间的路程应是在半小时之内，而北京要达到1.5～2小时，大量的时间花费在出行上，哪里还有效率？由此可见，特大城市不能无限扩张，超过一定的度，其社会效益、环境效益和经济效益就会下降。当区域中心城市过于臃肿时，其功能和人口要向中等城市和小城市转移，要把发展重点放在中小城市和建制镇（中心镇）上。中央“十五”规划期间，把“城市化”改为“城镇化”就是让人们根据本地区的实际情况发展城镇。像东部发达地区，大城市比较发达，其发展重点应放在中小城市和镇上，而中西部地区，有的地区城市首位度不高，其辐射力和吸引力不强，应重点发展大城市，这就避免了过去“24字”（严格控制大城市，适当发展中等城市，积极发展小城市）的城市发展政策的“一刀切”。“城市化”与“城镇化”，一字之差就给地方留下较为主动的发展决策权。

“国际化”之前先“国内化”

目前中国国内生产总值的70%，国家税收的80%，第三产业增加值的58%，高等教育和科研力量的90%以上，都集中在城市，可见城市在国民经济中的地位和作用。改革开放以来，城市数量有了大幅度的增长，城市环境也得到极大的改善，但城市发展过程中还存在诸多问题，这是不能忽视的。有些城市脱离国情，不切实际地相互攀比，目前我国有180多座城市提出要建设“国际化大都市”的设想，纷纷确定了“国际化”战略，力争在几年内建设成“国际化”大都市。可以说，这是不切实际的，是一种新的“浮夸风”。城市发展，首先要国内化。国内化就是要建立城市与城市，城市与周边广泛地区之间合作与依赖的关系，推动城市群的形成，使城市对国内其他地区开放，没有城市的国内化，怎能谈“国际化”?

中国城市化拉动力量主要来自两方面：一方面，是城市间的竞争加剧，政府投入力度加大；另一方面是市场拉动，尤其是房地产开发的利益驱动，房地产的快速发展推动了城市无限扩张。在城市发展中，有些领导不假思索地借用国外已受到批评（过时）的“现代主义”城市发展模式，使一些特大城市（如北京、上海）暴露出很多问题。

房地产业是城市发展的基础性产业，城市个性特色和城市规模的扩大，都要靠房地产业的开发和创造。由此可见，房地产业对城市发展方向将产生巨大影响。因此，房地产的开发，必须在城市发展战略定位及总体规划的指导下进行，否则会把城市搞乱。

目前，房地产开发由于大城市的利润高，国内外的不少资金都涌向大城市房地产，拉动了房地产价格的快速上升，并导致住房结构性的不合理继续发展。一方面，使大城市的臃肿难以消除，“城市病”更加突出；另一方面，中等城市和小城市，以及区域发展落差加大，因此必须运用科学发展观，对做出整体性发展规划，运用金融和土地政策，引导产业与房地产开发逐步向二、三线城市转移，以推动中小城市经济社会发展。因为农村剩余劳动力的转移，不能都涌向大城市，最终还要中小城市和中心城镇来吸纳绝大部分，这是中国实现城镇化的基本方向。因此，房地产开发商也不能光从眼前利益出发，都涌向几座大城市，中小城市房地产开发从长远看，有广阔的开发空间和前景，也是城市经济发展所需要的，中小城市的发展是大城市与区域经济协调发展的必然走势。目前一些聪明的房地产开发商已向二、三线城市迈进，这是应该鼓励的。

建设节约型城市，是城市发展的目标，这种节约，不仅仅是资源的节约，如土地资源、水资源、电力、煤炭、石油资源，还包括生活消费的节约。十六届五中全会《建议》的创新点，也是经济社会发展的战略目标，提出大力发展循环经济，转变经济增长方式，建设资源节约型、环境友好型社会。这种社会才能真正走可持续发展的道路。而提出建设节约型城市，则是针对资源环境约束日益加重的问题提出的，突出体现了资源节约、环境改善的必要性。

3. “共有产权房”与“小户型商品房”应成为市场的主体

中国高房价的成因与破解对策

一　导致高房价的成因

“高价房”成为今年“两会”期间议论的热点，这反映了广大群众对高房价的不满情绪。为什么会形成高房价，为什么中央调控房价政策在实践中不能体现，而越调控越高，成为人们不解的谜团，高房价既有它的外部环境，也有内在推动力，这是多种因素综合作用的结果。这里既有开发商追求高额利润的因素，也有信贷过度，投资、投机购房占比过大以及政策偏差和管理不到位等问题，更主要的是以下方面因素导致的。

1. 地方政府的土地财政

改革开放初期，为了发展地方经济，改变城市基础建设的落后局面，有些地方率先走了一条“以地生财”之路，以土地资源转变为土地资产，后来国家土地管理局对这一经验进行了推广，这对地方经济发展、城市基础建设，以及推动城市化进程都起到了非常积极的作用，这是应该肯定的，我们要历史地看待这个问题。但是，后来“以地生财”成了房价上升的推手，这是不争的事实。经过30多年的发展，这种“以地生财”的政策必须改变。这是由我国的人口和土地资源环境决定的。一是我国的耕地已经不多了，人地矛盾十分突出，目前我国有三分之一以上的省人均耕地不足1亩，因此，中央划出保护“18亿亩耕地”红线。二是它是以损害农民利益为代价的，在大办开发区和大力开发房地产的背景下，导致上亿农民失去土地。而从农民手中只用几万元低价征来的一亩土地，经初步开发可拍卖到几十万、上百万，这就成为“以地生财”的动力。三是“以地生财”政策与保护18亿亩耕地和粮食安全相悖，也损害全体人民长远利益。四是“以地生财”的模式是不可持续的，我们这代人不能把地卖光，要为子孙后代留下生存空间。五是由于地方政府“以地生财”，土地出让金成为地方政府的重要收入，有的城市占到地方财政的50%以上，因此地方政府不希望地价、房价下降，以便更多地增加地方收入，这种心态怎么会认真去调控呢？这也是中央调控房价越调越高的重要原因。六是“以地生财”不仅客观产生“官商勾结”，助长“地王”产生和房价的飞速上涨，也是导致寻租、腐败的根源。

2. 房地产市场结构不合理

1998年国务院颁布了“23号文件”，对住房制度实行了货币化改革，提出住房制度改革的方向是商品化和社会化。“23号文件”的内容包括：停止住房实物分配，建立职工住房补贴制度；完善住房公积金制度；建立与完善以经济适用房为主体的住房供应体系。建设部还提出有钱人购买商品房，中低收入者购买经济适用房，最低收入者住廉租房。

客观地讲，“23 号文件”的主体思路是正确的，但在运行和操作中被扭曲。主要表现在以下方面。

(1) 开发商为追求高额利润，将别墅、高档大户型（100 ~ 200 平方米以上）放在首位，占到开发总量的 75% 以上，这一方面过多地占用了稀缺的土地资源，导致经济适用房和廉租房被边缘化，小户型的商品房数量也很少，致使刚性住房需求严重供不应求，使市场结构失衡；另一方面，通过期房预售的政策不完善，开发商不间断地推高房价。2006 年在宏观调控中提出“90/70”的政策由于管理不到位，也未得到认真贯彻，致使现实的商品房市场结构成为蘑菇形（见图 17），这种扭曲的市场结构，一方面推动了炒作投机者的发展，另一方面，导致供需矛盾逐步拉大，推动了房价的步步升高。

图 17　商品房市场结构

正常的房地产市场结构（见图18），尤其是社会主义制度下的住房市场，应是“两头小、中间大”的市场结构，即小户型供普通百姓居住的商品房要占到总量的80%，富人居住的高档大户型房占15%，廉租房占5%左右（由政府提供）。因为中国的国情是中低收入者占大多数，住房建设的宗旨应是满足居住需求，而不是供有钱人投资、投机赚钱用，这是由社会主义性质决定的，否则就是战略上的失误。

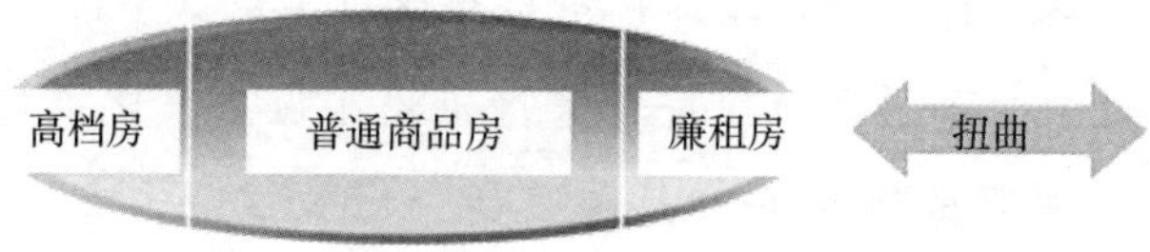

图18　正常的房地产市场结构（两头小、中间大）

只有这样的房地产市场结构，才能满足大多数工薪阶层的住房需求，以减少投资、投机购房的空间。房地产市场体系，尤其是住房市场，从理论上讲，应包括三个层次：一是商品房市场，二是二手房市场，三是租赁市场。在此基础上逐步建立与完善二元化的市场结构，形成商品房与住房社会保障的完整的住房体系，并实现社会化与商品化目标。目前我国的二手房市场与租赁都没有完善和形成，而商品房的市场结构又被扭曲，这种房地产市场是无法健康发展的。

（2）经济适用房被边缘化

经济适用房之所以被边缘化，是由以下因素导致的：一是经济适用房的建设，是政府减免24种税费，把土地以划拨形式交予开发商运作，政府控制分配名额，控制房地产开发商的利润空间，开发商不能通过经济适用房的建设获取无限大的利润（暴利）。因此，开发商积极性不高。二是在设计经济适用房的运作时，存在严重的政策缺陷①，运作中出现了不少问题，不仅所谓的中低收入难以科学划分，开发商也不可能执行为人民服务的职能，严格控制界限，因此不少经济适用房被有钱人买去出租，有些经济适用房小区出租率高达40%以上，成为永远满足

① 见《论房改中的问题与特色社会主义住房供给体系》，《中国房地产金融》2010年第1期。

不了的无底洞。三是经济适用房用地划拨，不仅损害了农民的利益，也影响到地方政府的“以地生财”，所以积极性不高，这是导致市场结构失衡的重要因素。四是由于土地的资产性质显现，农民已认识到土地的价值，以低价占用农地，农民有抵触情绪，所以“小产权房”久禁不止。由上述原因可见，经济适用房运作模式不改变是不可能持久的，也是不可持续发展的。经济适用房的被边缘化，导致普通住房供应短缺，供不应求，给开发商提供了抬高房价的环境，这也是房价上升的重要因素。

二　破解对策——构建“共有产权房”与“小户型商品房”的市场主体

1.“共有产权”的概念

“共有产权”是指两个人以上共有的财产，称为“共有产权”，这是有法理依据的。“经济适用房的共有产权”概念，最早是南京建委政研室陆玉龙同志提出的。2005 年我参加日照市经济适用房“暗补改明补”研讨会时，首次肯定“经济适用房共有产权”概念，我建议日照市在经济适用房运作模式改革中在“暗补改明补”的基础上，在产权上再明确“共有产权”就比较完整了。随后我连续发表两篇文章加以论证。

2006 年我在江苏南京调查循环经济发展时，陆玉龙同志找到我，我们共同合作写了一篇《经济适用房共有产权研究》（见《中国房地信息》2006 年第 8 期）。在南京期间，还以我的名义给当时任江苏省委书记的李源潮同志写了一封信，建议江苏率先搞“经济适用房共有产权”试点，李源潮同志做了批示，并确定在四个城市试点。应该说，当时只是一种理论的研究和探索，还没有进入实践。但是，我认为，要改变现行经济适用房运作模式中的种种弊端和缺陷，只有建立经济适用房的共有产权制度，兼顾各方面的利益，才具可持续性。因为经济适用房共有产权的本质是坚持经济适用房的“商品性”与“保障性”的双重性质，通过经济适用房所有权的具体权能的动态组合，实现“商品性”与“保障性”的统一。

2. “经济适用房共有产权”从理论探索到实践运作

2010年3月7日下午，我应邀参加了江苏省淮安市在北京钓鱼台召开的“共有产权运作模式”研讨会。我为他们经济适用房共有产权运作的成功祝贺。淮安市是2007年开始实施经济适用房共有产权试点的，经过两年多的实际运作，取得了成功，得到广大群众的赞赏，其效果明显。淮安经济适用共有产权房运作模式的特点表现在以下方面。

一是产权明晰，与商品房市场接轨，实现了商品性与保障性的统一。个人产权部分与普通商品房一样保值增值，可抵押、可转让等，并可将资产变为资本，创业致富，这是传统经济适用房不具备的。

二是价格不高、区位适中、百姓认可。共有产权房执行政府指导价，一般低于同期同区域商品房价格的5%～10%，相对于传统经济适用房不多掏钱。传统经济适用房为降低成本，主要靠新征郊区农地，因此越来越远。而共有产权房以普通商品房为参照，不会越建越远，也不会形成贫民窟。

三是有助于解决“夹心层”住房问题，实现住房保障广覆盖。2009年淮安市共有产权房标准放宽到家庭人均月收入900元以下，保障面积扩大到中低收入家庭，今年将扩大到1000～1200元，供应将扩大到新就业人员等住房困难户。

四是以“出口”机制把住“入口”关。因共有产权房在《房屋登记簿》及其《房屋所有权证》上，有明确的比例及权属关系，不能私下倒卖。因此，即使弄虚作假申购成功，售卖时还必须交出政府产权收益，抑制了非法牟利空间，清除了“入口”时的弄虚作假现象。近两年来他们没发现一起投诉和牟利现象。

五是共有产权房上市不会冲击商品房市场。共有产权房通过政府采购，从供应、购买两方面对市场产生正面影响。当房价高涨时，可由政府通过招标方式选择较低的普通商品房，供符合条件的购买人群自由购买，当房价暴跌时，政府可确定合理低价楼盘作为共有产权房的资助对象，构筑市场底部，提振市场信心。用“共有产权房”与小户型普通商品房形成市场主体，满足广大中低收入人群需要，保持房地产市场的健康发展。

六是可实现住房保障资金的良性循环。共有产权房的资金来源：由土地出让金、规费优惠产生的收益和政府的直接投入，形成“共有产权房”的保障基金。而这种基金是滚动发展的，随年限延长将越滚越大。通过淮安政府的测算，政府在投入首笔共有产权房保障基金后，经过5~8年的滚动发展，基本可以实现资金的平衡，形成良性循环。这与传统经济适用房的“暗补”和一次性消费预算相比，有本质的区别。加之配套政策和便民措施，如物业管理方面，房屋维修资金政府产权部分按比例承担，重新筹集时仍按产权比例操作，以体现公正、公平，温家宝总理说：“公平、正义”比太阳还有光辉。

3. 用“共有产权房”与“小户型商品房”构建房地产市场主体。

我们国家是具有特色的社会主义国家，所谓特色，就是有别于资本主义国家的特点，社会主义国家的住房建设主要是为满足全体劳动人民的居住需要，是为民生服务的，而不是为少数富人投机炒作服务，这是由社会主义国家的本质决定的，也是与资本主义国家的实质性区别。

淮安市“共有产权房”的模式，经过两年的实践运行，得到了广大老百姓的积极拥护，受到各界的高度关注和充分肯定，这是因为它代表着一种解决中低收入阶层住房问题并体现公平公正的方向，也是解决房地产市场结构扭曲的一种出路，更是对中国房地产市场能否健康、可持续发展的一种有益探索。

应当指出：淮安的经济适用房共有产权模式，不仅有理论支撑，也有了实践运行的验证，是有效可行的，是可以在各省市广泛推广的一种可操作的模式。与此同时，改变土地的“招拍挂”形式，用“共有产权房”与“小型商品房”构建面向普通百姓的房地产市场主体，形成“两头小、中间大”的市场结构，并加大税收杠杆调节贫富差距的力度，抑制投资、投机购房，高房价的恶性循环就会逐步缓解，房价也会逐步稳定和下降。

总之，用“共有产权房”与“小户型商品房”构建中国房地产市场主体，既符合国家利益，也符合广大群众的利益，更是社会主义本质的体现，并能抵制投机炒作，会受到广大中低收入阶层欢迎。它是中国房地产市场可持续发展不可缺少的步骤。

可以预见，在解决了"以地生财"问题，调整分税制税种，并开征物业税及特种住房消费税（如对高档别墅区）之后，就不可能再出现中央宏观调控房价而越调越高的尴尬局面，使中国房地产市场从恶性循环，逐步走向良性循环发展之路。

（三）用系统思维总结城乡发展趋势

我用系统思维研究城市，是从昆山开始的，我首先总结了昆山城乡协调发展的"三位一体"改造所形成的理论体系，提出"城乡一体化"的概念，并提升为"三位一体"城市发展理论。其次是我在《中国城镇发展与土地利用》一书中提出"城市可持续发展的四大支撑理论"。然后论证了"城乡一体化是可持续发展的需要"。现摘一段如下：

城乡一体化是可持续发展的需要

社会经济的可持续发展，是我国实施的两大战略之一，它是人口、资源、环境与发展高层次上协调的发展模式。实施可持续发展战略，必须从区域的角度统筹规划和安排城市与乡村的发展，因为我国是人多地少的国家，尤其是耕地非常稀缺，有1/3的省份人均耕地不足1亩，600多个县人均耕地只有0.3~0.5亩。因此，党中央和国务院一再强调，要把保护耕地、保证近13亿人口的吃饭问题放到重要位置，并制定了世界上最严格的耕地保护政策法规。土地资源是一切资源的核心，没有土地资源，一切都无从谈起。

城乡一体化发展，要求人们在保护耕地，使13亿人口有饭吃的前提下，去发展城市，同时要考虑环境的保护，尤其是要考虑生态环境不被破坏。

城乡一体化不仅是实施可持续发展战略的需要，也是建立市场经济运行机制的客观需求，同时也是实现“两个转变”的具体步骤。城乡一体化，推动了城市现代化、乡村城镇化进程。目前，在全国开展的土地整理，就是要从区域角度，从城市到乡村统一规划，以挖掘土地潜力。城乡一体化的“三位一体改造”模式，一方面促进了小城镇建设步伐的加快、基础设施的完善，使生态环境得到改善；另一方面也促进了大中城市的发展，提高了城市载体的功能，并使大中小城镇形成网络体系。

城乡一体化，提高了土地资源的配置效率。城乡一体化发展，必须以土地利用方式的调整为前提，这就大大提高了土地利用效率，不仅为城镇建设筹集了资金，改善了区域环境，也促进了土地从资源到资产的逐步转换，在物质建设的同时，还促进了精神文明建设，提高了居民的素质。

苏南地区的实践证明，城乡一体化发展，不仅改善了城市整体的生态环境，还改善了市区与小城镇的投资环境，从而吸引了大批外商来本地区投资，促进了区域经济发展。以昆山为例，新批项目的投资规模达600万美元，外商投资率达91.9%。

城乡一体化是实施可持续发展战略的具体落实。在计划经济条件下，城市与乡村的管理是条块分隔的，改革开放以来，这种分隔逐步被打破，尤其是实行“地市合一”的市带县体制以后，区域观念大为加强。在《中国21世纪议程》中提出，社会经济的发展必须从城市到乡村统筹规划，人口、资源、环境与发展的协调成为基本内容。因此，城乡一体化发展成为实施可持续发展战略的具体步骤。①城乡一体化，对人口的控制提出新要求，不仅要考虑农业土地的承载能力，也要考虑城镇土地的人口容纳率；②城乡一体化，推动了农业生产力的提高和集约化规模经营。以昆山地区为例，集约化规模经营的面积达70%以上，大大提高了土地利用率和经济效益，单位面积产量一般提高10%以上；③使基本农田保护区的划定得到落实，粮食生产得到保证，为子孙后代留下生存和发展的空间；④乡镇企业的相对集中，使污染得到治理，生态环境大为改善，农村的现代化程度大为提高。

除此之外，我针对城市的分散建设，运用系统的思维，专题论证了城市建设中的综合开发问题。这是20世纪较早出现的论文。原文如下：

综合开发是实现城市现代化的有效途径

城市建设的综合开发，也称统一开发，是建设现代化城市的有效途径。因为综合开发是根据城市建设总体规划要求（城市发展战略），对城市区域内的房屋建筑、配套工程及基础设施进行全面规划、统一建设、分期施工，以取得良好的经济效益、社会效益和环境效益相统一的科学经营管理方法，是建设现代化城市的重要手段。城市建设综合开发的基础内涵应是：①对开发地区的工业、交通、住宅、科学、教育、文化、卫生、商业服务、市政工程、公用事业、园林绿化、环境保护以及其他建设工程，统筹安排，配套建设，分期交付使用，尽早发挥工程效益。这样既有利于生产，方便生活，又能建设适合人们生产、生活需要的环境。②对建设全过程，也就是说从规划设计、征地拆迁、平整场地、组织施工、验收交付使用到房屋的管理等，负责组织实施，做到各个环节紧密衔接，互相配合，以求缩短建设周期。从以上内涵分析，不难看出，城市建设的综合开发，是城市政府组织建设的一种形式，是一种政府的职能行为，不是某一个开发企业所能完成的。

从经济学角度研究城市建设开发，可以说是分散建设与综合开发建设，它是经济发展阶段的具体反映。分散建设是一种低级建设形式，综合开发是一种高级建设形式。城市发展，从空间上讲，无非是采取两种途径：一是征用农地建设开发新城区；二是通过对旧城区的改造求得发展。在过去，由于城市经济发展水平较低，对城市中的新区开发和旧城区的改造，我们都是采取分散、孤立建设的形式，缺乏综合开发，统一规划意识。那是一种城市开发的低级形式。那种分散建设、见缝插针的办法会产生许多弊病，比较突出的有两方面：一是分散建设，零星盖房，容易打乱城市布局，给后来的城市发展带来不良后果（如破坏城市景观、影响城市总体规划的实施等）。二是分散建设，各自投资，不仅建设周期长，资金浪费，而且市政公用设施、配套工程无人负责建设，所以房屋盖起来了，由于水、电、气、通信、路都不通，造成长期不能使用，社会效益、经济效益和环境都比较差。分散建设形式不适合现代化城市建设的需要。

城市的综合开发，是城市开发建设的高级形式，是现代城市生产、生活的客观需要。苏联早在50年代就开始了对城市建设的综合开发，将居住小区（即综合居住区）明确规定为城市建设的基本单位，并采用大规模工业化施工办法。日本战后的城市建设也是采取综合开发的途径，不仅在太平洋沿岸进行了带状开发，还在原有城市的基础上，新建了许多中小城市，神户市就是用开山填海的方式建设起来的。新加坡近20年的城市建设也采用了综合开发的方式，他们不仅解决了全国人民的住宅需要，也为现代科学、经济发展创造了条件，促进了城市经济的繁荣和现代化的发展，同时还为人民创造了优美的生产、生活环境。近些年来，不少国家的城市建设采用了综合开发形式。

改革开放以来，我国的一些大城市逐步开始采用综合开发的方针，广州、天津、上海、北京、哈尔滨、武汉等先后实行综合开发。实践证明，天津市的综合开发就是比较成功的一例。他们不仅在新开辟城区进行综合开发，更突出的是对旧城区的改造（可称城市再开发）也运用综合开发的手段。他们在改造拓宽道路的同时，综合开发建设住宅、公用设施和其他配套设施。

天津和平区“三不管”地区的改造就很典型，所以，在很短的时间内，城市建设取得了中外闻名的成就。天津旧城改造的综合开发，采取了四种方式：以兴建专业街的形式进行综合开发改造；以路带房的形式进行综合开发；以改造旧平房建设庭院楼群方式综合开发旧城区；以“穿靴、戴帽、扎领带”的方式，综合开发旧城区（详见《天津旧城改造的类型及其理论意义》一文）。

天津市经过城市的综合开发改造，城市的现代化程度在不断加强。由此可见，城市的综合开发，不仅仅是城市实现现代化的有效途径，也是城市现代化建设的必由之路、加快城市建设的重要手段。

近十年来，许多城市综合开发的实践再一次证明，在城市开发建设中，采用综合开发、配套建设的办法，不仅能克服分散建设的各种弊端，还可取得良好的综合效益，并大大提高了城市现代化的水平。综合开发的作用突出地表现在以下几个方面：

第一，有利于实现城市总体规划，尽快地改变城市面貌，使城市发展沿着城市发展战略的方针前进，并可节约资金，加快建设速度。

第二，城市的综合开发，有利于城市各项建设事业的协调发展，促进生产，方便生活。由于综合开发是按城市规划进行的配套建设，所以，新建的住宅区、工业区，基本上能做到水通、电通、气通、热通、路通；中小学、粮副食、商业服务、医院门诊、邮电局、书店、管理用房配套比较齐全，改善了居住环境，方便了居民生活。

第三，城市的综合开发，有利于缩短建设周期，降低工程造价，提高施工单位建设速度和劳动生产率。

第四，城市的综合开发，有利于城市环境的建设和保护市容环境。过去的那种分散建设的低级形式，已不能适应现代城市建设的需要，而优美的生产、生活环境是现代城市建设和人民需要的重要表现。分散建设，见缝插针只能各顾各，不可能综合考虑环境建设和各项服务设施的配套。只有综合开发建设，才能做到既考虑工程建设，又综合考虑环境建设，使得市容美观协调，并具有现代化意识。环境建设是现代人民生活不可缺少的重要方面。

第五，城市的综合开发，有利于城市土地的多功能综合利用，提高土地的使用效率，并使经济、环境、社会效益相统一。当然，城市土地的合理使用，不仅需要综合开发土地，而且需要土地使用制度的深化改革，推行土地有偿使用。

总之，城市的建设与发展，只有统一规划、综合开发、配套建设，才能全面提高城市建设的综合效益。它是实现现代化城市建设的有效途径，是加快城市建设速度的手段，也是今后城市发展的一条基本规律。

（本文发表于《城市经济研究》1992 年第 6 期）

（四）用创新思维研究城市经济发展前景

我在研究城市经济发展中比较早地提出城市环境建设问题，并提出城市环境的三个层次的概念，见1997年发表在《城市经济》第11期的《论城市发展中的问题与环境建设》一文。

改革开放以来，中国城市得到快速发展，从1978年的182座，发展到1995年的670座。不仅城市数量有了较大的增长，城市人口也从1978年的1.24亿人，增至1995年的3.5亿人。建成区规模扩大了1669.8平方米，平均每年递增速度为4.5%。在这些新兴城市中，绝大多数东部沿海省份，随着“九五”计划和2010年远景目标的实施，为缩小东西部的发展差距，战略重点将逐步向中西部地区转移。因此，中西部城市也将出现快速发展的趋势。在此期间总结一下东部沿海省份城市发展中的问题，尤其是环境建设方面的经验教训，对中西部地区今后城市快速发展，会有积极的借鉴作用。

一　东部沿海城市发展中出现的问题

近十年来，我国城市发展出现了三大特点：一是城市人口增长速度加快，尤其是机械增长，增长率为8.5%，比改革前的2.5%增长了2.4倍；二是城市群体明显增加，目前已形成四大城市群体，如以沈阳为中心的城市群，以京津唐为中心的城市群，以上海、南京为中心的城市群，以广州为中心的城市群（带），胶东地区的城市群也在形成之中；三是乡村农业剩余劳动力向城市转移，尤其是中心城市，成为城市人口增加的主体。

东部沿海地区的城市发展与迅速崛起，对整个国民经济的发展起到了巨大的推动作用，成为区域经济发展的支撑点。但是，我们在看到城市发展对经济发展的巨大推动作用的同时，也必须看到城市发展中出现的一些带倾向性的问题。

1. 城市形态与产业结构的趋同化。随着经济体制改革的逐步深入和城市化进程的加快，一些新兴城市出现了一种从城市形态到产业结构的趋同化倾向。这种不结合自身自然地理状况和区域经济基础的趋同化，必然导致城市形态的单一，使缺乏城市个性特色的产业重复及产品与市场需求脱节。因为，城市形态应与城市所处的地理位置和民族风情特点相一致，只有这样，才能突出其个性特色，并具有生命力。城市的经济活动，有赖于区域的支持和协作，不能脱离区域基础，贪大求全。城市和区域之间是一种相辅相成、互为因果的关系，这种关系一旦失衡，城市就会失去活力。产业结构的趋同化，不仅会导致重复投资，导致浪费，还会给城镇群体之间的分工协作造成困难，使之形不成综合优势，使区域经济发展下降，导致区域社会、经济环境效益低落。这是值得总结的教训。

2. 城市发展方式的趋同化。近些年来，不少城市只追求空间规模的扩大，向城市四周摊煎饼式的扩展，不讲求土地利用效率，更很少考虑城市的集聚效益。在规划上一味追求西方发达国家城市人口人均用地指标，不结合本地区人口和自然资源状况，似乎城市规模越大越好，严重脱离了中国的国情和本地区的实际可能。在规划上，很少考虑中国将要实施的“可持续发展战略”，忽视了人口、资源、环境与发展的协调。这种外延式的城市发展，不仅不符合中央提出的实现“两个转变”的需要，也导致耕地锐减和粮食、蔬菜的不能自给，使人地之间矛盾更加突出，成为区域经济进一步发展的制约因素。

3. 带形发展的弊端。改革开放以来，东部沿海地区经济的快速发展，促进了城市化进程的加快，但由于规划的滞后，出现了一种道路修到哪里，房屋就盖到哪里的现象，个别地区的领导还称之为“经济走廊”。这种“带形发展”，不仅影响了城市集聚效益的发挥，还破坏了整体环境，搞得城市不像城市，农村不像农村，广东的东莞地区尤为突出。这种带形发展的模式，比较突出的弊端：一是破坏了区域整体环境，生态环境、文态环境及社区环境的改善和建设都受到制约；二是城市功能分区无法形成，给以后的城市发展带来难以克服的困难；三是基础设施，如供水、排水及污水处理难以解决和处理；四是道路两旁的商店通行车辆流量大、速度快，使人们之间的交往十分不便，导致交通事故的大量增加；五是城市经济的集聚效益难以发挥；六是给土地利用规划，尤其是基本农田保护区的建立带来困难，土地的区位效益发挥不出来。

上述种种弊端，目前还没有被所有的城市领导认识，有些地区仍有继续蔓延之势。如果不及时制止和克服这种带形发展方式，将会给今后的城市和农村经济发展带来非常严重的后果。

4. 缺乏区域协作观念，贪大求全，导致资金和土地的大量浪费。一个新兴城市的崛起，是区域经济发展的结果。一个城市的发展，离开区域经济的支撑，离开自身的自然地理特点，孤立地追求某种类型和产业的发展，是不会成功的，也是没有生命力的。因此，城市领导必须树立区域和协作观念。在市场经济条件下，就更应该如此。一个地区的大型基础设施建设，如机场、高速公路等，应从可持续发展战略和整个区域经济发展角度考虑，既要考虑当前需要，也要考虑投入产出效益。珠江三角洲地区诸城市之间，仅几百平方公里，就兴建了七个大型机场、几十个高尔夫球场，投入产出效益如何，未来的利用率和效益如何，都值得研究。

上述问题是改革开放以来东部沿海地区城市发展中出现的带有倾向性的问题，这些问题，在中西部地区城市发展中都应引起高度重视。

二　城市发展中的环境建设

提起环境，人们只注重生态环境。应该说，这是环境保护、环境建设的主要方面。但是，城市环境却不只是生态环境，从现代城市发展角度理解城市环境，它包含三个层次。

1. 生态环境的保护与建设。生态环境是人类赖以生存和发展的基础，因此，保护好生态环境并树立生态道德新观念，是人类走向可持续发展的条件。据统计，“由于人类对大自然的破坏，近100年来，地球物种灭绝的速度超出自然灭绝率的1000倍。这种速度今天有增无减，还在不断地加快，不少珍稀动物的数量已经到了屈指可数的地步，比如华南虎只剩下50只，东北虎只有200只。”（《光明日报》1996年9月29日）在这种背景下，科学家们呼吁：要树立生态道德观，重建人类与自然的关系。

就城市发展本身来说，城市发展所带来的生态环境问题，主要表现在：一是由于城市的扩大占用了大量耕地和菜地（含草树），减少了绿色，氧气产生量减少、导致一些城市内氧气不足；二是工业建设所造成的污染，如水、气、噪声等；三是城市规模的扩大所带来的人口增加，生活消耗产生的污染（煤的燃烧产生的二氧化碳），汽车排放的尾气污染等；四是由于城市人口的急剧增加所带来的水资源的不足和大量二氧化碳的排放对大气的影响，等等。

上述生态环境问题，在城市发展的初期，就必须引起足够的重视。先发展后治理所付出的代价太大，只有发展与预防并举才能取得较好的效果。城市生态环境的保护与建设，应以保持人类的生产、生活与生存的基本协调为指归。

2. 文态环境的保护与建设。文态环境是指城市发展规划、建筑要体现地方民族特色和文化内涵，以突出城市地域特色。我国地域辽阔，各个地区都具有自身的不同自然地理状况和民族文化特色。平原与山区、南方与北方、东部与西部，其生活习惯、文化内涵及民族风俗都有很大差异。因此，在城市发展规划与建筑风格上，都应体现地域特点和本地区的文化内涵，不能搞趋同化。

新中国成立以来，我国的不少城市在规划与建设中忽视了文态环境的建设与保护，趋同化严重，这是缺乏环境意识的结果。我国一些古老城市的建筑，南方与北方、东部与西部的城市，其风格与文化内涵都不同，其个性和特色相当突出，如南方昆山的周庄，西部的拉萨，北方的哈尔滨，都有各自的个性与文化内涵，不仅其民族特色各异，也与其所处地理环境及风土人情紧密联系在一起。这就是文态环境的体现。

严格地讲，文态环境，不仅表现在外部的建筑风格与特色上，还表现在建筑内部的设计特色与个性上，并与其生活风俗相一致，既体现在民族特点和文化内涵上，也表现在美观实用上。由此可见，城市生态环境的保护与建设，是城市整体环境的重要组成部分，是不可忽视的重要内容。

3. 社区环境的保护与建设。社区一般是指聚集在一定地域范围内的社会群体和社会组织，根据一套规范的制度结合成的社会实体，是一个地域社会生活的共同体。城市社区是人类赖以交往的地域系统，是感情融合的纽带。社区环境的建设，不仅表现为外部环境的优美，如绿化、卫生设施以及空间布局，还表现在人与人之间的相互关心和感情的融洽和谐。因此，社会环境建设，关系到精神文明程度和社会安定，它是社会进步与社会安定的重要基础，也是精神文明的具体体现。

目前，我国仅大中城市就已建成6000多个居住小区，居住着上亿人口。这些小区的环境建设情况将对城市整体环境产生巨大影响，对社会道德观念也将起着重大的影响。城市社区环境建设，不仅是整个环境的重要组成部分，也是社会主义精神文明和物质文明的具体表现，是不可忽视的。

综上所述，城市三个层次的环境，概括了城市环境的全貌，它是一个完整的环境体系，是缺一不可的。由此可见，城市环境资源，是由自然环境、生产生活环境和文化环境等组成的，所以，城市发展建设和规划，都必须结合城市自然地理状况、个性以及民族风情和文化内涵特色，进行整体规划和建设。只有这样才具有生命力，也才能增强其辐射力和吸引力。

三　中西部城市发展应注意的倾向

随着“九五”规划和2010年远景目标的实施，中西部城市将有一个快速的发展。中西部地区与东部地区的差距，也将伴随着中西部的发展而逐步缩小。因为城市经济发展是区域经济发展的基础和推动力。但是，中西部地区在城市发展过程中，应注意吸取和克服东部沿海地区城市发展过程中出现的问题、弊端和教训，以便使城市发展走向健康与协调的道路。

第一，要以规划为龙头，从区域经济发展的角度，在区域经济发展战略的基础上，从可持续经济发展的角度出发，搞好城市发展的总体规划。因为没有规划和战略指导的发展，是一种盲目的发展，会产生一些难以克服的弊端，所以，必须先制订战略目标和具体发展规划，之后再建设与发展。

第二，在城市发展中，要注意城镇体系和城镇网络的协调，从人口、资源、环境与发展四大要素出发，去规划与协调好四者之间的关系。切忌为了发展而不顾环境和资源的保护，反过来再去治理，那将付出更大的代价，决不能走东部地区已出现过的弯路。城市环境要从三个层次上统一规划和建设，做到保护与建设的协调。资源的利用要合理，不能进行掠夺式开发，克服短期行为，为后人留出发展的余地，并逐步实现可持续发展。

第三，在城市发展过程中，要注意结合自身自然地理状况和经济特点，以突出城市特色和个性，避免东部地区出现的形态与产业结构的趋同化问题。产业结构的调整与建立，应以市场为基础，因为市场经济是以法律为依据、以市场为导向的经济。任何产品，如果没有市场，或者说市场有效需求的基础没有形成，经济就难以健康协调发展，也就难以形成新的经济增长点。当然，我们说的市场，是从全国角度出发的市场，而不仅仅是区域市场。

第四，合理利用资源，充分发挥资源效益。中西部地区相对来说，资源比较丰富，无论是土地资源、矿产资源，还是畜牧资源及能源，都比东部沿海丰富。因此，合理利用资源，充分发挥资源优势，是中西部地区经济发展的基础。在资源比较丰富的背景下，与东部沿海地区的经济协作，就显得更加重要。以资源提取资本（资金），是中西部经济发展的捷径。但是，要克服计划经济的传统观念，什么都搞“大而全”和“小而全”，要树立大市场观念，才能走出新路，在大市场经济的运作中发挥自己的优势。以自己的特色和优势占领整个市场，争取经济快速发展的主动权。

第五，在中西部城市发展过程中，要以实现“两个转变”为动力，切忌盲目追求城市空间规模。应以追求效益为主，以效益求发展。要量力而行，不能强求一步现代化，要在经济发展的基础上，逐步完善城市基础设施。在市场经济条件下，凡事都应研究和考虑投入产出效益。没有效益的发展不是真正的发展。增长不等于发展，发展取决于效益与环境及资源的协调。

第六，在城市发展中，切忌把不具备经济、技术、管理基础的小城镇盲目改市。中西部应在原有中小城市的基础上，把一些有基础并且区位条件好的中小城市发展成大城市，以此带动周围地区的中小城镇发展，并逐步形成网络体系，以推动区域经济的发展。因为，城市发展是区域经济发展的标志，是推动区域经济发展的主动力。只有城市经济发展了，才能推动整体经济的发展，这是东部沿海地区新兴城市发展的基本经验。

除此之外，我还创新研究了中国特色社会主义住房供给体系，见《刘维新解析城市经济学》（社会科学文献出版社，2014，第230页）。

四　探索性的创新研究

进入晚年以后，尤其是改革开放经过几十年的快速发展，出现一系列的社会问题之后，我对一些重大的社会主义理论问题开始进行思考，对一些方面进行了探索性的创新研究。

（一）《“两个过分”困扰中国模式》

这是受《人民论坛》委托，围绕“中国经济快速发展及现代化建设的梳理与反思”这一主题进行的研究所取得的阶段性成果，发表在《人民论坛》2012年第2期（总第357期）。现摘编如下：

“两个过分”困扰中国模式

编者按语：在经济快速发展及现代化建设中产生的四个方面问题，大都属于政治思想、政策偏差导致的结果。其形成的根源，笔者归纳成两个“过分”，一是过分强调少数人先富；二是过分追求GDP增长。要解决问题也必须从根源上着手。

中国改革开放30多年以来，现代化建设快速推进，不仅基础设施得到根本性的改善，经济总量排名世界第二，人民生活水平、国际地位也显著提高，国际影响力显著增强。但是，在中国现代化建设中也出现了不少问题（也可以说是漏洞）。为什么会出现这些问题？根源是什么？怎样解决在现代化建设中出现的问题？这是需要认真地研究和探索的，只有找出根源才能找出破解途径，才能使中国走上持续健康发展的道路。

四大反映突出的问题

在中国经济快速发展与推进现代化的30多年中，人民感觉强烈、反映比较突出的问题主要表现在以下几个方面。

贫富差距过大，分配不公。改革开放以来，人民生活水平普遍提高，在全国解决了温饱问题。相关资料显示，在储蓄中，10%的富人占储蓄总额的60%以上，我国已成为世界贫富差距较大的国家，加之住房私有化，又催生了一大批靠炒作房地产发财的富翁。在城市有些人拥有几套，甚至十几套住宅，可是大学生想找个栖身之地都很困难。豪宅、别墅与高价房导致人们心理失衡。

在国民经济第一次分配中，如个别国有企业，工资在单位与单位之间、部门与部门之间、工人与领导之间，相差几十倍，甚至上百倍。在这样的社会环境下，怎么能体现社会和谐？应当看到贫富差距扩大的背后潜藏着巨大的社会风险。这似乎不应该是社会主义国家出现的问题。

拜金主义盛行，社会诚信下降。有人为了捞取金钱已失去人性，如咸鸭蛋吃出“苏丹红”、米饭吃出毒大米、牛奶喝出“三聚氰胺”，家具买到假的进口的“达芬奇”、猪肉吃出“瘦肉精”，就连给“红十字”捐款也开始让许多人心有余悸，生怕捐款落入“郭美美”们的私人腰包。为钱残杀亲生母亲、为钱拐卖儿童、拐卖妇女，甚至为钱抢劫银行，以及认钱不认人所折射出的医德沦丧等，善良的人们不禁要问，在社会主义国家这到底是怎么啦？

社会风气不正，贪污腐败成风。20世纪60年代初，中国出现了粮荒，许多人靠挖野菜充饥，但那时人们和党一起克服困难，没有怨言，更没有出现“群体”事件，一家人为一碗粥互相谦让，人们考虑的是国家的前途与整体利益。可是现在人际关系与那时相比有天壤之别。亲情、友情、爱情均与钱沾边，没钱、没权寸步难行。尽管党中央多次提出清正廉洁的口号和政策措施，但收效甚微。

矿难不断，事故频发。近几十年来，似乎每年都有几起矿案发生，大的事故也不断发生，火车相撞、大巴起火、工厂爆炸，一起接着一起。党中央对事故的处理是严肃的，对安全是非常重视的，但事故却屡禁不止，这事故的背后到底隐藏着什么，难道不值得深思吗？

党中央已经认识到这些问题的严重性以及隐藏的危机，因此，胡锦涛总书记在纪念中国共产党成立九十周年大会上的讲话中，严肃地提出党内存在四大危险，即：精神懈怠的危险，能力不足的危险，脱离群众的危险，消极腐败的危险。

哪些问题值得认真对待

为什么出现这些问题，就事论事是说不清的，只有反思过去，从深层次上去找原因，才能对症下药，找出解决这些问题的方法，使我国在现代化进程中健康发展。从深层次分析，回顾历史，上述问题出现的根源有两条。

一是过分强调“少数人先富”，个人致富成为社会主流和目标，导致拜金主义泛滥。在这种背景下，就出现了一些有权的利用职权去寻租，自己致富；没权的坑蒙拐骗，几次抢劫银行案件就是在这个时期出现的，少数共产党干部缺乏信仰，只看钱，在这种思想状态下，哪还有正义和公平？哪还有全局观念和全民利益？产生这些问题的思想根源就是过分强调“少数人先富”。近八年来尽管没有再提少数人先富，但形成的社会风气已难以扭转了。因此，必须面对，回避是不行的。

二是过分追求 GDP 的增长，忽视了质量、效益、安全，并把 GDP 增长作为干部考核的重要指标，因此，旧城改造、城市扩张、房地产开发过度、耕地占用过多，只追求速度不顾质量以及官商勾结谋取暴利，矿难、交通事故频发都是在这种道德观念淡薄、只追求 GDP 的背景下发生的。

以上在现代化进程中产生的问题是值得我们认真对待的，否则后果是很严重的。苏联共产党执政几十年，为什么顷刻间垮台了呢？总结其教训，除了特权、腐败、脱离群众外，还有两点是不容忽视的：一是赫鲁晓夫搞“全民党”，放弃共产党人的信仰和追求，导致党员思想的极大混乱，广大党员失去对资本主义的抵制能力，为变色奠定了思想基础。二是戈尔巴乔夫在广大党员思想混乱的情况下，又提出全面西化的“新思维”，西方舆论大加宣扬，很快导致苏联解体，造成社会大倒退。这是社会主义国家的深刻教训。

两个“过分”怎么解决？

中国与苏联党的思想基础、思维方式和组织方式都不相同，毛泽东思想已深入人心，不少党员对资本主义有一定的抵抗能力；中国经济体制改革无疑是成功的，但苏联亡党亡国的教训是值得我们汲取的。欣赏西方国家模式的人，在中国大有人在。

上面概括出来的，在经济快速发展及现代化建设中产生的四个方面问题，大都属于政治思想、政策偏差导致的。其形成的根源，笔者归纳为两个“过分”，一是过分强调少数人先富，二是过分追求 GDP 增长。要解决问题也必须从根源上着手。

第一，重塑信仰，树立正气。目前中国广大党员中绝大多数还是坚持原有信仰的，毛泽东思想早已深入人心，得到广大群众的支持。树立正气，就是提倡共产党员不能只为个人谋利益忘掉全局和整体利益，要树立为劳动人民服务的精神，带头与不良社会道德风气做斗争，尽到共产党员的职责。

第二，树立公平，缩小差距。公平首先要解决国民经济第一次分配的公平。如行业间、部门间、领导与工人间的分配差距不能过大。因为有些行业效益好，不是本部门创造的，而是国家政策导致的，因此，不能在初次工资分配上差距过大。

中国共产党成立九十周年的经验告诉我们：信仰、公平、正义是战胜一切困难的力量源泉。人是需要有点精神的，没有精神，就失去了灵魂和方向。

第三，提出“共同富裕”的奋斗目标。中国特色社会主义的本质和目标，应是《共产党宣言》中提出的按劳分配、各取所需的共同富裕，而不是少数人富裕，大多数人贫穷的结局。我国目前有现成的案例，如江苏的华西村就实现了共同富裕，生产力得到极大发展。在那里，人的生老病死都有保证，社会安定，人际和谐，人人过着幸福美满的生活，成为世界上能够体现社会主义优越性的典范。华西村的成功经验告诉我们：没有公有制经济的公共财政、公共积累，过分强调个人先富是永远实现不了共同富裕的。

第四，改变单独追求 GDP 增长的缺陷。真正认真贯彻以五个统筹为基础的科学发展观，使速度、效益、质量、环境与安全协调起来，增强干部的全民意识、责任意识，提高管理水平和能力，杜绝各类大型事故的发生，真正做到以民为本。

（二）《关于完善特色社会主义市场经济体系的战略思考》

这是社会主义体制如何与市场经济接轨的理论探索文章，现将原文摘录如下。

关于完善特色社会主义市场经济体系的战略思考

——学习十八大精神的体会

刘维新　闫　惠

党的十八大报告指出：“建设特色社会主义总依据是社会主义初级阶段，总布局是五位一体，总任务是实现社会主义现代化和中华民族的伟大复兴。”从经济制度上讲，社会主义初级阶段是什么呢？是以公有制为主体，多种经济成分共存。其运作方式是“社会主义的市场经济”，用商品资本推动生产力的发展。因为从十四届三中全会开始至十八大之前，已经完成从计划经济向市场经济的过渡。

从中国近20年来的实践看，市场经济比计划经济对于经济发展来说，有更大的推动力。“但市场经济的天然本性”，即逐利性产生的一系列问题，在中国也表现得十分突出。因此，社会主义制度如何与市场经济融合与嫁接，并克服市场经济所产生的缺陷就成了中国需要解决的重大理论和实际问题了。只有解决了这个问题，中国的经济模式才具有普世价值，才能称得上是发展了的马克思主义。目前对社会主义条件下存在商品生产即社会主义市场经济还没有给出一个让人信服的马克思主义理论解释。我们在反复思考和认真学习十八大报告的基础上，提出一些不成熟的看法，供大家参考。

一　运用马克思主义的立场、方法分析市场经济

“商品之所以成为商品，……只是因为它的所有者不把它当作使用价值来对待……通过转让而进行占有，这是这样一种生产制度的基本形式。”这是马克思对资本主义生产制度的描述，这段话内含商品生产存在的两个条件，一是社会分工，二是私有（所有）制。社会分工使人们生产不同的商品，从而产生交换的必要，而私有制则使人们不把产品当作使用价值来对待而去交换，它构成“一切商品生产的一般前提”。马克思说：“在一个集体的，以共同占有生产资料为基础的社会里，生产者并不交换自己的产品；耗费在产品上的劳动，在这里也不表现为这些产品的价值，不表现为它们所具有的某种物的属性，因而，这种和资本主义社会相反，个人的劳动不再经过迂回曲折的道路，而是直接地作为总劳动的构成部分存在着”，恩格斯说：“一旦社会占有了生产资料，商品生产就将被消除，而产品生产者统治也将随之消除。”列宁更是将商品视为资本主义的东西加以排斥，列宁说：“正是消灭了商品生产和资本主义，才可能为组织人与人之间的而绝不是兽与兽之间的竞赛开辟了道路。”

马克思、恩格斯的许多论述，都说明社会主义社会实行的是产品经济（计划经济），而不是市场经济，公有制条件下不存在商品交换。就是《共产党宣言》的主旨，也排斥商品与市场经济。正因为如此，当中国在坚持社会主义制度下，运用市场经济的手段发展经济之后，美国

的一些学者称："中国的经济制度是国家资本主义"，信仰马克思主义的学者认为："中国将社会主义与市场经济连在一起，如同在树上嫁接了竹子一样。"

但是，中国改革开放以来的实践，尤其是实行市场经济之后，确实推动了经济的快速发展，人民的生活也得到一定程度的改善，这是不可否认的客观事实。但市场经济天然的缺陷，在中国这块土地上也表现得十分明显。因此，需要进一步深化改革加以完善。

应当指出：马克思主义的历史贡献是不可否定的，它的理论宗旨指明共产主义道路也是光明的。正如诺贝尔文学奖得主海因里希·伯尔在《假如没有马克思》一文中指出的："没有工人运动，没有社会主义，没有他们的思想家卡尔·马克思，当今六分之五的人口依然还生活在半奴隶制的阴郁状态中。如果没有斗争，没有起义，没有罢工（这需要引导和发动），资本家是连半步也不会让的。"

我们对待马克思主义，既不能教条式地死抠某些论述，因为事物在发展，社会在进步，也不能挂羊头卖狗肉式地抛弃马克思主义理论体系的宗旨。那么这里有两个问题需要搞懂：一是什么是马克思主义以及这个理论体系的宗旨是什么？它的主要体现是什么？二是产品经济（计划经济）与商品经济（市场经济）究竟是手段还是目的？

1. 什么是马克思主义以及它的理论体系的宗旨

我们熟读了《资本论》、《共产党宣言》、《哥达纲领批判》、《反杜林论》之后，就不难发现，他们论述的社会主义阶段的产品经济与商品经济之间的关系，不是马克思主义理论价值体系的宗旨。我们认为，马克思、恩格斯对资本主义社会的基本矛盾和发展规律进行了科学的分析，从而创立了作为无产阶级思想武器的马克思主义。马克思主义的宗旨，是"建立一个没有压迫、没有剥削，自由、平等、公正的社会制度"。这个制度分两个阶段，即社会主义阶段实现共同富裕，经过长期的发展最终消灭商品和国家，实现世界大同的各尽所能、各取所需的共产主义，这才是马克思主义的宗旨和目标。在这个过程中，如组织游行、罢工、搞阶级斗争，以及产品经济与商品经济，都是为了实现其宗旨而采取的手段。也就是说，只要不违背马克思主义的宗旨，并取得了实际效果，就是对马克思主义的继承和发展。

2. 产品经济与市场经济究竟是手段还是目的

马克思、恩格斯、列宁、斯大林，都把市场经济视为资本主义的产物加以排斥。因此，当列宁领导的“十月革命”胜利之后，整个社会主义阵营清一色地实行了计划经济（产品经济），但没有实现马克思、恩格斯预言的“两个必然”，即社会主义取代资本主义后，必然能解放生产力，创造出比资本主义更高的生产率，体现出相对资本主义的优越性。事实上整个社会主义阵营都出现了“短缺经济”现象，经营了几十年的苏联，一夜之间垮台。当然苏联解体垮台，不完全是计划经济的结果，但经济上的不成功说明计划经济是有缺陷的。

中国的经济体制改革，从计划经济过渡到有计划的商品经济，再过渡到市场经济。当时有些人不理解，邓小平说，“计划经济与市场经济都是手段，而不是目的”。从理论上讲这个说法是对的。那么目的是什么？资本主义国家运用市场经济手段的目的是剥削工人获取最大的剩余价值，为资本家个人享受。其价值体系的核心是“私”，是为少数人谋利益。而社会主义制度下发展市场经济的目的是使全体劳动人民实现共同富裕。其价值体系的核心是“公”，是为绝大多数人谋利益。这一点是决不容忽视的，离开了这一点就离开了社会主义。

在很长一段时间里，社会主义国家之所以排斥商品与市场经济，我们认为，是对马克思主义理论价值体系的目的和宗旨未搞清楚而产生的误解，把马克思对未来社会状况的分析当成目的造成的。马克思、恩格斯对未来共产主义论述分两个阶段，即社会主义和共产主义。这两个阶段是个漫长的历史过程，在这个漫长的过渡时期采取什么手段实现其宗旨、目的，应依据各个国家的实际情况而定，不能只有一种模式。应当允许有不同的实践中的道路选择，但不管是什么道路模式，其最终的目的、宗旨是不变的。马克思主义是发展的，它本身就是一个对实践探索的过程。十八大提出的“道路自信、理论自信、制度自信”，就是依从中国实践探索的经验提出的。

二 计划经济与市场经济的利弊分析

1. 自由市场经济的发展轨迹

毫无疑问，资本主义经济是在自由市场经济体制下发展起来的，以亚当·斯密的《国富论》为代表的自由市场经济理论反映了这一时期的经济发展及其趋势。在价值规律这只看不见的手的推动下，“资产阶级在不到100年的时间里所创造的财富比过去所有世纪的总和还要多还要大”。但与此同时，资本主义的生产社会化与资本主义私有制之间的矛盾也日益激化并导致在1825年爆发了“生产过剩”的经济危机。由于这一矛盾的不可克服，经济危机就成为自由市场经济的“不治之症”，它的不断深化，最终导致了整个资本主义世界1929～1933年的世界性经济大危机。它宣告了自由市场经济理论的破产。

2. 计划经济理论的实践

以苏联为代表的社会主义国家的经济是在以马克思主义的“看得见的手”的理论即计划经济理论指导下建立起来的，全面消灭私有制，取消商品生产和市场调节的作用；建立公有制，在全国统一的经济计划的组织下进行经济建设。这种模式在初期曾发挥了巨大的作用，苏联经济在1930年代曾经取得了辉煌的成绩并一直延续到了1950年代，但在60年代以后，其弊端逐渐显现，经济发展的动力严重不足，劳动生产率每况愈下，在与美国争霸世界的过程中愈益力不从心，虽经几次试图发挥市场作用的改革，但收效甚微，并最终导致了失败。

苏联解体其直接原因不是计划经济体制导致的，除特权、腐败和严重脱离群众等原因外，还有两点是重要因素：一是戈尔巴乔夫放弃共产主义信仰，否定党的领导，实行多党制，导致党的思想大混乱；二是戈尔巴乔夫在思想混乱背景下，又提出全面实行私有化的西方式的“新思维”，摧毁了共产党人对资本主义的抵御能力，而最终导致苏联一夜之间解体。

不能因苏联垮台，而否定计划经济有可取之处，如果计划经济一无是处，苏联就不可能成为世界的一霸，而维系几十年，更不能以此说明马克思主义的失败。

新中国成立后的前30年，实行的是计划经济，显示了巨大的优势，只用了十几年的时间，白手起家完成了156项工程建设，为新中国打下了完整的工业基础。并实现了“两弹一星”的发射，这在资本主义国家是不可能做到的。

它的优点在于：一是有利于从总体上掌控整个国民经济的发展，从而从根本上消除整个社会生产的无政府状态，消除经济危机所带来的生产力的破坏性后果。二是能够在全国范围内集中财力、物力、人力干大事，有利于国家重大工程项目的建设，高效率的发展，克服盲目性。三是人民子弟的上学、就业、住房、医疗都由国家计划安排，用不着个人操心；实行职住一体规划，企业生产和职工住房一起安排，就近上班，减少交通费用。四是贫富差距较小，社会道德高尚，人与人之间的关系密切。五是干部以身作则，共产党在群众中威望较高，具有很强的号召力和凝聚力。抗美援朝战争、中印边界战争，以及珍宝岛战斗，都体现了信仰共产主义的精神力量。

计划经济的缺点主要是动力不足，分配中平均主义严重，伤害了劳动者和生产企业的积极性，在一定程度上制约了生产力的发展。当时在社会主义阵营，全部出现了短缺经济现象，那种“票证”盛行就是有力的说明。另外，中国是一个人口众多的国家，把一切都纳入计划是不可能的，在资源配置上也带有主观性。

苏联解体后，中国没有学苏联，而是在坚持社会主义政治制度的同时，引入了商品生产和市场经济机制。党的十四届三中全会决定实行社会主义的市场经济，而后经过10年的努力，社会主义市场经济体制宣告初步建成。

应当指出，中国实行“社会主义市场经济”之后，延续了过去的五年计划，在计划框架内发挥市场配置资源的作用，大大推动了宏观经济的发展，目前中国已成为世界第二大经济体，国家的经济实力显著增强，人民生活明显提升。但是，在经济快速提升的同时，市场经济天然逐利的缺陷，在中国这块土地上也显露得十分清晰。例如：

1. 容易产生供求失衡与生产的盲目性。中国的市场经济由于采用了“无形的手”与“有形的手”并用，克服了资本主义国家经济危机的循环，但也出现了产能过剩和供求失衡现象。只是由于政府宏观调控的力度较大，抑制了向危机的方向发展。

2. 企业行为短期化，只考虑当前利益不考虑长远，过度消费资源和破坏环境。中国的快速发展是以高投入、低产出，过度消耗资源和环境为代价而取得的，环境问题十分突出，给子孙后代生存带来隐患。

3. 唯利是图，不择手段，坑蒙拐骗，假冒伪劣盛行。有的人为了金钱失去人性。如咸鸭蛋吃出“苏丹红”，吃米饭吃出毒大米，喝奶喝出“三聚氰胺”，以及地沟油、瘦肉精等认钱不认人现象折射出资本的本性，令人发指。

4. 社会分配不公，导致贫富差距越拉越大。由于资本的逐利性，市场经济是嫌贫爱富的，剩余价值向资本雄厚者集中，这是商品交换的天然属性。

5. 劳资矛盾突出。社会主义初级阶段由于存在私营经济和剥削，因此劳资矛盾突出，严重侵害了工人的利益，拖欠克扣工资，劳动条件恶劣、劳动保障严重不足，矿难事件、群体事件、自杀事件层出不穷。

6. 社会道德风气下降，贪污腐败成风。尽管党中央多次提出廉洁口号和严厉的政策，但收效甚微。贪官每年都抓，屡抓不禁，每年都有所上升。以北京为例，2011 年逮捕各类罪犯 2.01 万人，其中贪官 425 人，同比上升 35.1%。另据中纪委公布的资料，2011 年处理各类贪污处级以上干部 4843 人，也是呈上升趋势，难道这些数字还不够触目惊心吗？当然，贪污腐败问题，不完全是市场经济造成的。

由此不难看出，市场经济天然的逐利缺陷所产生的问题，如果没有办法从制度和政策上加以抑制和解决，是永远实现不了“共同富裕”的。这是中国特色社会主义需要解决的重大的理论和现实问题，否则无法同马克思主义的宗旨相联系。

三　通过深化改革完善特色社会主义经济模式

中国的实践证明，计划经济与市场经济都具有推动生产力发展的作用，只是程度不同，各有利弊，到底运用哪种手段推动经济发展更好，应依据实际情况而定，两者都不是制度的本质。由此可见，对待马克思、恩格斯及列宁的对产品经济与商品经济的论述，应用历史的观点加以对待，既不能教条更不能否定宗旨。

当今社会与马克思主义产生的年代有了很大的进步和发展，尤其是高科技的发展，改变了人们的常规思维。马克思在《资本论》第二卷论证商品生产和流通时，把生产资料和生活资料，分为两大部类，并认为流通过程不产生价值，随着社会进步与科技发展，尤其是现代服务业和货币金融资本市场的建立和发展，不仅产出价值，而且在生产总值中占了相当比例。所以，我们必须用发展的思维对待马克思主义，在不离其宗旨的背景下去发展马克思主义。

新中国是在半殖民地半封建的状态下起步的，当时没有工业，是个典型的以自然经济为主体的农业国。新中国成立之后，共产党领导人民用三年时间恢复经济，从 1953 年起执行第一个五年计划，开始走上计划经济道路。仅仅用了十几年时间就完成了 156 项工业项目的建设，打下了完整的工业体系基础，并完成了“两弹一星”的发射，充分体现出社会主义计划经济的优越性。相关资料显示，计划经济时期，有两个阶段效率是非常高的，一是执行“一五”计划期间，二是粉碎“四人帮”后的前三年。其他时期较慢，这不是计划经济本身的问题，而是我们搞的“政治运动”过多，占用了劳动时间造成的。

改革开放以后，实行了以经济建设为中心，生产力得到快速发展，尤其是运用市场手段配置社会资源之后，极大地推动了生产力发展，改革开放的实践证明，市场经济模式也是可行的。同时，在中国的局部地区出现了社会主义公有制背景下共同富裕的典型，如江苏的华西村和河南的南街村，笔者曾到过这两个村庄进行实地考察。它们都是在保持集体经济条件下运用商品市场经济的发展实现共同富裕的，体现了马克思主义设想的共产主义第一阶段。这两个村相比较，笔者认为，华西村的做法较南街村更为优越。2012 年 12 月 29 日胡锦涛主席握着华西村老书记吴仁宝的手说：“华西村不愧是农村社会主义现代化建设的一面旗帜。你们的实践有力地证明，中国特色社会主义道路是强国富民的正确道路。”华西村和南街村，运用市场经济的商品交换实现了共同富裕，成为农村社会主义现代化建设的一面旗帜。华西村实现共同富裕具备了三个条件：①坚持以集体经济为主的公有制形式；②通过市场经济的途径大力发展经济，以集体劳动的果实形成了公共积累，集体经济具有强大的扩大再生产的经济实力；③集体经济形成的公共财政，不是为某些个人谋私利，而是对全体成员进行共同富裕的再分配。这种公平、较均衡地再分配，使集体经济具有了强大的凝聚力和向心力，而私有制是做不到的。

那么像华西村这样，在中国局部地区能实现马克思主义设想的共产主义第一阶段——社会主义阶段的共同富裕，给我们以重要的启示，只要坚定信念，我们相信也会在全国实现。但必须用信念、道德、制度、法律等各种手段，去克服市场经济所产生的弊端，沿着共同富裕的道路前进。

目前，从中国宏观上看，公有制为主体的形式还没有变。虽然私人企业从数量上早已超过国有企业，但从资本总量上看，国有仍占主体。但从 GDP 所占比例上看已相差不多了。我们认为，如果私人资本总量超过国有（公有）而占国民经济的主导地位，再说“不能易旗改道”就难以回转了，因为在中国颂扬西方民主模式的大有人在。因此，特色社会主义不能让私人资本无限扩张，应掌握一个不变质的度，使我们的发展沿着马克思主义最终目标前进，忘记了最终目标，就是对阶级利益的背叛。这是坚持马列主义不可忽视的原则。

那么如何在坚持特色社会主义道路的条件下，在坚持前一阶段改革成果的基础上，进一步完善调控体系，抑制市场经济本身产生的弊端？我们认为应从以下几方面通过深化改革加以完善。

1. 坚持以公有制为主体，多种所有制经济共同发展的基本经济制度不改变。历史经验表明：这是我们在所有制方面最成功的改革。在我国社会主义初级阶段这一基本国情下，搞单一的公有制是不成功的，搞私有化更是不可取的。但今天的问题是如何确保我国的这一基本经济制度，确保以公有制为主体这一社会主义的根本基础不变。在改革初期，为改变单一公有制一统天下的局面，允许个体和私营经济的存在并有一定的发展，出现公有制的比重降低一些，非公经济的比重有所提高，是可以理解的，也是必然的。但在我国所有制的改革中必须确保公有经济和非公经济之间有一个合理的度，坚持公有制为主体。公有制经济的主体地位是有底线的。目前的公退私进、国退民进、私营经济快速发展的局面必然要对以公有制为主体构成威胁，一旦非公经济的比重突破了一定的度，成为经济的主体，我国的社会主义性质就要发生改变。而这种威胁并非空穴来风、杞人忧天。面对这一问题，深化改革的主要途径就是股份制，即通过国有参股甚至控股的方式来对大型私营经济进行改造，以保证我国经济的社会主义性质。坚持以公有制为主体这是我国社会主义市场经济的根本特征，是社会主义市场经济与资本主义市场经济的根本区别，是我国的改革不可动摇的根本原则。当然进行这一改革，要根据具体的情况针对不同的要求、不同的领域、不同的行业确立不同的标准，不能一概而论、草率行事。然而，此事更不能等闲视之，必须未雨绸缪，早做筹划。

2. 坚持社会主义市场经济的方向不变。社会主义市场经济是在国家宏观调控下的市场经济，换言之，是在国家计划指导下运行的市场经济，而绝不是自由市场经济。它是把市场经济与计划经济的长处有机结合在一起的经济运行方式。它既发挥了市场经济产权明确、利益直接、动力强劲的优势，又发挥了计划经济事前规划、宏观调控、克服生产的盲目性，能够集中力量办大事，有利于重点建设的优势。换言之，它是一种新型的现代市场经济。它是经历了几百年市场经济和几十年计划经济的正反两个方面的实践而做出的必然的道路选择，改革开放以来的实践证明这一选择无疑是正确的。我们今天的问题是，在社会主义市场经济体制已经基本建成的情况下，如何在商品经济、市场经济的基础上综合运用各种计划的、行政的、法律的，特别是经济的手段来有效地进行宏观调控。事实上，在今天无论是西方发达国家的现代市场经济还是我国的社会主义的市场经济，在这方面都还很不成熟，西方的金融危机和我国房地产市场上的乱象就是有力的证明，如何提高驾驭社会主义市场经济的能力既是时代提出的新课题，也是今后改革的重点。

在这一问题上我们绝不能因为进行了从计划经济到市场经济的改革就认为计划经济就一无是处了。从根本的发展方向上看，整个人类社会的经济发展必然是从自然经济走向商品经济，从分散走向集中，从地区经济走向全球化，从无序走向有序，即从无政府状态走向计划化。马克思的“看得见的手”的理论并不过时，它正确地指出了这一方向。

3. 社会主义市场经济是法制经济，必须运用制度、法规体系完善市场经济调控。前一时期我们虽然在加强经济立法方面有了很大的进步，但普遍存在犯罪成本过低、执法不严的问题。因此，各类企业的经济犯罪问题层出不穷。为此，我们对于破坏环境和生产假冒伪劣产品严重侵害社会公众利益的企业和个人，应采取高压政策与法律手段抑制其生存。执法要严，惩罚要重，消除那些利令智昏的不法企业和个人，使它们失去生产的环境和资格，以维护劳动人民的公共利益，使社会逐步走向和谐。当前最重要的问题，是解决有法不依、执法不严的问题。这一问题不解决，我国的社会主义市场经济将永远不能健康有序的发展。

4. 深化改革分配机制，解决贫富差距过大的问题。分配问题绝不是小问题，它是所有制关系的实现，是社会公平公正的主要体现。从根本上说，一切剥削制度的不合理虽然根源在私有制，但直接的和最终的体现是分配领域中的两极分化。目前，我国部门与部门、单位与单位、地区与地区间的收入差距过大，并有日益扩大的趋势，导致弱势群体被边缘化与贫困化，使贫富鸿沟不断加大，不解决这个问题，不仅不能体现社会主义制度的优越性，而且是引发群体事件和社会动荡的根源。

5. 坚决取缔非法收入，严厉惩处贪污腐败。对于非法压榨欺骗行为，要严厉打击，对干部利用职权的贪污行为，要形成一种“过街老鼠”人人喊打的态势，消除包庇同情的社会环境。由此可见，对于共产党人及其领导干部，重树共产主义远大理想是十分必要的，改革开放以来，很少有人再提共产主义理念，拜金主义代替了一切。所以，一些领导表现出“事不关己，高高挂起”的态度，唯利成为第一选择。因此，贪污腐败成风。正如习近平总书记指出的：“衡量一名共产党员、一名领导干部是否具有共产主义远大理想，是有客观标准的……一切迷惘迟疑的观点，一切及时行乐的思想，一切贪图私利的行为，一切无所作为的作风，都是与此格格不入的。”

对于私人企业的营业收入，应通过税收杠杆进行调节，应实行累进税率，不能像现在同工资收入一样的税率，否则难以缩小越来越大的贫富差距。应当看到不少私人企业都是借国企改革，导致大量国有资产低估，在国资流失的过程中形成的，不少是原国企小型企业，后发展为大型私有企业，这是中国的一大特色。

6. 建立完善的城乡统一的社会保障体系。社会保障体系是社会稳定的助推器，这在资本主义国家也是如此，何况社会主义国家。只有对低收入者等弱势群体予以保障，让他们有了基本生存条件的保障，社会才能稳定。华西村和南街村，之所以能够和谐稳定，大家向往，就是因为人的生、老、病、死，以及人们的生产、生活、居住都得到保障，这才有了安居乐业的幸福感。

综上所述，只有解决了市场经济本身缺陷产生的问题，将社会主义制度与市场经济相结合，才能给出一个完整的系统，中国的经济发展模式才具有世界意义。

（三）关于城镇化与农村土地使用制度改革

这是总结农村土地革命、分田到户改革的理论文章。全文如下。

中国城镇化与农村土地使用制度改革研究

中国从1840年的鸦片战争开始，到1949年新中国成立的109年间，一直处在西方列强的欺压、日本军国主义侵略、国破家亡的半殖民地半封建的状态。基本上是一个农业国，没有自己的工业。在这样的背景下根本谈不上发展和城镇化。新中国成立后，尤其经过抗美援朝战争，中国人民才真正在世界上站起来，这才有了发展经济和推进城镇化的环境和条件。所以，研究城镇化与农村土地就必须梳理历史，用创新思维提出新思路。

一 新中国成立后城镇化发展的几个阶段

1. 1949～1957 年为正常发展阶段。这期间，国家经过三年经济恢复，进入第一个五年计划，并开始实施 156 项工程的建设。城镇化率从 1949 年的 10.6%，发展到 1957 年的 15.4%，平均每年增长 0.6%，城镇化的增长与经济增长基本上是相协调的。工业化带动城镇化，城市二产和三产的发展，是推动城镇化的动力。

2. 1958～1978 年为非正常发展阶段。“大跃进”与三年自然灾害给中国经济发展带来困难，城镇化进程严重受阻，1960 年起开始动员从农村进城的人口返乡，至 1962 年近 5000 万人重新回到农村。城镇化进入停滞和缓慢发展期。自 1958 年到 1978 年，城镇化率仅从 1958 年的 15.4% 增长到 1978 年的 17.8%，这是中国历史上城镇化率最低增长时期。

3. 1979～2000 年是中国城镇化快速发展阶段。城镇化率从 1978 年的 17.9% 增长到 2000 年的 36%，不仅城市规模扩大明显，城市数量也从原来不足 200 座发展到 600 多座，小城镇达两万个。而且城市经济总量也大幅提高，城市经济占宏观经济总量的 65% 以上，城市经济已成为区域经济增长的基础和动力。2000 年底城市发展政策也做了适当的调整，从 1980 年初期的“严格控制大城市规模，适度发展中等城市，积极发展小城市”的 24 字方针，调整为“以大城市为中心，大中小城市协调发展，并发展城市群和城市带”的城镇发展政策。同时，把“城市化”改为“城镇化”。城市发展政策的调整，为城镇化的高速发展奠定了政策基础，并推动了城乡一体化进程。

4. 2001～2011 年是城镇化高速发展阶段。城镇化率从 20 世纪末的 36.1% 增长到 2011 年的 50%，净增长 13.9 个百分点，平均年增长 1.39 个百分点，比快速增长时期的年均 1.05 个百分点高出 0.3 个百分点。这种高速度，一方面符合国际经验，当城镇化率达到 30% 时，就进入快速发展的时期；另一方面，也是中国积极追求 GDP 的“内推外拉”的结果。但是，由于中国的国情与发达国家不同，人地矛盾突出，因此，在高速推进城镇化的同时，也产生了一系列的问题。尤其是城镇化的粗放型扩张的同时，占用了大量耕地，直接影响了粮食安全。在高速城镇化过程中，在旧城改造、房地产业的无序发展，以及高房价方面，也引起许多社会矛盾和问题。

上述四个阶段，概括了中国城镇化的历史进程。

二　在快速推进城镇化的过程中出现的问题

改革开放以来，快速发展的城镇化，以及高速公路、高铁和东西南北公路基础设施的建设，成为 GDP 增长的动力和区域发展的源泉。目前城市经济占到宏观经济总量的 70% 以上，科技力量的 90%，税收的 85%，所以城镇化的推进对国民经济发展的作用是不可否认的。但是，快速推进的城镇化也产生了一系列需要认真解决的问题。

1. 城镇规划的无限扩张占用了大量耕地，超出了自身的承载能力。

改革开放以来，我国出现过三次大的“圈地运动”。第一次是 20 世纪 80 年代中期的“圈大院”大办乡镇企业，李先念副总理发现后向中央建议颁布了第一部《土地管理法》，并成立了国家土地管理局。第二次“圈地运动”是 1992 年邓小平南方谈话后，出现了大办开发区、房地产开发，一年圈掉耕地 78 万公顷。1993 年，中央实行宏观调控，出现海南、北海和惠州房地产泡沫的破灭。1994 年实现软着陆。第三次是 2003 年的招商引资大办开发区，中央又实行了宏观调控。到 2005 年耕地出现危机，中央划出 18 亿亩耕地红线。后来又出现了“小产权房”和“以租代征”两大冲击波，冲击 18 亿亩耕地红线。应该说，当前人地矛盾已经到了临界点。

城镇规模的扩张，是除高速公路、高铁等公共交通用地之外的重点，从改革开放初期至今，一般城市规模都扩张了 6～10 倍，有的县城达到 20 倍以上。宽马路、大广场成为一些县城的时尚，其利用率十分低下。从改革开放至今，耕地的占用导致无地和少地农民达 2.5 亿之多。不少农民陷入种田无地、就业无岗、低保无份的境地，利益分配的巨大失衡，使农民在城镇化中被剥夺的失落感十分强烈。这是个涉及子孙后代生存的大问题，必须引起足够重视。在我国人地矛盾十分突出的背景下，目前城镇人均用地达133平方米，大大超过发展中国家的83.3平方米，发达国家的82.4平方米，严重脱离了中国国情。

应当指出，当前中国出现这种城镇化的竞争，攀比和大规划、大圈地、贪大求洋的发展模式，不适合中国实际需要，也不符合国情。这种畸形城镇化（尤其是一些县城），如果不能及时有效地得到遏制，不仅超出了资源的供给能力，还会导致中国未来的土地资源浪费和长期动荡。

2. 城镇化过程中产生的人口二元化结构，导致社会矛盾加大。随着城镇化进程的加快，城市形成两种相向的运动，即一方面城市中心的原居民不断向外搬迁，而他们的祖居地不断被外来的暴发户、官员、精英们所取代；另一方面外来打工的“农民工”随经济发展而涌入城市。在外来人口中除少数高学历者能拥有户籍、融入城市居民中外，多数人是“候鸟式的农民工”，享受不到相应的公平待遇。以北京为例，目前总人口达2500万，有半数以上属于无户籍人员，这些外来打工人员的家庭、孩子上学、看病等面临一堆现实问题。这种内外两张皮的城市人口结构，导致社会矛盾不断加大。在城市里，原来国有企业下岗拿着政府最低生活保障（每月1500元之内）的职工大约还有几千万人，另一方面，还有几亿外来的农民工，加之占总人口10%左右拿着较低养老金（每月2000元左右）的退休人员，这三种人面对大城市的高房价、高价养老院，加上高价保姆费这种局面怎能不让人感叹！为什么这些天价收费还满足不了需求？这说明在城市里贫富差距的两极分化已经非常严重。人们不禁要问：在这种“少数人巨富，多数人贫困”的社会里怎能走向和谐？应该说，这种畸形的社会结构潜伏着巨大的社会风险。

3. 旧城改造中暴露出来的问题。城市发展无非有两种途径：一是通过新区开发求得发展，推进城市规模扩大；二是旧城改造，以提高容积率求得发展。这本来是很正常的，但是，近些年来，很多旧城改造都伴随着土地财政和商业利益驱动的影子，这就使旧城改造偏离了正确方向。旧城改造中出现的问题，主要表现在三个方面。

一是历史文脉未得到延续。不少城市在大规模、急进式的旧城改造中对原有的历史文化和业态毫无保留，不仅割裂了对历史的传承，也破坏了原来已形成的“三气”（即人气、文气、生气），破坏了原来的商业发展。保护历史文化街区，不仅是把建筑的壳保留下来，还要呈现独特的生活状态，这是对历史的尊重和传承。

二是在旧城改造中，原居民未得到公平合理的补偿，导致群体事件不断发生，甚至发生自焚事件，其社会影响很坏。这其中不少是由于开发商只顾追求自身利益，不顾百姓的生存和发展导致的。有些地方政府出于经济发展、土地财政、税收等方面的考虑，并未严格执行相关法规和规划，而是被开发商牵着走。

三是原城市中心居民被边缘化。一些城市在“高规格、大手笔、做大做强”的思想指导下大拆大建，使原来居民、大量的普通工人和市民被边缘化，迫使这些人退出中心移到郊区居住。大量被边缘化的群体面临生存困境，这将加剧社会内部矛盾和冲突，应引起相关部门的高度重视。

4. 在城镇化过程中出现了两个不均衡和空间布局不合理。在加快推进城镇化过程中，人口过多地集中在少数大城市和特大城市，如北京、上海、深圳、天津等，这些城市进入新世纪后，人口都以 20% 以上的速度增长，而中小城市人口增长缓慢，大中小城市人口不能均衡增长，这是第一个不均衡。第二个不均衡是东中西部经济发展与人口增长不均衡，目前东部地区的城镇化率已达 65% 以上，而中西部有的地区只有 30% ~40%。中央已注意到这个问题，因此近几年来加大了中西部发展和中央财政转移支付的力度，政策向中西部倾斜。中西部不仅城镇化率低，而且中小城镇发展也不足，尤其是西部地区，中国目前存在大城市爆满和中小城市发展不足的问题。

三　中国城镇化今后发展的趋势

胡锦涛总书记在十七大报告中指出：“走中国特色的城镇化道路，是按照统筹城乡、布局合理、节约土地、功能完善、以大带小的原则，促进大中小城镇协调发展。以增强综合承载力为重点，以特大城市为依托，形成辐射作用大的城市群，培育新的经济增长极。”

应该说，十七大为中国特色的城镇化道路确定了原则和方向。

1. 坚持科学发展观，是城镇化的基本原则。走中国特色的城镇化道路，就必须坚持城乡统筹、科学发展的原则，克服以往单一追求GDP的目标，改变过去顾此失彼的缺陷。也就是说从城镇化进程的角度，统筹规划、合理布局，集约利用每一寸土地，在提高土地利用率的前提下，完善城镇功能，并实行了以大带小，促进大中小城市和小城镇协调发展。不能只展现大城市而忽略中小城市和城镇的发展，以避免大城市和特大城市人口过于拥挤，城市病过于凸显，致使集聚效益下降。这些原则在实践中并未得到认真执行，北京、上海、广州等特大城市，目前的城市病已经十分突出。

2. 以大城市为依托，带动区域经济协调发展，这是今后中国城镇化发展的方向。今后的城镇化应以增强城市综合承载力为重点，以大城市为依托，形成具有辐射作用的城市群和城市带，推动区域的整体发展，培育和形成区域性的经济增长极，这就是中国今后城镇化的道路和方向。也只有这样才能避免走发达国家的城市化老路，使土地城市化利用率提高，将耕地保护、国家的粮食安全及居民住房社会保障体系等都纳入城镇化过程中，通过体制改革把集体、国有土地都纳入统一的市场，实现城乡统筹、协调发展，只有这样才能真正体现中国城镇化道路的特色。

3. 城市群与城市带得到快速提升。应该说，自十七大以来，以大城市为依托的城市群和城市带，得到较快的发展。目前比较成熟的有珠三角城市群、长三角城市群、京津唐城市群，这是跨省的国家级城市群，是支撑国民经济的三大经济增长极，上海浦东新区与天津的滨海新区是中国经济增长的两大亮点。以重庆、成都为依托的城市群是西部地区新兴的城市群，重庆两江新区的开发也展现出光明的前景。以青岛、济南为中心的山东半岛城市群，以大连、沈阳为中心的辽东半岛城市群，也取得明显成效。除此之外，正在形成与发展的城市群还有：湖南长株潭城市群、武汉1+8城市群、以郑州为中心的中原城市群等，这些城市群已经成为区域经济增长的基础，是区域经济增长的动力源。

可以说，十七大之后，是中国新兴城镇化的开始，不仅大中小城市得到快速发展，城市在国民经济中的地位也越来越高。城市群的经济总量占到地区经济总量的70%以上，并在整个国民经济中发挥着极其重要的作用。

4. 城市发展方式面临多方面的转变。改革开放以后，城市经过30多年的快速发展，也暴露出不少问题，因此在发展方式上也面临多方位的转变。这种转变主要体现在以下方面。

一是从外延粗放型发展向内涵质量效益转变，不能只注重城市规模的扩张，更要注重建筑质量、为居民服务功能的完善，以及经济效益、社会效益和环境效益的统一，真正发挥城市集聚效应。

二是能源、资源的高耗型向低碳、低耗型转变。目前城市的建筑90%以上都是高耗型的建筑，资源消耗很大，今后建筑应向绿色低耗型发展，由高耗费低产出向低耗费高产出的方向发展。在城镇化过程中如何保护好生态环境是十分重要的，没有生态环境的保护就谈不上发展。

三是土地的低效利用向集约高效利用转变。土地是不能再生的稀缺资源，在人地矛盾十分突出的中国，集约高效利用土地资源，是每个中国人的责任，为了给子孙后代留下生存空间，就必须转变土地资源粗放型的利用方式。

四是城市污染型向生态宜居型转变。城市是以人为中心的空间系统，没有一个宜居的空间环境，人就缺少了生存的空间，生存质量就会大为下降。因此，必须改变先污染后治理的发展方式，中国的城镇化才能健康发展。没有上述四种转变，城市发展是不可持续的。

四　农村土地使用制度改革与城乡一体化发展

1. 农村土地使用制度改革的历史沿革

新中国成立前农村土地的80%以上掌握在地主、富农手里，农村的大多数农民靠给地主打长工和高价租赁地主的土地为生。新中国成立后实行了土地制度改革，将地主的土地分给无地农民，实现了“耕者有其田”，这是新中国成立后第一次土地改革。

1953年在农村开始成立农业互助组，之后是合作社、人民公社。

国家规定，农村土地属生产队农民集体所有、集体经营，这是农村土地实行土地改革后的第二次变更。

1978年党的十一届三中全会决定以经济建设为中心，实行改革开放的政策，在安徽省小岗村实行分田到户个人承包经营的经验基础上，中央在全国推行了这种做法，当时全国除江苏省的江阴市华西村和河南省的南街村没有实行“分田到户”外，全国都实行了“分田到户”承包经营，并取消了人民公社，生产队也名存实亡。这是第三次农村土地使用制度的变革。应当说，这种个人承包经营的方式，前三年确实提高了生产力，在农村解决了温饱问题。三年之后这种小农经济的形式再提高生产力水平就相当难了，更难实现共同富裕。30多年的实践证明，只有在保持着集体经济，实行规模化、现代化经营，并有公共积累和公共财政的华西村才实现了共同富裕。在那里没有剥削，没有压迫，生产力水平得到提高，人际关系和谐，人的生老病死都有保障，成为中国社会主义新农村的典型代表。笔者在华西村调查时深受感动。

改革开放进入城市之后，农村集体土地首先要征为国有，实行所有权与使用权相分离，修改宪法后赋予土地使用权商品属性，然后对外商进入中国以出让形式让渡，2004年起实行招拍挂，按现行法规，农村集体土地不征收为国有不准进入市场。

2. 党的十七届三中全会对农村土地提出进一步深化改革的思路。十七届三中全会提出的“三个作为”和土地政策的“一允许”及“三个不得”政策，是中国城镇化必须遵循的原则和方向，中小城市房地产开发也必须与其相适应。

“三个作为”，一是把建设社会主义新农村作为战略任务；二是把走中国特色农业现代化道路作为基本方向；三是把加快形成城乡经济社会发展一体化新格局作为根本要求。“三个作为”指出和明确了新农村建设、农业现代化和城乡一体化的战略任务和目标。

“一允许”，是允许集体以转包、出租、转让股份合作等形式流转土地承包经营权，发展多种形式的适度规模经营。应该说，没有规模经营就没有农业的现代化和机械化。

“三个不得”，是指在土地流转过程中，不得改变集体所有性质，不得改变用途，不得损害农民土地承包权益。十七届三中全会以来，农村集体土地流转的步伐加快，不少地方农民自愿组织起各种各样的规模经营形式，如“以土地入股”的形式、专业合作社的形式、以企业为龙头实行产业化的形式，以及联营代耕形式等。因为当初实行分田到户个人承包经营的时候，是按人口、好坏地的搭配承包的，所以一家6亩地可分成八九块，过于分散，既不能实行机械化，更无法规模经营。实践证明，小农经济背景下是无法提高农业生产力的，华西村的历史经验已充分证明了这点。

应当指出，最近几年在农村集体土地流转过程中，一些县城领导借机扩大城镇规模，在农村集体土地上盖楼强迫农民上楼，以及强迫农民卖地并改变农业用途的事件时有发生，应引起高度重视。另外，农村土地使用制度改革的方向应该是：（1）农业用地以农民自愿为基础，逐步实行规模化经营，走集体发展道路；（2）农村的非农业用地应与城镇一起建立统一的地产市场，以便逐步解决“小产权房”问题，在建立统一市场的过程中，要合理处理利益分配问题，发挥各自的积极性。

3. 农村集体土地流转为城乡一体化创造了条件

农村集体土地的流转及流转形式，将对我国的城镇化产生直接的影响，也为城乡一体化创造了条件。“城乡一体化”这个概念，最早是我们在总结昆山经验，在《中国昆山的崛起与可持续发展》一书中提出的。实践证明，它符合中国城镇发展的实际需要。

中国是一个具有13亿人口的大国，中国的城镇化把人口都集中在几个大城市是不可取的，如北京、上海、广州已呈现人口“爆棚”之势，导致交通拥挤、空气污染严重，威胁着人们的居住环境。另一方面在农村，大量青壮年外出打工，使乡村社会结构发生巨大变化，空心村、空壳村越来越多，“乡村凋敝”的现象明显，这种大城市“爆棚”农村“凋敝”的模式，不应该是中国的城镇化道路。“加快城乡经济社会发展一体化新格局”是我国城镇化的道路和方向。

笔者对在华西村调查时看到的情景，久久不能忘怀。华西村的北面

（以山为隔）是一片一望无际的农田，据介绍只有20多个农业职工实行现代化的机械化经营。山南是华西村的办公区和工厂区。你说它是农村，可它比城里还美，别墅、居住楼比城里还高档，写字楼比城里还阔气，电灯、电话、体育、文艺设施应有尽有。你说它是城市，山北还有大片良田！这个村的产值比中西部地区的一个县还多，在2006年就达500亿。不能把人口都集中在几座大城市，那是畸形城市化，不是城镇化。

城镇化就是大中小城市和城镇协调发展，应以大城市为依托带动整体区域经济的协调发展，逐步实现城乡经济社会一体化新格局。

（这是应《中小城市蓝皮书》编委邀请，撰写的一篇专题研究报告。2012年4月20日于北京）

（四）论中国城镇化的本质、问题与发展模式选择

这是对改革开放以来城镇化的梳理与总结。全文如下。

论中国城镇化的本质、问题与发展模式选择

城镇化（城市化）与新型城镇化是当前人们议论的热点，也是国家关注的重点，城镇化的长远规划也在进行之中。但是，从多数文章来看都是从城镇化对经济发展的引擎作用、如何加快其进程、扩大城镇规模的角度去探索“城镇化”的。很少有人从提高农业生产力水平的角度，从城镇化产生的本质上去探索城镇化的进程。

我国是一个人多地少的国家，人地矛盾十分突出。据相关人士透露，“我国丰收年份粮食缺口大约是1200亿斤，占我国粮食总量的十分之一，如果碰上灾年歉收，就会遇上很大困难”。在这种背景下，研究推进城镇化进程，不与提高农业生产力水平，提高粮食和农副产品产量挂钩，就城镇化谈城镇化不能不说是个战略性缺陷。如果这个问题处理不好，将给经济的长远发展及社会安定埋下隐患。笔者想就“城镇化本质、问题与发展模式”谈谈个人的看法。

一　什么是城镇化与新型城镇化

1. 城镇化的基本概念

城镇化也可以称为城市化，两者本质上是一样的。对于城市化的概念是有争议的，不同学者有不同的表述，但通常的说法是“变农村人口为城市人口的过程，或者说农村人口向城市集中的过程”，即为城镇化。

从城市经济学的角度来讲，城镇化应指“城市从数量、规模、形态、内容、性质发生急剧变化而引起的城市人口猛烈增长的过程，也就是说，通过城市人口绝对量和相对量来反映城市经济质变的全部过程”。城市与农村一个明显的区别是：农村人主要从事农业劳动，生产粮食和农副产品；而城市人主要从事第二产业、第三产业，生产和制造加工产品。“民以食为天”，粮食始终是人类生存和活动的必要生活资料。因此，农业劳动生产率的高低，农业所能生产的农副产品，尤其是粮食的数量，直接制约着城市的数量和规模，以及城市人口的多少。从理论上讲，这是推进城镇化应遵循的基本原则。

应当指出，一个国家的城镇化程度，主要应以该国的农业所提供的剩余粮食多少为前提，盲目加快城镇化进程、追求城镇化率的做法是缺乏理论支撑的。而一个具有13亿人口的大国，完全依靠进口粮食支撑城镇化率的增长是很危险和靠不住的。

2. 什么是新型城镇化

党的十七大报告指出：中国特色社会主义新型城镇化是以大城市为中心，大中小城市协调发展，推动城市群的形成并带动区域经济的协调发展。党的十八大又进一步提出：新型城镇化，应遵循工业化与城镇化、农村与城市、农业与工业协调发展的规律，并建立政府引导（主要以规划引导）、市场主导、民营经济推动的城镇化机制，推动人口、资源和环境协调发展的集约型、可持续的发展道路。

在十八大后中央召开的经济工作会议上，除了重申改革，民生依然是主基调外，新型城镇化成了亮点。如提出“积极稳妥地推动城镇化，着力提高城镇质量”，并把新型城镇化、信息化、工业化和农业现代化等“新四化”作为发展的动力。这个提法是正确的。城镇化的动力来源于工业化与农业现代化，通过工业推动农业机械化、规模化经营，推动农业剩余劳动力转移，所谓“外拉内推”的道理就在这里。

从城镇化的基本定义与新型城镇化的要点不难看出，推动城镇化的前提条件是发展农业生产效率，使之能提供城市人口所需的粮食与农副产品，这是核心基础。推动城镇化的本质是提高城市与农村人口的生产力水平，改善其生活环境，也就是如何合理安排与提高土地使用效率问题。推进城镇化的目的是促进城乡经济协调发展水平，提高城市与农村人民的生活水平，缩小城乡差距，逐步走向“城乡一体化”。推进城镇化的作用是通过工业化带动农业规模化、机械化和农业现代化，改善城乡基础设施条件，建立城乡流通和经济网络体系。由此可见，城镇化既不能简单地“合村并居”，也不能盲目动员农民进城，减少耕地面积，更不能盲目地扩大城镇用地规模与“房地产化”。因此，研究城镇化，不与提高农业生产力水平（即粮食生产量与农副产品产量）挂钩，不与农业生产体制改革相联系，就会偏离城镇化的正确道路，也就脱离了中国的国情，这是不可忽视的战略方向问题。

二　城镇化过程中需要解决的几个突出问题

中国改革开放以后的30多年中，城市得到快速发展，城市化率从1978年的17.9%，上升到2010年的52.27%（含没有户籍的常住人口）。而土地的城镇化率更高，是城市人口城镇化率的1.85倍。城市人均用地133平方米，超出国家规定的30%以上。经过30多年粗放型、低效率的城镇化快速推进，目前城镇化面临许多问题，需要认真梳理和妥善加以解决，比较突出的问题表现为“四个转变”。

一是面临城镇规模从粗放型扩张向质量效益型转变。改革开放30多年来，城镇规模扩张了6～10倍，个别还有20倍的。大广场、宽马路几乎遍布所有小城市，土地利用效率低、经济效益差，这很不符合我国人多地少的国情。如再进一步扩大城镇规模，形成新的“圈地运动”，将给城镇化蒙上阴影。

二是面临以房地产业为主导向以工业化、信息化、农业现代化和城乡一体化为主导转变。住房制度改革实行货币化后，由于实行住房私有化和市场化，因此，投机、炒作盛行，过度的市场化与私有化，拉动了高房价，形成很大的隐性泡沫，群众怨气很大，必须加以改变。因此，要把房地产业的主角变为配角，消除房地产支柱产业形成的弊端。坚持产业先行就业跟进，有了产业和服务业才会有人才集聚和居住需要，要把房地产业由主导的支柱产业转变为配套服务产业。

三是面临城乡土地低效利用向高效利用的转变。这不仅是指城镇建设用地利用率低下，农业个人承包土地以及农村建设用地利用率也很低，甚至不少外出打工者家中的土地都荒了。因此，在推进新型城镇化的过程中，应从农村土地使用制度改革的角度统一思考农村个人承包土地流转与建设用地及土地使用制度改革的问题。城镇化问题说到底是个土地问题，也就是土地如何更合理、更高效利用的问题。土地合理利用，应该是城镇化的出发点和落脚点，忽略了这个问题，就是没有抓住根本。

四是面临城市常住农民工转变为居民的问题。这是城市二元化结构矛盾最突出的问题，不解决这个问题就谈不上城镇化。据统计，2011年我国城镇化率已达到52.27%，真正有城市户口的居民只占35%，也就是说，在城市工作和生活，即“半城市化的”农民工约有2.6亿，这是要尽快解决的突出问题与重点问题，否则还谈什么城镇化?

但是，如何解决2.6亿农民工的“半城市化”问题，是个很复杂的问题。不仅是把农民工变为居民就行了，还得使他们在城市安居乐业，同时必须解决农民工土地承包和宅基地问题。因此，必须从土地使用制度改革、体制、机制、政策上，从城市到农村发展全局上统筹规划，才能找出解决的正确途径。

从城市讲，要把农民工变为城市居民，并使之能够安居乐业，政府要为农民创造三个条件：一是能够找到相对稳定的工作岗位；二是能有养家糊口的收入；三是有个固定的住所（住房）。就当前的房价来说，98%以上的农民工是买不起房的，也租不起房。可见公租房应向农民工倾斜，如可允许拿宅基地换公租房，或采取差价补偿等政策，否则农民工真正转变成居民，享有市民的一切待遇仍需一定的时间。

从农村讲，农业土地使用制度改革势在必行，如果不松动分田到户的承包形式，再进一步提高农业生产力是不可能的。虽然党的十七届三中全会允许“农村承包土地流转”，但因为缺乏具体政策，很难施行。一方面，没有农业生产力提高，哪来的城镇化？把希望寄托在进口粮食上是靠不住的，也是十分危险的。另一方面，农村土地使用制度不改革，在城里有工作的“农民工”宁可把农村承包地抛荒了，也不会主动退出。因为按政策，耕地就是不耕种也可以拿到国家的补贴。不把承包地让出去，又怎么能真正体现城镇化呢？由此可见，必须由政府站在城市与农村统筹的基础上，通过深化改革，在解决农业生产力进一步提高的同时，割掉农民工的尾巴，“半城市化”问题才能解决。可以说，根据我国目前的耕地状况及粮食生产与农副产品供应情况，如果不能再提高农业生产效率，城镇化就没有空间了，这是必须面对的实际问题，不解决将产生严重后果。

三　中国城镇化模式的选择

各个国家由于资源禀赋、社会制度、人口规模、基础建设情况以及国情不同，城镇化的模式也不尽相同，必须依据自己的国情来定。中国是一个有着13亿人口的大国，粮食及农副产品必须靠自己解决，靠进口是不行的。因此，必须依据农业产品来决定城镇化的规模，不能单纯追求城镇化率。

依据中国土地资源与农副产品的情况，笔者认为，我国的城镇化可考虑以下两种模式。

1. 城乡一体化道路

经过30多年的改革开放，有些地区已走出一条“城乡一体化”的共同富裕的道路。如江苏的华西村，2012年胡锦涛同志就曾说：“华西村是中国特色社会主义的一面旗帜。”笔者也在华西村做过调查，华西村的山北是一片广阔的农田，只有二十几个人从事农业劳动，山南是工厂与办公区。这个村的产值2007年就达600亿元。这里环境优美、生活安定、社会和谐，粮食与农副产品自给自足，华西村这样的“城乡一体化”的“城镇化”，从理论上讲是可以代表一种城镇化方向的，它体现了中国特色社会主义的特征。

2. 分散型的城镇化道路

分散型的城镇化是把中小城市和城镇作为农村富余人口转移的主要落脚点，政府必须加大对中小城市和城镇的投入，改善基础设施条件，提高服务水平。不仅要给予更多的优惠政策，还必须加大中央财政的转移支付力度，加大中小城市和城镇的吸引力。同时中央还必须加大宣传力度，号召劳动密集的企业到中小城市落户，宣传走分散性的城镇化道路的好处。利用行政政策和经济手段控制大城市的无限扩张。从战略上讲，我们必须走这条道路，不能像泰国、墨西哥、日本那样，把70%的人口集中到首都及几个大城市。

老骥伏枥　壮心不已

由我主持研究的“中国昆山的崛起与可持续发展”课题成果公开出版后，社会影响较大，加之我在许多论文中提出的观点比较贴近城市发展实际，引起社会的极大关注，因此，退休之后我不仅被中国建设银行请去担任《中国房地产金融》的主编，还被不少地方请去为地方搞战略性的研究课题。因此，退休后比不退休也轻松不了多少，但我认为，若能为社会做点事，我的人生还是颇有价值的。

一　为地方政府所做的战略性研究

（一）三河城市发展战略研究

2000 年我退休后为地方做的第一个战略性研究，是受三河市李洪卫市长的邀请，与中国城市经济学会副秘书长朱艳艳共同承担的三河市城市发展战略定位研究，我担任课题组组长。现将我执笔的《三河城市发展战略》的总体思路摘编如下。

三河城市发展战略

一　三河城市发展战略的总体思路与定位

（一）三河城市发展战略的总体思路

城市发展战略思路形成的前提是对城市发展所处的历史阶段、城市的性质、功能及其所处的地位和作用、城市发展自身的潜力和基础优势与面对的不利因素、城市发展走向等一系列问题做出的正确判断。在此基础上，城市发展战略，一要具有超前性，也就是说，要把尽管暂时做不到，或近期做不到，但代表方向的东西在战略中加以体现；二要具有综合性，也就是说要综合考虑人口、资源、环境与发展的协调，走可持续发展的道路；三要具有系统性，也就是说以系统论的观点，从区域经济社会整体的角度和城镇网络体系出发，确立经济、城镇体系、交通、基础设施及土地利用的发展方向。

依据我们对三河市的实地调查和大量翻阅历史资料，经集体研究和讨论，提出三河市今后总体发展战略思路是："以开发区为基础，以科技产业为先导，实施外向带动战略。"

三河市自1993年撤县改市以来，发展思路经过多次变化。从"举开放旗、打北京牌、吃区位饭"，到"打津京牌、吃天下饭、念资本经、走产业路"，再到"三产带动、科技支撑、稳定强农，大力发展城郊型经济"。在"十五"计划中，又提出"以提高人民生活水平为根本出发点和落脚点，深入实施科教兴市、开放带动和可持续发展三大文体战略"，这种变化反映了三河历届领导对三河由县改市后，对城市经济的逐步认识和深化。应该说，领导农村与领导城市，在领导方法、思维观念以及具体运作上都有较大的差异。

城市是以集聚经济、人口、科技、信息、人才为特征的地域空间系统。城市经济，是以集聚效益和规模为特征的经济。因此，在市场经济条件下，城市的发展主要体现在：(1) 城市发展要以城市的集聚效益为基本依据，包括经济效益、社会效益和环境效益的统一；(2) 要以资源和生产要素的合理利用与合理流动作为处理城市之间、城乡之间关系的出发点；(3) 要以体制创新和体制变革作为城市发展的推动力。

上述三点是城市及城市经济发展的基本规律，只有深刻理解与认识这些规律，才能推动城市经济的稳步发展。

我们提出"以开发区为基础，以科技产业为先导，实施外向带动战略的总体思路"，是以三河市的现状为基底，研究了三河市历来提出的发展思路和变更的因素，结合未来发展潜力与前景提出的，是一个相对较长时期的战略方针。与国家正在实施的“科教兴国、可持续发展及开放战略”是相吻合的。

我们所提出的“外向带动战略”的“外向”，其内涵既包括面向本区域外的国内各省市的外来投资者，也包括境外的投资者，其产品是全方位的面向国内外市场。因为我国加入WTO之后，国内市场已与国际市场融合，对经济发展的约束，主要不是行政区划而是产品的市场竞争力，包含了改革开放的总内涵。

当然，在实施这一战略思路的过程中，三河市的各级领导，必须逐步实现三个更新与转变。

1. 思想观念的更新与转变。随着我国加入WTO，经济将面临巨大的机遇和挑战，因此，一要树立“经济全球化”意识。“经济全球化”主要是指商品与生产要素以空前的速度与规模在全球范围内流动，世界各国的经济要在更大的范围内融合，任何产品的生产都要考虑国内及国际市场的需求、容量，以此来确立自身的发展方向。二要树立“创新”意识。在经济全球化的背景下，在利用外资，引进国外先进技术、设备、管理的过程中，要依据本地区的实际情况，在原有的基础上不断创新和改造，灵活运用。创新，既包括思维创新、体制创新、技术创新、产品创新，也包括文化创新。三要树立效率意识。时间就是金钱，效率就是财富。这既是深圳精神，也是发达国家经济发展的基本特点。没有较高的效率意识（含工作效率、经济效率、资金效率），是适应不了现代经济发展的。四要树立品牌意识。“品牌”，包括城市品牌、产品品牌、生态品牌、环境品牌等。在经济全球化的背景下，作为一座城市，如果没有自己的形象特色品牌，是很难有辐射力和吸引力的，其集聚效应的作用就难以发挥。产品如果没有品牌也很难参与国际市场上的竞争。在市场经济条件下，树立品牌意识是至关重要的。

2. 领导方法的更新与转变。三河由县改市至今不足10年的时间，市政府及其领导面临两个方面的更新：一是领导方法的更新，也就是说，从领导农村的方法改变为运用城市设施，尤其是土地资本，去经营城市，树立政府经营城市的理念；二是政府职能的更新，在政府职能方面，应以城市集聚效益（经济、社会、环境效益的统一）为基本依据，城市政府要在维护聚集机制中发挥作用。

（1）城市政府，一方面要制定和维护市场竞争原则，使各种要素在公平、公正的原则下进行竞争，以达到优胜劣汰推动经济发展的目的；另一方面，要合理掌握聚集利益的分配调节，使来三河的投资者有利可图。

（2）在城乡经济关系方面，要发挥城市在区域经济中的作用，其关键是培育和完善中心城的功能，加强城乡和城区之间的联系，促进二元经济向一元经济转化，其表现为：一是突出以城市为中心的地域整体性；二是优化城市地区的空间布局结构，使两个城区（东区和西区）在内部联系上拉近。

（3）城市政府的基本职能是提供“公共物品”，体现在：一是稳定经济环境；二是完善城市基础设施；三是提供完备的公共服务体系。

（4）城市政府要对生产要素的流动进行引导，使之更加符合地区需要。为了维护城市发展与聚集利益，城市政府对要素的注入和流出进行适当干预也是不可缺少的。

3. 思维方式的更新与转变。思维是人的行动及对事物判断的基础，是行为活动的指南。城市发展战略思路的更新，是城市经济社会和环境变化的起点，也是产业结构调整、经济结构变化的基础，因此，城市领导的思维方式要随战略思路的变更而不断更新和转变。就三河而言，要从以农业为主的单项思维转变为多项思维，要同本市战略思路的更新、战略目标的实施相吻合，才能推动城市经济的发展。

在市场经济条件下，尤其是我国加入WTO之后，城市经济的发展、城市环境的改善、城市地位的提高，都与城市形象、城市特色的形成以及城市品位、名牌产品及产品在国内外市场上所占的份额紧密联系在一起。三河的优势在于：区位优势，交通优势，地缘边际优势，土地、人力资源优势。我们的思维方式，就是要围绕这些优势使其转变为经济优势，这就是三河行为的起点和归宿。塑造良好的城市形象、树立品牌、塑造名牌产品，是现代经济发展不可或缺的战略选择。因为城市形象、城市品位和名牌产品是集聚资金、信息、技术和人才的外部条件，是城市吸引力和辐射力扩大的基础。就三河来讲，更新思维方式是至关重要的，是摆脱县域经济束缚的前提。

（二）三河城市发展的战略定位

城市发展战略定位是确立城市发展的总体目标，其中包括城市性质、规模、城市经济、城镇体系等方面。依据三河的实际状况，我们研究了以下定位。

1. 城市发展总体目标定位

三河市的城市发展总体目标定位，是我们经过实地调查和研究，分析了大量历史资料，并依据经济社会可持续发展、自然地理条件与区域环境、效益优先和科技先行四大原则确定的。我们把三河城市发展总体目标确定为：京东绿色明星城市。

其理由是：

（1）从环渤海经济力度来看，京津唐金三角地区经济比较发达，北京东部大城市有唐山、秦皇岛，而北京与唐山之间缺少一座具有特色的中等城市起到连接纽带的作用，而三河就处在恰当的区域位置。

环渤海地区是我国经济发展与对外开放总格局的重要组成部分，是全国继南部沿海珠江三角洲、长江三角洲之后，最具发展潜力的重要经济核心区。在这一区域内，中央对北京、天津两座特大城市已经有了明确的定位，即北京是我国政治、科技、文化中心，天津是我国华北地区的工商业港口城市、北方地区重要的经济中心。而唐山是以能源、原材料生产为主的重工业城市，秦皇岛则是著名的旅游胜地，也是“北煤南运”的海上通道的出海口。三河南有天津港，东有唐山深水港和秦皇岛港，货物出海十分方便，西北角有首都国际航空港。从区域经济发展和对外交往需要的角度看，三河具有成长为“京东绿色明星城市”的内在基础和外部环境条件。

（2）三河地处北京、天津与唐山之间，西受北京的强烈辐射，南接天津的影响，东临唐山、秦皇岛，处于非常优越的地理环境之中，区位优势十分明显。

三河交通便捷，公路、铁路、海运、航空畅通。西至北京仅30公里，东至唐山121公里，南至天津125公里。铁路横穿整个市区，是东北各线必经之地，如燕郊通过顺义境内，去首都国际机场仅18公里，比北京市区还近。三河的区位优势与便捷的交通，为发展外向型经济创造了得天独厚的条件，加之开发区近些年的快速发展，尤其是高新技术产业的迅猛发展，为创造明星城奠定了经济基础。这种得天独厚的区位、交通环境优势，在全国也是少有的。

(3) 三河市，尤其是燕郊，与北京的通州区只有一河之隔，而通州因受北京直辖的制约，不可能成为北京东部的明星城市，只能作为北京较为发达的一个城区。因为首都经济圈内部各城之间，如通州、昌平、顺义、大兴、房山等，经过长期的发展，已形成相对稳定的职能分工，再跨越这种分工是十分困难的。而三河恰恰处在它的边缘，首都北京的各种辐射都可得到，但又不受其职能分工的制约。三河总体生态环境优美，西区紧临潮白河，现有大片绿色林带；东区沿洵河而建，北靠山区森林，果木覆盖率较高，这为创造生态城市奠定了基础。生态的基础是空气清新，水质好。这些环境条件为三河的发展创造了难得的机遇。如果三河，尤其是燕郊地区，搞出自身特色，树立起自己的品牌，塑造好自身的形象，培育和发展成为“京东绿色明星城市”是完全有可能的。

战略目标，并不是现实，否则就不能称“战略”目标了。但是，战略目标也必须是经过努力奋斗才可以达到的目标。目标是一种追求，是一种前进的动力，是一种凝聚、团结广大群众的灵魂，是一种激励人们进取的精神力量（机制）。三河确立“京东绿色明星城市”的战略目标，从上述分析看，是具有内在基础和外部环境条件的，经过齐心努力，团结奋斗，也是可以达到的。

当然，要创造“明星城市”，首先要树立城市文化理念，增强文化氛围，提高城市品位，开拓文化产业。城市文化是城市发展的灵魂，是城市发展的推动力。深圳之所以出名，不仅是因为它是对外开放的“窗口”，更重要的是它树立了城市文化理念，创造了“锦绣中华”、“民俗文化村”等四大景观公园，并以此提高了“城市品位”。

其次，是塑造特色品位。三河将来“名”在什么地方？应从哪些方面去创造呢？我们认为可以从以下几方面着手：一是提高城市文化品位；二是经过努力使之成为科技产品辐射基地；三是创造特色的假日度假旅游、特色服务；四是塑造城市新形象；五是创造绿色食品、饮食特色，如牛王、猪王、花卉王等，让“王”起带动和提升效应。有了特色，有了影响，就有了名气。

2. 城市性质与发展模式定位

（1）城市性质。城市性质，是指城市的主要功能，即城市的个性、特点与发展方向，也可称为“城市个性”。从经济学角度分析，城市经济的共性是：聚集性、高效性和开放性。城市个性是城市共性存在的基础。因此，确定城市性质，不仅直接关系到国民经济与区域经济协调发展，而且在实现城市化过程中也具有深远意义。

三河城市总体规划，是在县域规划的基础上修订而成的。因此，可将三河市分为两个中心，并分别进行定性：东区（泃河区）定为“政治、经济文化中心”，西区（燕郊）定为“经济文化中心和对外开放窗口”。应该说，从现实出发，这样的定位，也未尝不可。但从长远看，它有两个缺陷：一是两个中心不利于城市整体的形成，导致内在联系的疏远。一个城市可以有多个组团，但其空间布局和分工要明确，必须使各组团之间形成有机的内在联系和互补，才能有利于集聚效益的发挥，推动整体城市经济的发展。二是这样分区定位，各自孤立发展，不利于两区之间整体协调，容易导致分隔。

自然地理位置、环境、资源等条件是城市定位的初始条件，它们之间的差异不仅影响地域劳动分工，也影响城市性质形成和发展变化的自然基础。城市性质的不变性是相对的，而不断变化是绝对的，变化是为了适应变化了的城市功能和发展方向。

我们经过实地调查和研究认为，三河市的城市性质，依据三河发展现状和长远目标，可定为：“依托性科技产业城市”。

其理由有如下几点：

①依托性是主要依托发达的北京科技园区及雄厚的科技开发力量开发出的科技产品的辐射，在三河（燕郊）形成产业规模，而生产的产品面向国内外市场。目前三河已有类似的高科技产业与产品（如汉王）、生物工程等项目进驻，并形成了一定的基础。至1999年底，共引进省外资金35.61亿元，引进技术312项，引进人才3105名，审批三资企业合同172个，注册三资企业134家，初步形成高科技产业基础。

②引资工作取得丰硕成果，外资来源多元化。目前已有英国、法国、德国、意大利、日本、韩国、美国、加拿大、南斯拉夫、新加坡、马来西亚、中国香港等多个国家和地区的公司来三河考察投资。至1999年底总投资在500万美元以上的外资项目18个，多数为高科技领域，为发展高技术产业创造了条件。

③三河与相当的县级市相比，科技教育力量相对雄厚，有些大专院校和科研单位也落脚三河，为三河科教兴市，以及以科技为先导带动产业升级创造了条件，也为实现科技产业化奠定了基础。

应当指出，将三河定性为“依托性科技产业城市”，对明星城市的形成非常有利，可以使城市战略总体目标与城市性质相吻合，也有利于以科技为先导带动整体经济的发展。

（2）城市发展模式与规模定位

三河市已经形成东区（泃河区）与西区（燕郊区）两个组团的发展模式。这种模式尽管从城市整体发展及其集聚效益发挥的角度看，还存在一些难以避免的缺陷，如基础设施投入的增加、污水处理的难度加大、城市整体环境形象分散等。但是，这种既成事实的“哑铃式的城市发展模式”的现状，如硬性加以改变，不仅没有太大的必要，也会导致巨大的浪费。因此，不如在确立“哑铃式模式”的基础上，采取“克服缺陷、拉近距离、突出重点、协调发展”的方针。那么在三河今后城市发展中应采取什么措施呢？

①采取两个组团各有侧重发展的方针。西区（燕郊区）总体规划30平方公里，建成区已达13.2平方公里，以高新技术产业和假日休闲

旅游为重点，带动三产，尤其是特色饮食、服务业的发展，成为三河对外开放的窗口。因为，燕郊临近北京，接受的辐射力强，可形成独特的燕郊城镇特色。

东区（洵河区）是三河市域范围内的“政治、经济、文化中心”，可以北京为依托，面向京津唐市场，形成区域性的商业服务中心。工业以轻工、服装、建材、印刷为基础，塑造自己的品牌，逐步向外向型经济过渡。东区应成为三河市的市域中心。一座城市可以由多个组团组成，但必须有一个中心，不能成为多中心，多中心就等于没有中心。因此，东区还应是三河市的高级中心，西区应以发展高科技产业和假日休闲旅游为主，成为三河科技扩散、经济增长的支撑点，是三河市的重要组成部分。除高科技产业之外的加工性工业，能向东部转移的要逐步转移，而西区的发展与东区的发展应形成有机的连带整体。

②采取两个组团逐步拉近的方针。两个组团拉近，就是说，西区的发展除已建成的区域外，再发展应向东扩展，而东区的发展应向西扩展。但切记不要搞成沿102国道的带形城市，因为带形城市，尤其是沿国道，弊病很多，也为城市现代化带来障碍。不搞带形城市，仍是两个组团各有侧重，中间用绿色农业隔离，突出“哑铃城市模式特色”。这种哑铃式发展，一要强化基础设施的整体性布局；二要与重点建设小城镇形成交通网络体系，使之交通流畅。

③采取城镇体系网络化方针。三河市的市区重点发展两个组团，但对小城镇要在“并乡扩镇”的基础上，重点发展处于小区域内的中心城镇，与市区的两个组团形成相互连接、互为补充的城镇网络体系。尤其是处于两个组团中间的重点镇，要给予资金、人才、技术的支持，重点发展。燕郊与开发区的发展应统一规划，逐步统一。形成西区的规模效益，使之成为三河市重要的新的经济增长极。

与此同时，在城镇体系形成和发展过程中，应运用我们在总结昆山城市发展时提出的城乡一体化的“三位一体”理论。即在发展小城镇时，结合乡镇企业升级改造，逐步向小城镇迁移，并同自然村改造相结合，解决“村村冒烟”、乡镇企业分散、集聚效益差的问题，加快城镇化进程。

④三河市的城市规模。在10～20年内其人口要达到35万～40万，其城市形象塑造、品牌树立及其生态环境的建设要与“京东绿色明星城市”相适应。在城市化的进程中，除人口机械增长外，应主要依靠农业人口的转化，在农业人口转化为城镇人口的过程中，可采取两条措施：一是要鼓励农民进城经商务工，提倡“离土又离乡”，放开户籍的限制；二是要加大教育培训的力度，使农村年轻人，尤其是具有高中文化水平的青年，经过技能培训，可掌握1～2门技术，从而开拓他们进城就业的门路，有计划地转移农村人口，加速城市化进程。

3. 经济发展方向定位

(1) 三河农业经济发展定位

三河的城市经济，由于是从县域经济转化而来，县改市的时间也较短，因此农业仍占经济总量的重要位置。近10年来，虽然三河的二产与三产都有了很大发展，但农业的基础作用仍不能放松。在农业发展指导思想上的定位是：“以市场为导向，以增加科技含量为支撑，发展生态农业，逐步实现农业产业化。”在农业生产经营方式上的定位是：“走区域化种植、专业化生产、企业化管理、一体化经营、社会化服务的道路。”在农业发展方向上的定位是：“以绿色食品为主，发展生态农业，使之成为北京、天津、唐山的绿色食品供给基地。”

绿色食品的概念是“三无”，即土地无污染、水无污染、空气无污染。因此，要发展绿色食品，就必须加快生态环境改造与建设，以适应生态农业发展的需要，这应是三河农业发展的重要途径。目前，三河尤其是燕郊，绿色食品已具有相当的基础，现已运作的就有12个项目，总投资达9.15亿元，年销售收入27.28亿元。这为发展绿色食品奠定了基础。

近些年来，三河通过农业内部结构的战略调整已初步形成“东北部树果、西部种菜、中部花圃、南部种粮”的区域化布局。沿这个布局发展，将逐步形成三河农业生产的特色，并创造出自己的农业品牌。北部山区以树果为主，对改善生态环境也将起到重要作用，并为创造

“京东绿色明星城市”创造了条件。

（2）工业经济发展定位

三河市的现有工业，多数为依托型加工工业，乡镇企业占据重要位置。燕郊在中央相关部门，尤其是科研院校移驻后，在开发区的推动下，高新技术产业有了一定发展。三河市，尤其是燕郊区科技力量比较雄厚，教育也相对发达。依据这些基础其发展潜力很大，故我们将三河工业经济的定位确立为：“以依托型加工业为主，通过高科技带动，逐步向外向型转化。”通过产业结构调整，逐步提高工业品位。逐步向科技型产业转化。

三河市工业经济的转化，要从三个方面着手：

一是通过经济结构的调整、产业的升级、内部管理的优化，提高产品质量、提升产品品位。“十五”期间维持依托型加工业的发展，在科技投入的基础上，有计划、有步骤、有意识地培育外向型产业。

二是通过科技带动，进行有步骤的技术改造，增加产品的科技含量。到2010年外向型经济形成一定的基础，外向型产品占到总量的20%以上，以促进外向型经济的发展。到2020年实现科技型产业转化。

三是大量引进外资，创造外向型产品。发展民营科技企业，促进科技产品的发展，到2020年使外向型经济达到主导地位。

应当指出：依据三河的区位优势、交通优势和土地、人才优势，这个定位经过努力是完全可以实现的。因为只有外向型经济的形成，加之城市个性、特色的突出，城市品牌、品位的提高，“明星城市”才能实现。

（3）第三产业发展定位

第三产业是个很宽泛的产业范围，它包括金融业、信息产业、房地产业、商贸、旅游、饮食、文化、服务等行业。三河虽然过去曾提出建立“京东第一市场”的设想，但进展迟缓，也未形成真正的物资集散地。其原因是没有特色，缺乏凝聚力和吸引力。

从三河的实践看，三产的主要行业，如金融、信息、房地产等都难以形成支柱产业，近期发展潜力也不大。只有房地产借北京辐射会有很快发展。因此，我们认为，树立“大三产”理念是正确的，应紧紧围绕市场需求，尤其是围绕京津两大消费市场，着力发展旅游、饮食服务业，建立全方位的服务产业体系。在更高层次上规划和开拓三河第三产业发展，因为三河处在京津唐“金三角”地带，如三产搞出特色，其前景是广阔的。近期应将三河的第三产业定位为：“以商贸饮食服务业为主，带动休闲旅游业的发展。”这是比较符合近期发展潜力的。其理由如下：

①三河靠北京较近，只有一个小时的路程，而北京又是一个较大的消费市场，有很大的开发空间。

②三河饮食服务业有一定的基础，潮白河自然景区有一定吸引力，也有很大发展前景。三河的饮食业，如“牛王”的饮食城，具有一定特色和吸引力。

③在假期增加的背景下，开发燕郊潮白河以绿色为主的自然公园，具有一定特色，对北京假日短期旅游具有很大吸引潜力。

④三河花卉种植业有一定基础，也具有相当的规模，加之观光农业的发展，以观光、旅游带动商贸旅游业的发展具备了一定条件。

总之，三河第三产业的发展，近期确定这四个发展方向，是有依据也是可行的。但从长远看，在商贸发展的带动下，金融业、信息产业也必然随之发展，但成为主导产业还需要相当的时间。

4. 旅游资源开发与发展定位

旅游经济是一种无污染的经济产业，发展旅游业对创造“京东绿色明星城市”、“花园式生态城市”是有着促进作用的。因此，三河要把开发旅游资源、发展旅游经济摆在重要位置。三河市旅游资源相对丰富，也有一定的开发潜力，但需要很好的规划、包装，才会产生旅游的经济价值。依据三河旅游资源状况与开发情况，近期定位应是：“以假日休闲度假为主，逐步发展旅游产业。”这是比较现实和可行的。整个旅游业将成为三河未来的支柱产业，因为将这个产业作为重点产业和目标是正确的，但近期的着眼点还应放在“假日休闲旅游”上。其理由如下：

（1）有关假日旅游，三河已有了一定的基础，如潮白河万亩自然公园的开发，特色饮食城、明慧庄园、东湖度假村、灵山旅游景区等，已初步形成了景点，并在大力开发，近期就可见效。

（2）三河计划中的23项旅游开发项目，需要分步进行开发，重点实施才能形成景点规模，并具有吸引力。此目标“十五”期间难以达到，只能作为长远旅游发展目标，近期重点应放在“假日休闲旅游”上。

（3）旅游产业的发展，一方面需要资金的积累，实施滚动开发；另一方面也需要知名度的上升。这都需要时间的延续和知名度的扩散，没有“知名度”的扩散和宣传，就是开发好了旅游资源也不一定具有吸引力。因此，不能急功近利。

应当指出，就三河的环境与区位看，在开发旅游景点的过程中，其消费应放在中等消费水平上，这个消费空间较大。高档消费，如高尔夫球场、高档公寓、别墅的开发要慎重。从房地产开发的角度看，近期三河市发展潜力也不会太大。

5. 城市生态环境定位

城市是社会生产力与商品经济发展的集中体现，城市在集中了社会物质财富、人类智慧和古今文明的同时，也集中了当代人类的各种矛盾，诸如大气污染、水污染、垃圾污染、噪声污染等。城市生态的建设，就是研究和探索如何实现城市经济社会发展与生态环境建设的协调和统一。

生态城市的概念，包含着两种哲学观念：一是辩证的自然观，二是系统的区域观。即“自然融入城市，城市归于自然”。这是生态城市的基本自然观。“生态城市”是人类与自然能够在区域内“共生的城市”。这是系统的区域观。生态城市，人是主体，但人与自然是和谐共生的，而不是对立的。也就是说，自然、人与城市融为有机整体，形成共生结构，这就是生态城市。城市尽管是高度人工化的人居环境，但自然要素仍然是城市得以存在与发展的基础。因此，作为城市的主人，人类应把各种活动立足于自然要素之上，也就必须尽可能地保护自然，保护绿色，保护环境的纯洁，才能使之和谐。生态城市是以人为主导，以自然环境系统为依托，以资源、要素流动为命脉的经济、社会、环境协调统一的复合系统。

针对三河的生态现状与发展的远景目标，从城市生态上，我们将三河定位为："花园式生态城市"。其出发点为：一是三河市已初步具备了生态环境基础；二是从"京东绿色明星城市"讲，必须创造这样的生态环境，尤其是外向型经济的城市，生态环境要求是很高的；三是三河作为首都东部的一个具有特色的假日旅游度假的区域，没有这样的生态环境，是没有吸引力的；四是"京东绿色明星城市"，不仅要有城市形象特色，也必须具备生态环境特色、经营服务特色、产品特色，以及农业特色。定位"花园式生态城市"是我们综合了多方面的情况和预测了三河的发展前景之后确定的。

题外话：为更好地"打燕郊牌，吃燕郊饭"，从长远考虑，可将"三河市"改为"燕郊市"。因为"燕郊"的来历是有历史典故的。一方面可增加历史文化内涵，另一方面可以增加与北京的融合，有利于创造"京东绿色明星城市"。

（二）延边朝鲜族自治州经济发展战略研究

这是受国家发改委计鹏信息咨询有限公司委托进行的一项战略研究。项目的背景是韩国一家企业要到延边进行投资，因延边自治州没有战略规划不敢进行投资，这时自治州政府找到国家发改委，由对方出资进行一项战略研究。国家发改委本身没有研究力量，知道昆山的战略研究很成功，在这种背景下，国家发改委计鹏公司找到我，委托我主持这项研究，延边自治州政府负责专家组的调研接待和资料支持。

该项目从 2005 年 4 月开始调查（见图 19），到出成果历时 8 个月，2005 年 12 月 6 日完成。项目完成后，由延边自治州政府出面召开全自治州副科级以上干部会议，听取我做研究成果报告。这项研究成果成为延边自治州后来经济社会发展的总体思路，除了区划调整因法规限制未实施外，其他均按战略规划思路进行。现将由我执笔的总报告摘编如下。

图19　专家组在延边调查

延边朝鲜族自治州经济发展战略研究

一　战略地位

延边朝鲜族自治州（以下简称“延边”）地处吉林省东部，中、朝、俄三国交界处，濒临日本海，是联合国开发计划署唯一直接协调的国际合作项目——图们江地区开发工程地区。珲春的防川距图们江出海口仅15公里，是环日本海经济圈的中国唯一东北亚对外窗口，美国太平洋沿岸到图们江口的距离远比大连、天津、上海等地近。但目前海运尚未直接打通，只能“借船出海”，可以通过待通的朝鲜半岛京元线到韩国的釜山，也可以通过西伯利亚铁路最便捷地到达北欧。从周边环境看，邻国和延边地区经济的互补性具有潜在的经济合作优势。延边在东北亚经济圈中也处于核心地带，从长远看具有非常大的经济发展潜力。

从战略地位上讲，延边处于东北亚区域合作的中心地带。东北亚泛指亚洲的东北部地区，包括中国东北地区（辽、吉、黑三省和内蒙古自治区的三市一盟——呼伦贝尔市、通辽市、赤峰市和兴安盟）、日本、朝鲜、韩国、蒙古、俄罗斯赤塔以东的远东地区，土地面积约为1617.59万平方公里，人口约3.5亿人。延边腹地广阔，资源丰富，是东北亚区域经济合作的中心环节，也是联合国开发署唯一直接协调的经济区域。这就给延边区域的经济发展带来新的生机，也给吉林省和延边地区的经济发展带来难得的机遇。由此可见，延边地区的经济发展战略不仅仅是个地区战略，也是吉林省的重要经济发展战略，更是国家发展战略的重要组成部分。正确认识延边地区的战略地位，有利于增强信心，抓住发展的机遇，推动经济的快速发展，尽快形成经济高地。这不仅有利于延边地区的经济发展，更能带动吉林省尽快形成长春市、吉林市、延吉市经济发展的主轴线，成为中、朝、俄三国接壤地区经济合作的重要平台，进一步辐射日本、韩国、蒙古地区的经济合作，在进一步打开通道的基础上，可成为东北亚经贸交往的中心和物资集散地。这一战略地位是其他地区无法替代的。国家领导人最近讲话中多次提到东北亚经济合作的重要性，地方领导，尤其是吉林省领导，应认识到延边地区战略地位的重要性，促进延边地区经济的快速发展。因此，课题组经过近20天的实地调查并研究了大量相关资料后，在充分认识延边地区战略地位的基础上，才提出“延边经济发展的战略思路、战略目标、战略重点和战略措施”。

二　战略思路

延边辖8个市县（6市2县）、67个乡镇（16个乡51个镇）、22个街道办事处，总面积4.27万平方公里，户籍总人口217.7万，其中，非农业人口140万，占总人口的64.3%；朝鲜族人口82万，占总人口的37.7%，满族、回族、汉族等其他民族占62.3%。

经过实地调查发现，在延边整个区域间中心城市的作用不突出，首府延吉市首位度不高，体现不了城市经济的聚集性和规模性特征，其带动和辐射作用较弱，城市间各自为政、重复建设，难以实现区域资源和生产要素的优化配置，制约了经济协调发展和产业结构的调整，对下一步经济快速发展很不利。现代区域经济发展，必须是以城市为主导的区域经济。并运用科学发展观统领城市和区域的协调发展，转变经济增长方式，提高自主创新能力，不断深化改革开放，在体制创新的同时，保持经济平稳快速发展，加强和谐社会的建设。延边是一个多民族居住的特殊区域，应当看到，延边的发展战略，不仅仅是一个地区战略，还应把它视为国家战略的一个重要组成部分。所以，“十一五”期间要实现跨越式发展，要把延边建设成为中、朝、俄接壤地区的经济高地，形成东北亚地区强势发展和不可忽视的国家重要的战略性区域。可以预见，今后几十年这一区域的战略意义将会日益显现。因此，针对延边区域经济状况，并展望未来经济发展前景，我们提出“以城市为中心实施双向带动”的战略思路。

(一) 战略思路内涵

以城市为中心，以发展多元产业为动力，加快城镇化进程。首府延吉应培育成一个中心城市，使之成为吉林省东部的大城市，以强化其辐射力与吸引力，提高其首位度。它的人口规模应达到80万~100万，将延吉、龙井、图们三市合一，构建功能不同的三个组团，在此基础上构建以延吉为中心的几条经济带。建设两个重点城市：东部的珲春市，利用国家仅有的国家开发区、出口加工区和互市贸易区于一体的三区联动，优势互补，构建充满活力的新型对外经济区，将其打造为吉林东部的对外窗口，人口控制在30万~40万；西部重点建设敦化市，使之成为延边西部地区新兴工业城市，以应对内地产生的辐射与吸引，人口规模控制在40万~50万。和龙、汪清、安图应建设为10万~20万人的小城市。现有的51个建制镇进行适当合并，建设具有一定城镇功能基础的二十几个重点建制镇，人口规模2万~3万。这样，延边州就将形成一个较为完整的“群星托月”的城镇网络体系。围绕中心城市，逐步形成“一鸟两翼”的双向带动战略，即一个中心，两个侧面，三座小城市带动20个重点镇的发展格局，在城镇的带动下，推动城市现代化、农村城镇化，加速城乡协调，实施以工补农，促进区域经济社会的全面提升。

注：● 中心城市——延吉市

● 重点城市——珲春市、敦化市

● 小城市——汪清、和龙、安图

★重点建制镇20个（初选）：敬信镇、板石镇、凉水镇、石岘镇、春化镇、复兴镇、罗子沟镇、天桥岭镇、春阳镇、崇善镇、德化镇、二道白河镇、松江镇、大浦柴河镇、万宝镇、江源镇、黄泥河镇、额穆镇、大山咀子镇、三道湾镇

⬀ 双向带动：

☞ 内涵之一：是通过珲春窗口实施外向带动；通过敦化的内向连接，实施内向带动。

✌ 内涵之二：是以工促贸和以贸带工的带动发展。也就是说，既实施对内对外的双向带动，又实施工贸相连的双向带动的格局。

（二）提出这一战略思路的背景与依据

1. 提出这一战略思路的背景

现代经济，是以城市为中心带动发展的经济。21 世纪是城市的世纪，区域经济的发展要以中心城市的辐射力与吸引力为带动；世界上发达国家的实践，以及中国改革开放以来沿海地区城市的快速发展，都证明了这一点。自 1980 年以来，中国人口在 100 万以上的城市，人口增长速度增加了 2.35 倍，200 万以上的城市人口增长速度增加了 6.37 倍。世界人口规模最大的 100 个城市的平均人口规模，1950 年为 210 万，1995 年为 500 万，2004 年达 1000 万以上[①]。目前，城市化重点转向发展中国家，以大城市为中心的城市群也已经出现，这就是中国城市面对的世界背景。城市功能与城市人口的关系不是简单的加和，而是呈现出强大的倍增效应，也就是一般所说的集聚和辐射效应。这种效应，推动着城镇化的加快，推动着经济的快速发展。

中国改革开放以来，出现的三大经济增长极即珠江三角洲、长江三角洲、京津唐地区，都是以大城市为中心带动的城市群推动了区域经济整体快速发展的结果。延边地区要加速发展，就必须培育中心城市，并以中心城市、重点城市和小城市所形成的城镇网络带动整体区域经济发展，这是历史发展的必然选择。

2. 提出这一思路的依据

（1）延边地区的珲春市和敦化市已经形成对内对外双向带动的基础和条件，成为延边发展的两个翅膀

珲春市地处图们江下游地区的中、朝、俄三国交界地带，位于延吉市东面，是对外开放的窗口。它东南与俄罗斯滨海边疆区接壤，边境线长 232.7 公里；西南隔图们江与朝鲜相邻，边境线长 139.5 公里，现有珲春口岸、沙坨子口岸、圈河口岸。距珲春市区东南 75 公里的防川村，

① 王珲、张兵编著《城市品牌》，中国物资出版社，2005。

是中、朝、俄三国交界的鼎足地带。珲春沿图们江而下 15 公里便可以进入日本海，是我国进入日本海的唯一水路通道，也是我国从水路到俄罗斯、朝鲜、日本西海岸乃至北美地区的最近点。在珲春市周边分布着众多的俄罗斯与朝鲜的港口，俄罗斯波谢特港距珲春口岸仅 71 公里，朝鲜先锋港距圈河口岸 127 公里，从防川经图们江出海口到韩国的釜山 750 公里，到日本的新潟港 850 公里。这一地区中、朝、俄三国陆路相连，与朝、俄、韩、日水路相通，具有得天独厚的区位环境。目前珲春“三区兴一市”构架基本形成，公路、铁路、高速公路构架也已经形成，“三区”的基础设施良好，投资的软硬环境基本具备，可成为延边双向带动战略思路的重要前沿和桥头堡，口岸经济的拉动效应明显，2004 年本市企业进出口总额达 21867 万美元，同比增长 49.23%。已成为延边“一鸟两翼”的右翼，并具有广阔的发展前景。

敦化市是延边自治州的西大门。东北、西北与黑龙江省接壤，南与吉林抚松毗邻，西与吉林桦甸和蛟河相连，总面积 11957 平方公里，总人口 48 万，辖 11 镇 5 乡，4 个街道办事处，一个省级开发区，隶属于延边朝鲜自治州，是吉林省所辖区域面积最大的县级市，素有“千年古都百年县”之称。敦化市建成区面积 22 平方公里，市区人口约 30 万，地区生产总值达 48 亿，仅次于延吉市。敦化经济技术开发区规划面积 5.01 平方公里，起步区 1.82 平方公里，各项基础设施完备，软硬投资环境良好，目前已经引进工业加工项目 33 个，累计投资 8.8 亿元，其中 11 个项目已经达产达效。初步形成以木制品加工、制药、食品加工、建材、机械加工五大支柱产业竞相发展的格局，产品除少量销往国外市场，大都面向国内各省市，是内向带动的基地。2004 年，开发区的经济总量占全市的三分之一以上，充满生机，可称为“一鸟两翼”的左翼，也是延边的西部“窗口”。

（2）延边从地理环境和文化特色上看，具有六大优势

①人口素质优势。延边素有重视教育的传统。1949 年 4 月 1 日，延边就办起了全国第一所少数民族自治州综合大学——延边大学。至今在全国 30 个民族自治州中也是少数几个拥有高等院校的州之一。延边大

学是民族地区中率先进入"211工程"的大学。尤其是州政府确立"科教兴州"战略之后，教育事业得到快速发展，全州的人口素质不断提高，每10万人拥有大专以上文化程度的有3037人，是全国平均数的2.1倍，居30个民族自治州之首。应当认识到：人口素质的高低是地区经济发展的重要因素，因为市场的竞争实质上是人才的竞争。

②地理区位优势。延边处于中、朝、俄三国交界地带，又是东北亚经济圈中的"金三角"地带，更是吉林省对外开放的窗口。这些环境区位的优势，为延边地区将来经济发展奠定了雄厚的基础，是实施"双向带动"的重要条件。

③人文地缘优势。延边自治州朝鲜族占总人口的近40%，而多数朝鲜族人民都会三种语言（汉语、朝鲜语、日语），又与西太平洋地区主要资金输出国之一的韩国属同一民族，这种独特的人文资源，为引进外资、劳务出口，以及运用俄、朝边境的口岸优势，利用两个市场、两种资源，大力开展经济技术合作的发展创造了特有的条件。

④旅游资源优势。延边历史悠久，旅游资源丰富，尤其是享誉中外的长白山风景区和独特的长白山天池，吸引着大量国内外游客。除此之外，延边的生态旅游、民俗风情旅游也大有开发前景。旅游产业是一种很具发展潜力的新兴产业，就延边来讲，旅游产业将有广阔的发展前景，应成为延边地区重要支柱产业之一。

⑤生态资源优势。延边俗称"八山一水半草半分田"，正是由于这种特有的地理地貌，造就了自然资源的丰富多彩，可称为五多：山多，山占总面积的80%以上；林多，全区林地面积305万公顷，森林覆盖率达80%以上；草多，除草地外，森林下边生长着各类植物；土特产多，是我国人参、鹿茸、貂皮的重要产地，野生植物丰富，经济价值高的就有800多种；非金属矿藏多，本区查明的矿产达上百种，其中已探明的有55种，可开发的39种，全州铁矿石保有储量1.3亿吨，煤炭保有储量6.4亿吨，此外非金属矿中的硅灰石、浮石、花岗岩、大理石等优质石材储量丰富，水利资源蕴藏量也十分丰富。延边地区丰富的自然资源，为资源开发利用，经济的进一步发展、繁荣提供了良好的条件。

⑥民族政策优势。延边地区，不仅可以享受少数民族的各项政策优惠，还享受西部大开发政策优惠、振兴东北工业基地的政策优惠，以及边疆开放政策。加上珲春是国家唯一一个“三区合一”的区域，政策十分优惠，区内企业税收仅为7.5%，是全国最低的。这些优惠政策，为延边地区改善投资环境、引进外资，开展“双向带动”创造了独有的条件。

总之，上述六大优势，是总体概括，其中区位、政策和生态优势是核心优势，这三大核心优势的组合优势，是东北其他边境地区所不具备的。因此，可以说，这三大优势就是延边的核心竞争力，为“以城市为中心实施双向带动战略”奠定了雄厚的基础。

(3) 延边地区围绕首府延吉已经初步形成了较为完善的交通网络体系

目前，延边自治州以延吉市为中心的立体交通网络基本形成。航空港：已经开通长春、北京、沈阳、上海航线，国外开通了韩国的仁川航线，还准备开通日本、俄罗斯、朝鲜、新加坡、中国香港等航线。铁路：从延吉通向国内各地，并与朝鲜连接。公路：围绕延吉基本形成“三横四纵+口岸”的公路主骨架（总里程2200公里），并初具规模。应该说，交通网络体系是中心城市形成的最基本的条件和依托，也正因为延吉已经具备交通枢纽的基础，所以，我们才提出“一鸟两翼”的群星托月的城镇体系构想。

(三)“以城市为中心实施双向带动”战略需要的条件

应当指出，要实施这一战略思路，从领导认识上讲，需要树立两种理念，转变两种观念，把握城市发展中的四大要素。简称：两树、两转、一把握。

1. 树立两种理念

(1) 树立城市理念。以城市为中心，以发展多元产业为动力，加快城镇化进程，逐步实现中心城市和重点城市的现代化和农村城镇化。

以城市为中心，就是要认识到城市是以集聚经济、人口、科技、文化、信息、人才为特征的地域空间系统。城市经济是以聚集效益和规模效益为特征的经济。在市场经济条件下，城市发展主要体现为：一是城市发展要以城市的聚集效益为基本依据，包括经济效益、社会效益和生态环境效益的统一；二是要以资源和生产要素的合理利用与合理流动作为处理城市之间、城乡之间关系的出发点；三是要以体制创新和体制改革作为城市发展推动力。

在认识城市经济本质的基础上，还要树立以下意识：①树立城市群体意识。突出以城市为中心的地域整体性。②树立城市布局结构意识。优化城市空间布局结构，使三个地区（延吉、龙井、图们）内在联系上拉近，从布局上先统一规划。③树立创新意识。在经济全球化的背景下，在利用外资，引进国外技术、设备、管理的过程中，要依据本地的具体情况，在原有的基础上不断创新和改造，灵活运用。创新：包括思维创新、体制创新、技术创新、产品和文化创新。④树立效率意识。时间就是金钱，效率就是财富。这既是深圳精神，也是发达国家的基本经验和特点。⑤树立品牌意识。品牌包括城市品牌、生态品牌、产品品牌、环境品牌等。作为一座中心城市，没有自己的形象特色，其辐射力与吸引力就会受到很大影响。

（2）树立进一步大开放理念。逐步转化政府职能，以适应开放与加快城镇化的需要，在大开放中树立经营理念（使资源优势变为经济优势）。

树立进一步大开放理念，是延边所处的地理环境的客观要求。通过树立大开放理念，一方面，逐步转化政府职能，以适应大开放与加快城镇化的需要；另一方面在树立进一步大开放的理念过程中，确立城市经营理念，逐步使资源转化为资本，为城市建设积累资金，完善中心城市的城市功能，促进城乡二元化经济结构向一元化经济转变。其表现是：①经济全球化主要是指商品与生产要素，以空前的速度与规模正在全球范围内流动，各国经济要在全球范围内融合，任何产品的生产都必须考虑市场的需求，以容量来确定自身发展方向。②尽快实现政府功能转型，即由生产建设型转变为公共服务型，以适应经济全球化的需要。③城市政府的基本职能是提供公共产品，体现在：稳定的经济环境、完善的城市基础设施、完备的公共服务体系三个方面。④政府要对生产要素的流动进行引导，使之更加符合地区的需要，以保持区域间基本协调和平衡，因为三地（延吉、龙井、图们）差异还不小，有了基本协调才有构建和谐社会的基础。

2. 转变两种观念

领导农村转向领导城市，认识城市经济是以聚集效益和规模效益为特征的经济。领导城市与领导农村从领导方法和观念上有很大的不同。领导农村，主要领导人是以行为为主导。而领导城市是以规划为龙头，必须依据发展战略的思路，搞好城市总体规划。城市建设是个严肃的问题，没有完整的城市总规划，不仅体现不了城市功能的合理布局，聚集效益发挥不出来，还会把整个城市搞乱，造成巨大浪费。因此，城市的综合管理对城市的健康发展是不可缺少的。由此可见，就延边地区各级领导来说，观念的转变是至关重要的。

以发展林业为主转变为发展多元产业为主。延边处于我国的主要林区，林业曾是延边地区的主导产业，从产值到从业人员都占到相当大的比重。随着国家林业政策的改变，不少林产区成为自然生态保护区。再依据传统观念大力发展林业已经不合时宜，必须把以林业为主转变为以发展多元产业为主。观念的转变是经济发展的开始，发展多元产业是延边地区的主要方向。可以利用优美的生态环境和林业资源，发展休闲产业、生态旅游、民俗风情旅游、药材加工，以及绿色食品产业（如养蜂业）等。只有观念的转变才能寻找出新的经济增长点。

3. 把握城市发展中的四大要素

城市经济、城市管理、城市文化与城市环境的相互作用，是决定城市发展的四大要素。而城市总体规划是确立城市发展的“定位器”。人们常说规划是城市发展的龙头，也就体现了“定位器”的内涵。从城市发展的客观规律看，经济、管理（服务）、环境与文化是城市发展的真正动力。

（1）经济

“城”在古代汉语中指的是在一定地域上用作防卫的围起来的墙

垣，“市”则是指进行交易的场所。“日中为市”指的是周围乡村的农民按习惯和约定的时间到一个适中的地点交换彼此产品的情形。“城”和“市”两个字合在一起就成为“城市”，它既反映了城市的起源，又反映了早期城市的基本功能。由此可见，有了经济活动，才有人口的聚集，经济总量的扩大与人口的大量集聚，才能产生城市。所以说，经济是城市发展的基础。把发展经济放在首位，是正确的，也是各级城市领导必须把握的第一要素。

（2）管理

管理是一门古老的科学，是规范与秩序的起点，也是生产力。城市管理与企业管理不同。城市管理主要是：①规划与建筑管理；②交通道路的规划与管理；③城市的综合管理。综合管理是专项管理涉及不到的一切领域。它体现在：引导、规范、治理、服务、经营。经营机制引入到城市建设与管理中来，是政府职能从计划经济向市场经济转换的体现。经营的核心是三大资本，即自然生成资本（土地资本）、人力作用资本与延伸资本（如道路、街道的冠名权）。发挥三大资本的效能，是管理城市或经营城市的重要方面。

（3）文化

“城市文化”是指人类在城市活动中的文明结晶。就城市经济来说，文化无处不融入经济活动之中，文化可以提升经济价值和品位，以形成行业特色，增加吸引力，推动消费，增加经济总值，从某种意义上讲，城市文化是城市经济发展的内在基础。城市文化对经济发展具有巨大推动作用。体现在：①城市文化是经济活动的根基；②城市文化是城市经济品位提升的基础；③城市文化是城市个性与特色形成的条件；④城市文化是城市发展的动力。由此可见，文化是推动城市发展的不可或缺的要素。如果一座城市，道路没有规划，建筑没有特色，只是堆砌了各种“火柴盒”、“豆腐块”、“麻将牌”式的建筑，没有值得后人称赞和学习的创造性成果，那么这座城市显然就没有文化风采。独特的城市风貌，具有独特人文精神的城市建筑风格，就是“城市文化”内涵的具体体现。

(4) 环境

城市环境，包括生态环境、区位环境、文态环境、人居环境、投资环境等诸方面，环境是城市辐射力与吸引力的基础，也是推动城市发展的基本要素。延边要把延吉市建成生态明星城市，就更需要把环境放在首位，要建设和发展城市就必须抓好环境建设。

就延边来说，实施“以城市为中心双向带动”战略，就要把握好城市发展的这四大要素，才能走向健康和可持续发展之路。

三 战略目标

实施“以城市为中心双向带动战略”的目的，是贯彻落实“以人为本”的科学发展观，通过发展以多元产业为动力、以城市为中心，实行以工促农，加快城镇化进程，在推动“一个中心、两个侧面、三个小城市和完善城镇体系”的基础上，实现城市现代化、农村城镇化，将延边地区建设成为“经济文化繁荣、人民生活富裕、生态环境优美、城乡协调发展、民族团结、社会和谐稳定的民族自治区域”。在此基础上大力发展循环经济，建设资源节约型、环境友好型社会。通过双向带动，使延边成为吉林省对外开放的窗口、中国连接东北亚经济合作区的桥梁和纽带。具体目标是：(1) 到 2015 年，GDP 达到 666 亿元，实现全面小康；(2) 到 2020 年，初步实现现代化的战略目标。

应当指出，这一总体战略目标不是近几年就能实现的，还必须加上正确的经济、产业、城市发展的定位，在科学定位的基础上，运用科学发展观，走循环经济和节约型城市发展道路，全面实施中央提出的“五个统筹”，经过努力逐步加以实现。没有正确的发展定位，单靠行政长官的意志办事弄不好还会出现曲折、走弯路，导致社会资源的巨大浪费（这一点在延边地区是有教训的），延误目标实现的时间。经过我们实地调查和对大量历史资料的研究，现提出如下定位。

（一）经济发展定位

1. 经济发展速度目标

延边地区经济近几年得到快速发展，2004 年全州 GDP 为 194.3 亿元，预计“十五”期间 GDP 平均增长率达 10% 以上。依据发达国家的经验，GDP 人均达 1000 美元时，城镇化进程和经济发展都将进入快速发展期。延边地区 2004 年人均 GDP 已经达到 1000 美元以上，可以说已进入经济快速发展阶段。依据延边地区的实际情况，如何确定延边地区今后发展速度是需要研究的问题，从延边 8 个市县发展的实际情况看，发展还很不平衡，虽然基础设施框架已经初步形成，但还不够完善。经调查，我们认为将延边地区的经济发展分成两个阶段，即第一阶段，2006～2010 年，发展速度定为 11%～12%，确保 11%，实现 GDP 总量 362 亿元，争取 12%；第二阶段，“十二五”期间，经济增长速度要适当加快，因基础设施基本完善，可定 13%，实现 GDP 总量 666 亿。（注：以上推算数字是依据 2004 年底的数据为基础，下同）

为什么提出两个阶段？第一，目前延边地区基础设施还不够完善，尤其是主干线高速公路尚未接通；第二，有些产业刚刚起步，如珲春电厂的二期工程、紫金矿业，以及和龙的优质铁精粉的选矿厂工程等也刚刚起步，至少也得 2～4 年之后才能形成生产能力。因此，“十一五”期间经济发展速度不宜安排增长过快。因为速度的增长不等于发展，只有产生效益才会促进社会进步和人民生活水平的提高。

第二个阶段，我们认为，根据延边地区的实际情况和各项工程的进展。那时基础设施已经配套和完善，各项工业项目也大都能形成生产能力，加快发展速度才会有雄厚的物质基础，发展才有保障。

2. 产业发展定位

延边的产业发展，要以传统产业为基础，以国内外市场为导向，以新兴产业为中心，在加强林产纸浆、食品、医药、能源矿产四大支柱产业的同时，大力发展旅游、劳务经济、房地产、纺织服装、建材外贸等优势产业。扩大对外开放，利用好经济全球化和新一轮国际分工与产业转移的时机，积极引进项目、资金和技术，在此基础上培育新兴产业，如文化、休闲产业及高新技术产业，并逐步开拓现代服务业，如信息、金融、保险、咨询、会展等。迅速加强和扩大延边经济基础，以高新技术改造传统产业，实现经济总量的快速提升，并逐步实现外向型的产业发展模式。总体经济发展定位应是“外向型经济发展模式”。

就延边的实际情况看，除原森林工业、食品工业、医药、能源矿产四大传统支柱产业外，我们又提出：将旅游业、房地产业、内外贸易和现代物流业等优势产业培育成为新的支柱产业。因为这些产业，目前在一些城市已达 GDP 总量的 5% ~10% 以上，尽管就全区而言尚未达到支柱产业标准，但这几个产业是有很大发展前景的，尤其是旅游、内外贸易、房地产业。这几个产业，“十一五”期间就可能成为主要的支柱产业。

开辟新兴产业方面，我们提出主要是文化产业、休闲产业和现代服务业，这是因为：延边地区不仅生态环境优美，而且民族文化特色浓厚，朝鲜民族能歌善舞，有条件把这两大产业培育成为延边地区新的经济增长点。由于延边自然生态环境优美，森林覆盖率达 80% 以上，又是几条河流的上游地区，不宜发展高能耗、有污染的产业，而文化休闲和现代服务产业恰巧就是投入少、无污染、易发展的产业，非常适合延边地区的实际情况。

3. 对外经贸发展定位

延边地区是我国最大的朝鲜族聚居的地区，是中、俄、朝三国交界地，有 5 个边境县市，11 处对外开放口岸，又处于东北亚“金三角”地区，从长远看具有非常优越的对外贸易的条件和优势。对延边地区来说，可定为“以口岸为龙头，以加工贸易为重点，以跨国经济合作为基础，充分利用国内国外两种资源、两个市场实施双向带动，以工促贸，以贸带工的发展模式，大力发展外向型经济，带动区域经济的发展”。

我们提出这一定位的依据：一是近几年延边地区的外贸得到快速发展，2001 ~2004 年全州进出口贸易累计完成 16. 27 亿，年增长 13. 04% ，其中 2004 年对外贸易完成 57249 万美元，比上年增长 40. 2% ，高于全省 10 个百分点，高于全国 4. 5 个百分点，当年实现增量 1. 6 亿美元。二是涌现出“天池工贸”、“珲春亨通”等一批发展潜力大、带动作用强的外向型大中型企业。三是在珲春、敦化等城市，“以工促贸，以贸带工”的效益明显。四是实施“走出去”的方针，利用国外资源和市场进行境外投资，取得显著效果。如延吉卷烟厂、吉林新元木业、珲春林业集团等都发展较快，效益较好。五是劳务经济取得突出效果。至 2004 年底，全州外派劳务累计达14万人次，1998~2004年累计收入超过25亿美元。其中2004年达7.3亿美元，相当于全州财政收入的2.5倍。

4. 旅游产业定位

延边地区生态环境优美，民族风情独特，长白山是中国的十大名山之一，横贯延边全境，也是联合国确定的“人与生物圈”自然保护区。因此，应在确定“长白山生态文化旅游区”的基础上，开辟生态旅游、民俗风情旅游、休闲度假旅游，利用延边自然、人文景观资源，全方位开拓旅游市场，树立大旅游概念，除开辟区内旅游线路外，还应开拓省际、国际旅游线路，将长白山地区打造成为全国和世界著名旅游胜地。

之所以这样定位：一是长白山旅游景区在国内外已经有了很高的知名度，有进一步打造的必要；二是生态旅游、民俗风情旅游、休闲度假旅游尚未开拓，应很好地利用这些资源发展旅游经济；三是延边具备了大力发展旅游产业的内外部条件；四是品味长白山、领略天池魅力，是不少国内外旅游者的梦想，具有强大的吸引力，加之生态和民俗风情的融入将给延边旅游业插上高飞的翅膀。

5. 文化产业定位

延边地区的文化资源十分丰富，以延边歌舞团为代表的原组织机构也具有相当的实力，为文化产业的发展奠定了基础。在“十一五”期间，文化产业是新的经济增长点，应该作为支柱产业来培育。首先，新闻出版、广播影视、艺术表演、音像制作等行业，要坚持“以人为本”，为提高延边各族人民的文化素质和精神文明程度服务。其次，要多出时代感强、艺术水平高、市场价值大的精品，以丰富居民及旅游者的文化生活，提高经济效益。再次，深化体制改革，促进文化产业部门之间的协调与合作，逐步推进以市场服务为主的事业单位企业化。最后，加强文化产业与旅游产业之间的协作，以丰富旅游产业的文化内涵和扩大文化产品的市场销售。

延边地区的文化产业定位：以朝鲜民族文化为主体内容的多元文化产业格局。

文化事业和文化产业都要发展。由于延边文化产业刚刚起步，应更多地予以扶持和关照。

就延边来讲，应打造两个方面的文化，一是城市文化，城市建筑体现民族文化特色；二是旅游文化，旅游除了独特的自然景观外，文化气氛也是吸引力的源泉，如各种民族风情特色、表演等。而城市文化，不仅仅是建筑文化，还体现在企业文化、饮食文化、服装文化等诸方面，对城市经济发展、经济价值总量的提升又有着巨大的推动作用。

我们提出这样的定位：一是因为延边地区的文化产业特色鲜明，很有发展前景，二是朝鲜族都能歌善舞，发展文化产业有基础，也有特色，较容易形成新型产业。打造城市文化和旅游文化，同时又是城市现代化、塑造城市形象和旅游事业大发展的客观需要。

（二）构建合理的城镇体系

依据延边地区城镇发展现状，我们总结出延边地区经济发展中的矛盾和问题主要有：一是延吉市作为首府城市其辐射力与吸引力不强，发挥不了磁场效应；二是受土地资源的限制也没有发展空间；三是延吉、龙井、图们三个县级市距离太近，不但形不成优势互补，反而导致互相制约；四是产业结构不合理，给调整带来困难。依据延边地区的战略地位和未来的发展前景，把延吉、龙井、图们三个县级市合并组成一个大城市（中心城市），不仅是吉林省和延边地区发展的客观需要，也是东北亚经济合作发展的需要，三市合并之后，不仅解决了土地资源的稀缺问题，也为延边地区进行资源整合、产业结构调整创造了条件。因此，我们在调查研究的基础上，把延边地区的城镇体系定位为："一个中心城市、两个重点城市、三个小城市和二十几个重点建制镇组成延边地区城镇网络，构建由大、中、小城市和二十几个中心镇形成的城镇体系。"

应当指出：一个地区的城镇体系结构是否合理，不仅关系到一个地区的城乡协调发展，还关系到整个区域经济的健康发展，并直接影响了城乡统筹发展与和谐社会的构建。因此，必须引起各级领导的高度重视，要逐步建立结构和布局合理的城镇体系，这是区域经济发展的基础。

四 战略重点

现代经济发展是以合理的城镇体系为特征的区域经济发展，城镇发展是带动区域经济发展的基础和条件。经济规模的提升，城镇化进程的推进，金融、贸易、房地产的发展，以及文化产业、旅游、休闲产业和现代服务业的发展，都是城市集聚效应产生的结果。由此可见，在延边实施“一鸟两翼”战略思路，培育一个中心城市，发展两个重点城市，应是战略重点。有了城市的集聚效益和规模效益，才能提升城市的辐射力与吸引力，并逐步形成以中心城市为主轴的各有不同特色的经济发展带，这样才能带动区域经济整体发展水平的提高。

城镇体系结构是否合理直接影响着区域经济的整体发展。本研究报告在“战略思路”中已勾画出基本轮廓，所谓城镇体系，是指在一个大的区域内，应有大城市、中等城市、小城市和建制镇组成的宝塔型的城镇网络。就延边来说，把握“一个中心”、“两个重点”城市的发展是延边地区经济发展的核心。因为原有产业和培育的新兴产业，大都在城市，城市发展是经济发展的体现。现把“一个中心”、“两个重点”城市的定位展示如下。

（一）首府城市定位

延吉是延边地区的首府，是延边地区的政治、经济、科教、文化、信息中心和交通枢纽中心，是延边地区的中心城市。应将延吉市培育成为吉林省东部地区的“生态明星城市”，使之成为吉林省的副中心城市，将延吉市、吉林市、长春市连接，形成吉林省经济发展的主轴线，使之成为中、朝、俄三国接壤地区经济合作的重要平台和支撑点。

这样定位的理由是：

1. 延边朝鲜族自治州，是吉林省唯一的一个民族自治地区，也是吉林省面积最大的行政区域，从吉林市到俄、朝边界的珲春市，中间缺少一座具有民族特色的大城市，而延吉市又是延边地区的首府，从经济发展需要看，延吉应该成为吉林省东部的中心城市。从东北亚“金三角”看，延吉市应扮演主角，它的影响不仅是本地区的，还必然影响到俄、朝边境区域。因此，必须提高其首位度。

2. 延吉市是自治州的交通枢纽，连接着8个市县和67个乡镇，是延边地区政治中心，只有具备了经济、科教、文化、信息中心的功能，才能增强其辐射力和吸引力，促进其聚集效益和规模效益的发挥，对周边才能起到带动作用。

3. 延吉市在国内外已有了一定的知名度，具备了吉林省东部“生态明星城市”的基础。整个延边地区自然生态环境很好，也为建设“生态明星城市”创造了条件。当然，自然生态环境好，不等于就是生态城市。因为从理论上讲，生态城市包含着两种哲学观念：一是辩证的自然观，二是系统的区域观。即“自然融入城市，城市归于自然”，这是生态城市的基本自然观。“生态城市”是人类与自然能够在区域内“共生的城市”，这是系统的区域观。“生态城市”，人是主体但人与自然是和谐共生的，而不是对立的。也就是说，自然、人与城市融为有机整体，形成共生结构，这才是生态城市。那种把绿化等同于生态城市的理解是不确切，也是不全面的。就延边来说，建立生态城市就要解决好发展与生态保护的关系。

（二）珲春的城市定位

珲春位于中、俄、朝三国交界处，是联合国确定的东北亚暨图们江下游地区经济开发的几何中心，是吉林省和延边对外经贸最便捷的通道，也是1992年被国家批准为进一步对外开放的边境城市。应确定为“边境经济合作和口岸城市”，是吉林和延边地区对外开放，并实施双向带动战略的外部“窗口”，是中、俄、朝三国经济合作的重要连接点和支撑平台。目前珲春“三区兴一市”的格局已经形成，因此是以城市为中心双向带动的重要方面。通过珲春以贸带工和以工促贸的扩散，带动整个延边地区的经济协调发展。

我们将珲春市定位为“边境经济合作和口岸城市”的理由有四：一是经济合作，珲春行动最快。二是珲春是目前延边地区进出口贸易最多的城市之一，2004年进出口总额达21867万美元，其中俄、朝边境小额贸易也达13217万美元，占进出口总额的60.44%，凸显了边境口岸城市的特点，展示了外部“窗口”的作用。三是接待出入境旅游人数最多，达 80 万人次，1998～2004 年仅旅游收入即达 10 亿元人民币，并以每年 10% 的速度增长。四是珲春市“三区”建设和发展速度最快，“以贸促工”和“以工带贸”的效益明显，发挥了“双向带动”的作用，促进了延边地区的整体经济发展。

（三）敦化的城市定位

敦化市是延边地区最西部的新兴工业城市，原来的城市定位是“延边地区的次级中心，以林产、药业、食品为主的工业城市”。我们经过调查，发现敦化不仅是以林业、药业和食品为主的工业城市，也是延边地区西部对内对外引资的窗口，还是贸易比较发达的城市，2004 年的对外进出口额达到 8210.72 万美元，如从区域角度看，她不仅是“一鸟两翼”的一翼，也是对内引进的门户，是双向带动的重要一环。目前敦化市已经具备中等城市规模，是未来两个重点城市的核心，所以，我们认为，应将敦化定位为“延边西部地区重要的新兴工商贸易城市”。

我们之所以把敦化市的原来定位“以林业、药业、食品为主的工业城市”修改为“延边西部地区重要的新兴工商贸易城市”，理由主要有：一是原来的定位局限性太大，制约了其他产业的发展；二是目前敦化开发区引进的企业大大超出传统的“三大产业”，高科技企业已经进入，并产生了效益；三是敦化的产品大都销往国内各省市，其贸易量很大，对外出口也明显加快，2004 年就达 8000 多万美元；四是敦化市有走向综合性城市的趋势，原来的定位限制了其向综合性城市发展。

五　战略措施

经过我们对延边地区近 20 天的实地调查和大量文献资料的研究，提出的上述“战略思路”和“战略目标”，要真正实施，还必须有坚强有力的战略措施。这些措施主要有：第一要改革现行体制，进行体制创新，使上层建筑适应经济发展的需要。因为体制问题（行政割裂）是制约经济社会发展的瓶颈，体制的约束是影响延边地区形成“中心城市”的重要因素。第二是树立经营城市理念，开拓多元化融资渠道，培育资本市场。第三是开辟新兴多元化产业。第四是塑造城市形象，培育城市品牌、产品品牌，发展特色产品。第五是大力发展对外经贸与国际经济合作，积极实施“以城市为中心”的双向带动战略。

(一) 改革现行体制，进行体制创新

20世纪80年代初，我国进行第一次行政体制改革，进行了“地市合并”；这项改革不仅解决了机构重叠问题，也解决了“条块分割”和“城乡分割”问题，有力地推动了区域经济的发展。目前我国除西部个别省份仍保留专署（地级）建制外，大都实行了“地市合并”体制。实践证明这种体制有利于区域协调和经济整体发展，是正确的。

延边地区制约经济发展的重要因素，是由于体制的约束，导致了城市结构不合理。整个区域4.27万平方公里，分布着8个市县，67个乡镇，没有形成较为合理的“大、中、小”城市网络结构，城市规模普遍较小，带动能力弱，尤其是首府延吉市。三市地域相连，延吉、龙井、图们都处在自治州的中心地带。市中心到市中心，延吉至龙井只有17.2公里（10分钟车程），延吉至图们只有24公里（20分钟车程）。三市均为以朝鲜族为主的少数民族聚集区，这种民族构成上的相似性、地域的连接性为三市融合提供了现实基础。延吉市区面积只有32.8平方公里，容纳着30多万人，已经没有发展空间。而龙井原有18个乡镇，先后被延吉和图们划走8个，自身发展也受到很大制约。因行政区划和管理体制的制约，三市之间条块分割、各自为政，资源配置、产业结构调整等方面受到严重制约，导致生产力布局分散，基础设施建设（如供水、供电、供热、污水处理等）不能统一规划建设，致使多方面进行着低水平的重复建设，造成资源的巨大浪费。延吉市与州政府同处一地，机构重叠，职能交叉，难以实现行政机构的精简和效能的发挥。州及延吉市两级行政事业单位开支人员分别为13881人和15846人，行政事业费支出分别为2.5亿和3.5亿多元，分别占财政收入的25%和53%，庞大的人员编制，使州市两级财政都变成了吃饭财政，无力发展经济和各项社会事业。

因此，经过实地调查和研究，我们提出“三市合一”，把三个市变成不同的功能区，把首府城市建设成为大城市，以此为主轴，实施“一鸟两翼”加快推动城镇化进程的战略思路。“三市合一”，组成一个

延边地区的中心城市，不仅是推进城镇化的客观需要，也是三市领导和市民的共同呼声。

由于民族自治法中只规定“民族自治地方分为自治区、自治州、自治县”，而没有自治市一说，这就给延边地区的体制改革带来法律障碍。但是，应当看到，任何法律都必须符合经济发展和社会进步的需要，不符合的就应进行修改。如同宪法随着经济体制改革和经济发展的客观需要，已经进行了多次修改。民族自治法也应随着民族自治地区的经济发展和社会进步进行适当修改。

应当看到，调整现行体制是构建州域中心城市，培育新的经济增长极的需要，这不仅是延边自治州的需要，也是除自治区之外，其他30个自治州面临的问题，更是加快推进民族自治地方城镇化的必然选择。推迟改革等于减缓经济发展和社会进步的步伐。针对延边地区体制状况我们提出三个方案供参考。

方案一，建议尽快修改民族自治法，允许自治州实行“地市合并”。将延吉、龙井、图们三市合并，提升为地级市，实行市管县体制。这样既可以保留延吉市的名称，也可以改为延边市，除撤销龙井、图们市建制设区，并对51个建制镇进行适当归并外，其他市县不变。当然，修改自治法需要时间，等待修改自治法会影响延边地区经济社会发展，但国家应从全局出发，尽快修改民族自治法。

方案二，撤销龙井、图们县级市建制，将其划入延吉市，将延吉市升格为地级市，实行州与延吉市一套机构、两块牌子，这与自治法没有冲突，只请求国务院允许进行改革试点。但这个方案也存在一些问题需要解决，那就是州长和市长都是选举产生的，州的区域和市的范围不同，市长是由全州代表选举还是由市代表选举，需要明确。

另一种办法，是由上级明确赋予州政府城市功能，让州直接管理（撤市设区）中心城市，即扩州缩市，或者像计划单列市一样，把州政府提为副省级，这样就可以把三市合并，将延吉市提为地级市。总之，三市合并是吉林省和延边地区经济发展的客观需要，也是东北亚经济合作的需要，是发展的总趋势。望省和国务院认真研究和解决这个体制问题，否则会直接制约延边整个区域的经济发展，也会丧失很多发展机遇。三市合并，在操作上，可将图们市的凉水镇划入珲春市，石砚镇靠近汪清的部分村屯划入汪清，图们铁路口岸和公路口岸两个国家一类口岸作为延吉市参与图们江地区国际合作开发的窗口。这样有利于中心城市快速形成，发挥对整个区域经济发展的带动作用，届时延吉市辖区面积将为5083平方公里，市区规划面积约为1500平方公里左右，总人口将达80万以上，经济总量约占全州的50%以上，整个城市将以帽儿山为中心，以布尔哈通河、海兰江为两翼进行城市总体规划，以延吉、龙井、朝阳川、图们、石砚和曲水进行统一产业布局，即延吉重点发展金融、商贸、休闲和现代服务业、房地产业；开发区重点发展高新技术产业；龙井重点布局农产品加工业；朝阳川、图们重点发展物流业；石砚和曲水重点布局工业项目；以帽儿山、城子山为核心发展旅游产业。按照这个方案设想，不仅可以有效解决目前延边地区行政区划和行政管理体制上的种种弊端，还可以尽快形成一个地方特色突出、民族气息浓郁、产业布局合理、生态环境优美的区域中心城市。

应当指出，经过努力，这个方案在近期实施的可能性最大，建议先试点。因为它符合延边地区经济发展的客观需要，也是加快推进城镇化进程的必然结果，是众望所归。

方案三，因为第一、第二方案的实施都需要有个过程，第二方案不管采用哪种形式，都是体制创新，尽管条件成熟，但也必须经过上级批准。在两个方案未得到批准实施之前，从目前开始，州政府就应从三市区域经济协调上着眼，进行统一规划、统一布局、统一开发、统一领导，克服各自为政、重复建设和浪费资源的现象，为将来行政区划统一奠定基础。

延边地区的突出矛盾是体制问题，影响经济快速发展的首要因素也是体制问题，城镇化进程迟缓的主要原因更是体制问题，因此，为了不丧失发展时机，州政府应把区域经济发展，尤其是三市合一的小区域统一领导起来，可效仿湖南的长、株、潭发展模式，先把三市电话统一为市话，银行票据统一结算。州政府应有敢于承担重任的精神。

（二）树立经营城市理念，开拓多元化融资渠道

改革开放以来的实践证明，资金是城市建设与经济发展的基础和动力。因此，沿海地区不少城市采用“经营城市”的方式，为城市建设筹措了大量资金，从而推动了城市建设和城市经济的发展。上海、大连、杭州、昆山等城市的成功运作，都说明“经营城市”是一种重要的融资渠道。那么这些城市的成功经验，在延边地区是否可行，答案是肯定的。

1. 为什么要树立经营城市的理念

树立经营城市的理念，实质上是计划经济向市场经济过渡、城市政府职能转换的必然过程，是完善市场运行机制的客观需要，不是一种人为的创造。“经营城市”，就是把市场经济中的经营意识、经营机制、经营主体、经营方式等多种要素引入城市建设中，全面归集和盘活城市资产，促进城市资产重新配制和优化组合，从而建立多元化的投融资渠道，不断地扩充城市建设资金来源。由此可见，城市要建设，经济要发展，资金从哪里来？就城市领导来说，必须树立经营理念，多元化开拓资金来源，不能只等上级拨款。因为理念是行动的开始，没有理念就谈不上行动。面对延边地区新的战略思路和战略定位目标，必须用新的战略措施，才能适应城市经济快速发展的需要。

在我国经营城市的实践中，有不少成功的经营模式可供延边借鉴。

（1）开发经营型。这种经营模式主要是通过土地、旅游、环境等资源，多级次开发，使资源增值，以增加对社会资本的吸引力，增强可变现能力。其基本方式是开发→升值→转让，转让→开发→再转让，实现以商招商。

（2）资本转换型。这种经营模式主要是盘活城市拥有的有形、无形的存量资产，转换资本形态，优化资源配置，加快城市开发与建设。其运作方式：一是以房地产开发带路——政府转让相应的房地产开发经营权，换取道路、市内旅游景点等的建设资金，促进城市开发。二是采取市政设施有偿服务——把政府提供的某些公共设施，如污水排放、道路占用，由过去的无偿使用变为有偿使用。三是出让有

时限性的经营权——由经营者出资建设某一基础设施，政府给予一定期限经营权，期满后无偿交还政府。四是土地置换——运用土地级差地租的原理，腾出城市中心地段的一些单位使之“出城入郊”，以优化资源配置。五是抵押置换——以黄金地段作抵押，进行贷款或者发行债券，获取重大项目建设资金。

(3) 节支效益型。经营城市实质上也是一个节流问题，其做法：一是在规划和建设设计环节上搞好科学论证，尽可能降低造价，设计上的节约是最大的节约；二是实行建设项目业主责任制，充分调动业主的积极性，力争少花钱，多办事；三是公用事业单位实行企业化管理，减少政府的财政负担。

上述几种模式，都是在实践中得到验证的成功做法，是完全可以直接采用的。

2. 怎样开拓多元化资金渠道

上面谈的是运用城市存量资产变为资本的几种模式，就延边来说，除此之外，还可以考虑如下融资渠道。

(1) 培育地方金融资本市场。金融业的发展是地区经济发展的动力，延边应利用地方信用社的基础，大力培育和发展地方的资本市场，因为延边地区有这方面的条件和基础。一是延边劳务输出人员较多，累计达 14 万人次，劳务收入累计达 25 亿美元，仅去年就达 7.3 亿美元，把这些消费资金转换成生产资金，可对延边地区的经济发展产生很大推动作用；二是利用一些较大项目的建设，发行地方债券，将民间的分散资金集中起来使用；三是大力发展信托业，通过信托公司的运作搜集闲散资金，用于专项开发建设等。

(2) 运用边境地缘优势，利用国外资金。延边地处中朝边界地区，尤其是与朝韩语言和风俗习惯相同，韩国又是向外投资的最大资金输出国。近些年来，延边地区引进外资的速度加快，仅珲春经济合作区即现有注册企业 73 户，项目总投资 3.41 亿美元，实际利用外资 9086 万美元。应该说，利用边境地缘优势，吸引国外资金参与延边的城市建设与经济发展，是一种可行的选择。如果投资环境进一步得到改善，日、韩等国来延边的直接投资还会加大，要充分利用这种优势。

（三）以原有产业为基础，开拓新兴产业，增加新的经济增长点

延边原有的四大特色产业，林产、食品、医药和能源矿产，除林业受国家政策限制外，其他产业还有很大发展前景。

1. 要进一步开拓绿色食品发展空间

延边地区的地理结构是“八山一水半草半分田”，83%的山林地中生长着1460多种野生植物，而这些野生植物基本没有污染，大部分可食用，这就为开拓绿色食品的深加工创造了十分有利的条件。如黑木耳、人参等都可以大发展，并开拓国际市场。

2. 加大医药产业的发展速度

延边可依托长白山丰富的野生药用植物及动物资源优势，进一步扩大医药支柱产业的总量，具有现实基础和条件，目前全州现有制药企业47家，含吉林敖东药业、敦化力源药业、华康药业等知名企业，他们拥有鹿系列、熊系列、林蛙系列产品，还有图们的人参深加工等，都大有发展潜力。

3. 开拓新兴支柱产业

新兴产业，就延边来说，旅游产业、房地产业、内外贸易，目前是延边地区的优势产业，还有进一步扩大的潜力和空间，推动这些新兴产业的发展，是延边地区经济增长的重要方向。在原有产业、新兴支柱产业快速发展的同时，应开辟文化产业、休闲产业、现代服务业，培育新的经济增长点。任何地区和城市，只有不断地开拓培育新的经济增长点，才能走可持续发展之路。

（四）塑造城市形象，培育新的产品品牌，发展自主创新特色产品品牌

城市形象、城市形象产品、城市品牌，是推动城市发展的动力。

1. 什么是城市形象

城市形象是指城市的内部诸要素，经过长期综合发展给人（人类社会）形成的一种潜在的和直观的反映和评价。城市形象代表着城市的身份和个性。因为城市形象反映着城市地理形态、历史文化、产业结

构、城市功能和整体视觉的特点。可以说，只有个性与特色才能给人们留下较为深刻的印象，从而才能形成城市形象的认同意识。这种认同意识是城市形象的基础。良好的城市形象，可以给市民带来自豪感，并由此形成奋发向上、敢于争先的精神风貌，成为城市发展的一种生产力。城市个性与特色，就是城市魅力所在，没有魅力就没有吸引力，魅力城市就是知名度散发的效应。可以说，塑造城市形象就是发展生产力。

延边是以朝鲜族为主的多民族地区，民族特色突出，应塑造以民族风情为特点的城市形象。

2. 什么是城市品牌与城市形象产品

城市品牌就是城市的知名度，它是一种无形资产，在城市发展中起着重要的作用，知名度越高吸引力与辐射力就越大。例如江苏的昆山是改革开放后新兴的一座小城市，享誉国内外，她的声誉带来了大批跨国公司的投资，极大地推动了城市经济的发展，这就是品牌效应。延吉市是座民族文化特色浓厚的城市，特色文化及民族建筑文化，应是延边打造城市品牌的基础，就一个地区来说，不仅要有城市品牌，还应打造以城市为象征的产品品牌，而这种产品品牌一般在市场上是有竞争力的。有了竞争力就会产生城市的聚集和规模效应。而延边是朝鲜族聚居区，特色鲜明，个性突出，具备打造城市形象品牌和产品品牌的基础和条件。

（五）打造“大图们江区域合作”品牌，大力发展对外经济贸易，实施以贸带工，以工促贸的双向带动战略，进一步提高对外开放水平

实施“走出去”和“引进来”的双向带动方针，充分利用所处边境的口岸及与俄、朝交界的独特地缘优势，抓住珲春对外开放的核心，大力发展对外经贸。我们预测：近几年外经外贸，在“以城市为中心的双向带动”下，将会有一个比较快的发展，在整体经济发展中对外经贸将发挥重要带动作用，也应是实施战略思路和战略目标的重要手段。

建议中、俄、朝三国接合部“小三角”地区建设一个自由贸易区。

（三）高邑县域经济发展战略研究

该项研究是受高邑县委县政府委托进行的以“十一五规划”为重点预测未来的一项战略性研究（见图20）。从调查研究起步到数次修改完成定稿，历时半年时间，是在县委办公室主任宋英华亲自陪同调查，书记、县长亲自指导和要求下完成的。这项研究的最大成绩是改变了高邑原来的支柱产业的定位。最后把高邑定位为：“华北重要的建筑陶瓷基地”。后来的实践证明，这个定位是正确的。现将由我执笔的总报告的战略思路、战略目标、战略重点、战略措施摘录如下。

图20　高邑县域经济发展战略研究

一　战略思路

1. 战略思路之一：是“以工促城、以城带农”的双向带动战略。指出：“在经济社会发展中拟实施‘以工促城、以城带农’的双向带动战略，并以此带动现代物流和商贸发展，将服务业的发展涵盖城镇与乡村，成为双向带动的纽带。”

2. 战略思路之二：是三集中战略。即工业向园区集中，人口向城镇集中，居住向社区集中。这个三集中战略，有利于耕地保护与土地的集约利用，有助于正确处理“发展”与“耕地保护”的关系。

战略思路之一是总体战略思路，它的全面实施，必须以“战略思路之二作保障和依托”。因为土地不仅是重要的生产资料（农业），还是一种资产（城镇），是一切物质的载体，是形成生产力不可缺少的要素。三集中战略就是为了提高土地集约利用效率，为实施总体战略思路提供空间。

二　战略目标

摆在高邑面前的战略目标有四个，即城镇发展目标、经济发展目标、建设新农村目标、全面实现“小康”与和谐社会建设目标。前三个目标是第四个目标实现的基础和条件。本研究报告对四个目标，分近期、中期、远期目标分别进行了论证，并对“十五”末与“十一五”规划目标做了详细的论证和分析。

三　战略重点

依据高邑经济社会发展现状，也根据不同的阶段，确定了不同的战略重点。近期的战略重点是打造“华北重要的建陶基地”。调整产业结构，不再提“纺织城”，把打造“华北重要的建陶基地”作为重点建设目标，争取在近3~5年取得成效。该研究报告同时对“打造华北建陶基地”的优势和客观环境做了比较详细的论证和分析。不是说纺织业不能发展，重点发展建陶业，就是在工业发展上实行“目标集聚战略”，以避免主攻方向分散。

四　战略措施

在战略措施方面，该研究总报告提出了五个方面：一是改变观点，树立开放的商品意识；二是改善投资环境，完善城镇服务功能；三是提高土地资源的集约高效利用，正确解决“耕地保护”与“建设”的关系；四是树立品牌意识，打造特色品牌；五是解放思想，扩大开放，开拓多元融资渠道。图21为专家组调查时的照片。

图 21　专家组调查时的照片

二　为《中国房地产金融》服务的 17 年

我还未办理退休手续，中国建设银行石春贵副行长、房贷部总经理于永顺就派处长郑成新和徐晓贤同志到我家“请我出山”，我幽默地说：“我还没有下山呢！”就这样我办完退休手续后，从 1996 年开始兼任《中国房地产金融》常务副主编（执行主编），办起了《中国房地产金融》杂志（公开发行，2012 年第 12 期封面见图 22）和《房地产金融信息》（内部刊物），一直工作到 2013 年底。到 2013 年因为我年龄所限，视力下降，主动辞去《中国房地产金融》执行主编一职。我离开《中国房地产金融》的 12 月份那期，刊登了《我在〈中国房地产金融〉的十七年——和广大读者与作者告别》一文，现将原文摘登如下。

图 22　《中国房地产金融》封面

我在《中国房地产金融》的十七年

——和广大读者与作者告别

《中国房地产金融》是 1993 年试刊（季刊），1996 年经国家新闻出版总署正式批准，向国内外公开发行的刊物。这是中国唯一的一本向国内外公开发行的有关房地产金融的专业性的期刊。

我是中国社会科学院财贸所（现财经战略研究院）从事城市经济方面研究的研究员，专长研究城市、土地与房地产金融。1996 年 1 月我刚刚退休时，就应中国建设银行行长石春贵、房贷部总经理于永顺及处长郑成新的盛情邀请，来到《中国房地产金融》编辑部担任常务副主编（执行主编），同时还兼任《房地产金融信息》（内部刊物）的主编（半月刊），至今已经有 17 年了，共出版《中国房地产金融》204 期，出版《房地产金融信息》400 多期。《中国房地产金融》杂志在中国房地产业的发展过程中，在房地产市场建立以及房地产金融信贷的发展上都起到了历史性的作用，留下了深深的印记。

在我即将离开这个刊物时，回顾过去的17年，我在担任常务副主编期间，除了保证期刊正常出版外，还做了如下一系列的组织策划及科研工作：

1. 同建行领导一起研究确立办刊宗旨（期刊定位），其宗旨是："积极倡导和开展房地产金融理论的研究与学术争鸣，反映和探索房地产金融理论与实践中的重大热点、焦点问题，为我国房地产业和房地产金融事业的健康发展服务。以理论与实践相结合为决策者提供理论依据。"这就是当时《中国房地产金融》杂志发展的定位，17年来基本上按这个定位发展。

2. 组织作者队伍、建立人才库。创刊的头几年，稿件缺乏，来稿的质量也不上档次。在这种背景下，我利用自己的社会关系，向北京大学、清华大学、人民大学、东北财大等著名教授约稿，经过两年的努力，刊物的质量上去了，稿源也多了，刊物由双月刊改为月刊，发行量逐年增加，最多的时候达到3万份。成立了专家人才库，建立起有几十人的作者队伍。这个作者队伍不仅经常为《中国房地产金融》提供具有前瞻性的稿件，还为《房地产金融信息》提供很多有价值的信息资料，并参与了多项专题研究。2003年以前，中国建设银行各分行都设立了信息员，每年召开一次信息员会议，推动了《房地产金融信息》和《中国房地产金融》的发展，也培养了作者队伍。

3. 配合房改，推动房地产金融发展与房地产市场的形成，组织策划了10项专题研究，涵盖了中国房地产金融发展的全过程及全部内容。

（1）2000年，为配合住房货币化改革，先后策划三项专题研究，如"住房公积金研究"（见《中国房地产金融》第6期）、"住房抵押贷款保险研究"（见《中国房地产金融》第11期）、"上海房地产市场研究"（见《中国房地产金融》第12期）。这三个专辑在社会上产生了广泛影响，这一年的发行量增加了30%。

（2）"个人住房消费信贷在房地产市场的地位和作用的研究"。这是住房改革货币化以后，为推动住房个人信贷确立的一项研究，并出版专辑，见《中国房地产金融》2001年第4期。这是住房货币化改革后对个人消费信贷的系统研究，极大地推动了住房市场的发展。

（3）“建立住房二级市场的研究”。这是为推动二级市场的发展确立的专项研究，其间还与我爱我家公司合作，在北京召开了一次“二级市场发展研讨会”，后出版专辑——《住房二级市场的研究与探索》（见《中国房地产金融》2001年第7期）。这项专辑完成后，与我爱我家合作，专门在北京召开过一次研讨会，我在会上有个发言，在网络上进行了广泛传播。

（4）“对房地产开发与经营方面的研究”。这是为推动房地产企业健康发展而确立的专项研究，见《中国房地产金融》2002年第3期。出版《开发与经营的研究与探索》专辑。

（5）“第四次居住革命与‘数学化家园’的研究”。这次研究是大连万达给予资助，进行了全国征文评奖，并出版《第四次居住革命与“数学家园”》优秀论文选编专辑，见《中国房地产金融》2002年第3期。

（6）“房地产市场形成过程中的问题与趋势研究”。这主要是配合中央对房地产市场第一次实行宏观调控组织的研究，见《中国房地产金融》2003年第7期。

（7）“我国房地产证券模式的研究与探索”。随着房地产金融的发展，尤其是个人信贷的迅速发展，房地产证券化成为一种趋势，中央批准建行试点，因此组织了这次研究并推出了专辑，见《中国房地产金融》2004年第9期。

（8）“房地产开发融资研究”。此项研究是以扩展开发商的融资渠道为出发点组织研究和编辑的，见《中国房地产金融》2005年第1期。

上述十项专项研究与专辑出版后，在社会上引起广泛关注，深受房地产金融业人士的欢迎。这种做法在专业期刊中是独有的，不仅体现了“引领学术研究是学术期刊的神圣使命”精神，也反映出《中国房地产金融》独有的特色，更反映了期刊的深度。这些专题研究与专辑对房地产金融的全面发展起到很大推动作用，得到了很高的评价。并在此基础上，与建行房贷部领导一起编辑出版了《中国住房金融创新研究》一书，此书32万字，由中国金融出版社2003年出版。

4. 为配合中央宏观调控的实施，2005年开辟了“专家论坛”与“焦点透视”专栏。这两个专栏在社会上影响较大，其中不少文章被网络转载。从2005年至2011年底，组织了几十位专家，针对当时的热点问题，撰写评论文章72篇，在社会上产生了广泛影响，也为政策的制定提供了理论依据。同时《中国房地产金融》几乎每期都有一两篇前瞻性的理论探索文章，这成为《中国房地产金融》的第二个特色。

上述四个方面是我对《中国房地产金融》的简要回顾，在广大读者、作者的大力支持下，《中国房地产金融》杂志在社会上产生了广泛影响，在房地产金融发展的每一阶段都留下了深深的印记，起到了理论导向作用。在此，我对广大读者、作者的支持表示诚挚的感谢，与此同时，向支持我的历届建行领导于永顺、李庆振、刘铁民、杨绍萍等表示感谢，并向与我一起工作多年的同人对我的支持表示感谢。由于年龄问题我将在编辑完2012年第12期后离开编辑部，我作为一个老学者，一生都要求自己做事善始善终，对人民要负责任，在我即将离开这个刊物时，我对《中国房地产金融》创刊及发展历史做了一个简要的回顾，算是对广大读者、作者的交代吧。祝《中国房地产金融》改版后越办越好，兴旺发达。

我担任《中国房地产金融》主编之后，发表了大量有关房地产与房地产金融方面的文章，接受中央报刊和香港等地报刊的采访90多次，现把《香港商报》关于房地产发展现状的采访照片摘编于后（见图23）。

三　生命不息　耕耘不止

为了深入学习贯彻党的十八大精神和习近平总书记系列重要讲话精

你的位置：香港商報-> 山東-> 山東新聞

劉維新論中國的房地產產業現狀

2012年 05月 29日 10:18

图 23　接受《香港商报》关于房地产业的采访

神及中组部的文件，引导和激励中国社会科学院离退休人员为实现中国梦贡献智慧和力量，离退休干部工作局在全院离退休人员中开展了以“同心共筑中国梦，老有所为展风采”为主题的征文活动。我应邀参加了征文活动，我的一篇《生命不息　耕耘不止——退休后的十七年》被选中。现将全文摘登如下。

生命不息　耕耘不止

——退休后的十七年

我是财贸所从事城市经济学研究的研究员。1996 年 11 月退休。按道理退休后该好好休息，颐养天年了。但是我并没有止步不前，反而更忙了。退休后不上班了时间更充裕了，一些地方政府和有关部委及报社、杂志社、电台纷纷找上门来，要求帮助策划、写文章、讲课。17 年间通过大量的调查及实践活动，我先后发表论文、研究报告 279 篇，专著两部。《中国城镇发展与土地利用》一书由商务印书馆于2003年出版发行。该著作提出“城市可持续发展的四大支撑理论”，受到社会广泛关注，至今网上宣传不断。2005年又出版《耕地保护与土地开发研究》一书，由中国大地出版社出版。该书论及耕地保护的重要性和必要性，以及耕地保护与经济发展的关系、耕地保护与粮食安全、社会稳定的辩证关系。出版后也受到广泛关注与好评。目前还有一部书《城市经济学要义》已被社会科学文献出版社列入出版计划[①]。另外还有两篇影响较大的文章：一是《“两个过分”困扰中国模式》，发表在《人民论坛》2012年第2期。二是《正确认识房地产在经济发展中的地位、性质与作用》，发表在《中国房地产金融》2009年第4期。这两篇文章发表之后，曾被多家报刊转载。

除此以外，还有几项研究取得了较好的成果及较大的社会影响。

一　西部大开发耕地保护机制与政策研究

20世纪末21世纪初，为了实现我国现代化建设“两个大局”的战略思想，加快中西部地区发展，党中央适时地提出了西部大开发的战略。在这个背景下，我受国土资源部委托带了几个研究生对西部地区的四个省区（四川、贵州、陕西、宁夏）进行了为期两个月的调查研究，目的是为西部大开发中的土地利用与耕地保护提供制定政策的理论依据，回京后经过一个多月的整理和研究，写出了四个研究报告。其中我执笔的《“退耕还林2605项目”失败引发的思考》和《西部大开发耕地保护机制与对策研究》两个研究报告，先后得到朱镕基总理和温家宝总理的批示。

《西部大开发耕地保护机制与对策研究》先后在《中国经济时报》、《城市经济》、《中国土地科学》等报刊发表。该报告提出的对耕地保护的十项对策建议，被国土资源部采纳，变为现行政策。该研究报告还获得2005年中国社会科学院离退休人员第一次优秀科研成果二等奖。

---

① 注：2014年1月出版，书名为《刘维新解析城市经济学》。

二　中国特色社会主义住房保障供给体系研究

中国住房制度实行货币化改革后，房地产业得到迅速发展，尤其是市场化与私有化后，推动了房价的上涨，高房价严重背离其价值，使工薪阶层望房兴叹，在此背景下，我承担了社科院老年基金资助的“中国特色社会主义住房保障供给体系研究”课题，目的是探索在市场经济条件下如何解决中、低收入者的住房问题。在以前对房地产研究的基础上，经过一年的时间，我写出了两万字的研究报告。该报告不仅指出我国房地产发展的主要弊端，即经济适用房的五大理论缺陷、市场高档房占主体的缺陷、市场化过度等问题，还介绍了国外一些国家的经验，在总结经验与教训的基础上，提出“建立特色社会主义住房保障供给体系的设想”，设想从结构上分三个层次，一是高档商品房（100平方米以上）不应超过20%，面向高收入者；二是90平方米以下小户型普通商品房和经济适用房的共有产权房应成为市场供给主体，占70%；三是公租房要满足中、低收入与农民工住房的需求，最困难者应由政府提供廉租房。研究认为这才是符合有中国特色的社会主义性质的住房供给体系。报告还提出要严格控制富人投机炒卖商品房的现象，并提出征收不动产税的建议。

该项研究具有开创性，经专家鉴定被称为“该研究报告结构严谨，逻辑清晰，分析全面，既有较强的理论深度又有很强的现实针对性，十分值得有关政府部门参考借鉴，是一个高质量的研究报告”。

该研究报告的主要观点发表在《学习与实践》2010年第9期，更名为《中国住房制度的历史演变及住房保障体系构建》，此文发表后被不少报刊转载。

三　延边朝鲜族自治州发展战略规划研究

受延边朝鲜族自治州政府和国家发改委计鹏公司委托，由我任组长，组织13名专家参与课题研究。2005年3月我们对延边地区重点市县进行了45天的实地调研。于2005年12月完成总报告与七个分报告。总报告对延边地区的重点城市和产业发展进行了定位，并提出战略思路、战略目标、战略重点与战略措施。并在区政府的主持下，由我向全区科以上干部介绍了研究报告的战略思想、重点和特色。目前延边自治州的经济与城镇化发展基本上是按这个思路进行的，经过六年的实践证明，这一思路是正确的，效果是好的。

这项研究的最大特点是提出了围绕延边中心城市，逐步形成“一鸟两翼”的双向带动战略思路，即一个中心、两个侧面、三座小城市带动的二十个重点镇的发展格局，在城镇的带动下，推动城镇的现代化、农村城镇化，加速城乡协调，实施以工补农，促进城乡一体化的区域经济协调发展。应该说这个城镇体系发展战略具有开拓性。

除总报告外，还有七个分报告也受到自治州领导的重视，如产业定位、旅游文化产业定位等，都在实践中得到贯彻。除此以外，我还先后受到三河市、高邑县领导邀请，为他们做了发展战略研究，还为太原市特色文化研究、张北城镇发展等做了调研，经过十多年的实践证明，我提出的思路与战略研究的不少观点都对当地经济的提升与发展起到了促进作用，这对我来说是一个巨大的安慰，使我感到虽然我退休了但是我还对社会有些用，还能发挥点余热，为国家和地方发展献计献策。

四　为房地产金融的发展倾注心血

在住房制度货币化改革后，我国房地产金融得到发展，个人信贷进入住房消费，在这个背景下，我应中国建设银行的邀请，兼任了《中国房地产金融》杂志的主编，这是我花费心血最多的一项工作。除保障每月按期出版外，还配合住房货币化改革，推动个人信贷发展，促进房地产金融市场与房地产市场的形成，组织策划了七项重点研究，涵盖了房地产金融发展的全过程。

一是住房公积金的研究。这是推动个人信贷的起步阶段，使广大读者对住房公积金的性质与作用有了全面的认识（见《中国房地产金融》2000 年第 6 期专辑）。

二是住房抵押贷款保险的研究。让人们认识住房抵押贷款保险的作用和意义（见《中国房地产金融》2000 年第 11 期专辑）。

三是个人住房消费信贷在房地产市场的地位和作用。从理论上阐述个人消费和信贷与市场发展的关系（见《中国房地产金融》2001 年第 4 期专辑）。

四是建立住房二级市场的研究。为了推动住房二级市场的发展，编辑部与我爱我家中介公司在北京共同召开了一次高层研讨会，会后出版了专辑，对推动住房二级市场的形成与发展起到了非常大的作用（见《中国房地产金融》2001 年第 7 期专辑）。

五是为了推动房地产企业健康发展，组织了房地产开发与经营的研究（见《中国房地产金融》2002 年第 3 期专辑）。

六是房地产市场形成过程中的问题与趋势研究。这是配合中央宏观调控专门组织的一项研究（见《中国房地产金融》2003 年第 7 期专辑）。

七是中国房地产证券化模式研究。中央决定在建设银行进行证券化试点，因此组织编辑了专辑（见《中国房地产金融》2004 年第 9 期）。

为了配合中央对房地产市场的调控，《中国房地产金融》开辟了“专家论坛”和“焦点透视”专栏，从 2005 年到 2011 年组织了几十位专家针对热点问题撰写评论文章 72 篇，在社会上产生了广泛影响，“焦点透视”的许多观点也为政策的制定提供了理论依据，引起较大社会反响。

五　温哥华土地利用规划与房地产开发特色及土地税征收启示的研究

2003 年我在温哥华探亲期间，经过实地考察写出了一份 1.5 万字的研究报告，分别发表在《中国房地产金融》2003 年第 11 期和《城市管理》杂志上，并给清华大学市长培训班做过演讲。这篇文章之所以引起关注，是因为温哥华的很多做法对我国有借鉴作用。温哥华城市土地利用紧凑与合理性、建设风格多样性、公共管理和财政体制等各个方面都给人以启示。

退休 17 年，我写了不少论文和研究报告受到社会广泛关注，我感到我活得很充实，很有价值。我现在还在不断地关注有关方面的问题，不断地通过各种途径充实自己，生命不息，耕耘不止。

四　学术研究观点与经验总结

怎么会想起总结学术观点与写作经验呢？原因是这样的：乜育平[①]认识我后，第一次到我家做客时很惊讶。我住的是老楼的小三居室，没有厅，建筑面积70平方米，拥挤的房间里到处堆满了书籍和报纸，其中一间十几平方米的屋子，既是卧室又是书房。我对乜育平说："我所有的稿件和专著都是在这间小屋里完成的。在思考与写作的过程中，我有时想起与稿件有关的内容半夜爬起来就写。"乜育平不解地问："按你的职称级别应享受120平方米呀？"我说："所里分房的时候，我正忙着在全国各地调研，回来后房子分完了，反正也够住，就算了吧。"我对物质生活的要求是很低的，但在学术研究上、工作上，对自己要求是很严格、一丝不苟的。

我就在这个斗室中写出了十几部专著、三百多篇论文和研究报告，接受过90多次报刊、电视的专访。我这种不计较个人得失、刻苦钻研、孜孜不倦的精神，让乜育平深受感动，她认为：这样的"傻子"今天社会上可不多了，但我的人生价值却是可圈可点的。

经过一段时间的交往，我们确定了关系。共同生活以后，在重新装修房子、整理东西时，乜育平发现我在许多报纸杂志上发表的文章不少观点被实践证明都是正确的，尤其是对青年人还有很大的参考价值。我的学术研究方法、调查过程、踏实刻苦的科研精神，都对后来人有可借鉴之处。在征得我同意后，她决定帮助我一起将我的学术观点进行总结和归纳，并加上调查的背景、研究方法、观点形成的过程及对社会的推动与影响。这对我来说，既是一生学术成果的总结，又是对社会的一个新贡献，这就是《刘维新解析城市经济学》（封面见图24）写作出版的背景和起因。

---

① 与乜育平的相识见本书"晚年的生活状况（一）晚年伴侣"。

乜育平用了近两个月的时间，将我发表过的文章按时间顺序整理出一份完整的目录，我依据目录撰写出写作提纲，从 2010 年初开始动手写作，前后用了两年多时间，于 2012 年 7 月完成初稿。后经中国社会科学院专家组审查后作为学者文库的重要著作交社会科学文献出版社于 2014 年 1 月出版。

图 24　《刘维新解析城市经济学》封面

中国《企业家日报》“经济学家”周刊于 2014 年 7 月 20 日刊登原《中国城市经济》杂志社社长、中国城市经济学会原常务理事、城市经济研究专家、副秘书长白进益同志的评论文章《用四种思维研究探索中国城市发展——研读〈刘维新解析城市经济学〉的启示》。现将原文摘登如下。

用四种思维研究探索中国城市发展

——研读《刘维新解析城市经济学》的启示

今年春节之前，我就最早拿到了由社会科学文献出版社出版的《刘维新解析城市经济学》一书。刘维新是中国社科院专门研究城市发展和城市经济问题的为数不多的专家之一，他作为我的老师，我们合作从事城市研究也有30年之久了。在新的发展形势下出版介绍刘维新教授的专著，把他40多年研究城市的成果进行梳理和总结，确实是一件很有价值、很有意义的事情。捧读此书，研学深思，我深深为刘维新老师的治学精神、治学立场、治学方法所感动。《刘维新解析城市经济学》一书，确实解析出了特色、解析出了体系、解析出了精要，解析出从事研究的立场、方法和思维方式，这是目前我国城市学界难得的一份重要学术成果，应该向读者郑重推荐。本书不仅写法上有创新，内容上有新意，更为重要的是对中国特色的城市化和中国城市发展问题做了深入的重要探索，为我们当前及今后研究中国特色社会主义的城市发展提供了经验和方法。启发我们少走弯路。通过这本书的研读，我感觉刘维新教授给出了我们从事研究应持的立场、态度与思维模式。

一　用战略思维探寻中国城市化道路

中国的城市化和城市发展是世界城市化与城市发展的特例，是世界经济发展、城市发展史上的大事件。说其特别是因为中国的城市化和城市发展具有浓厚的中国特色。要想从中国特色中探索到正确的城市化道路、城市化模式，必须具有战略思维的智慧。以科学的战略思维来审视和谋划中国特色的城市化道路一直是刘维新多年来的研究高度。刘维新以战略思维研究中国城市化道路，有四个特点：一是他能把中国城市化放在世界城市化的大格局中评判；二是能准确把握中国的特殊国情；三是能在发展高度上把握大势预测未来中国城市化的发展前景；四是能科学提出中国特色城市化的基本路径和模式。这从《中国土地租税费体系研究》和《中国城镇发展与土地利用》等著作中都可得到证明。

刘维新是最早研究中国城市可持续发展问题的专家之一，他主张对中国城市化道路的确认必须从战略上引入可持续发展原则和方法。1993年开始研究昆山城市可持续发展，1995年出版《中国昆山的崛起与可持续发展》，提出"城乡一体化"三位一体理论，形成著名的"昆山模式"。1998年他明确指出："中国城市可持续发展的支撑点至少有以下四个方面：一是资源支撑，资源是城市发展的基础，包括土地资源、水资源、矿产资源、人才资源。这四大资源状况是体现一个城市能否可持续发展的基本条件。城市的人口规模、地域空间规模都不能脱离自身的资源状况，离开自身资源状况的发展是一种盲目的发展，不可能做到可持续发展。二是区域经济基础。一个城市的发展不可能是孤立的，它必须与区域经济环境相联系，城市发展状况本身就是区域经济基础的反映。城市经济与区域经济的关系是一种互相补充和互为条件的关系。三是生态环境基础。生态环境是城市可持续发展的外部条件和内在基础，如果一个城市内部环境和区域生态环境遭到破坏就不可能实现可持续发展，那种先发展后治理的观点是不可取的。就城市环境来说，包括生态环境、文态环境和社区环境三个方面。四是城市形象产品与城市形象特色，也可成为城市品牌。这是城市辐射力与吸引力的外部条件。”他通过对中国特大城市和城市群的发展研究和中小城镇发展的研究，形成了一整套中国特色城市化道路的模式和体系。这些研究既有理论价值，又有实践意义，对中国城市化中的可持续发展战略有了明晰的理解。昆山模式的研究，是我国城市学界首部以典型城市为标本进行的可持续发展研究专著，在当时引起巨大反响，也客观上指导了昆山市和长三角地区城市的科学发展。

伴随着认识的深化和战略的明晰，刘维新对城市化的研究转入了新型城镇化发展战略阶段。进入这一阶段，突破了原来简单的大中小城市谁为重点之争和把城市与农村割裂开来研究的弊病，开始从统筹城乡发展和城乡一体化的高度来探索中国城市化问题。刘维新教授指出：“所谓新型城镇化，应遵循工业化与城镇化、农村与城市、农业与工业协调发展的规律，推进人口、资源、环境协调发展的集约型、可持续的发展道路，这是新型城镇化的基本战略思路。”他的研究基本上与党中央十七大、十八大关于推进城镇化发展的精神是相符的。他对改革开放三十多年来城市化快速发展中出现的突出问题主张推进四个方面的转变：一是城镇化由规模粗放型扩张向质量效益型转变；二是农民工和进城农民向城市市民转变；三是城乡土地低效利用向集约高效利用转变；四是城镇化以房地产业为主导产业向配套产业转变。这些研究都是战略性的。

二　用底线思维破解中国城市发展难题

经济研究与城市发展研究需要底线思维吗？刘维新同志以他的治学态度和治学精神做出了肯定的回答。所谓底线思维就是研究的立场和出发点也是为什么人服务的问题。作为一个经济学家，刘维新在《刘维新解析城市经济学》一书中处处体现了为民为国求真理，为国家发展谏言，为人民利益呼喊。有人认为，经济学家只对经济规律负责，没有什么立场不立场。刘维新坚决反对这一研究的倾向。经济研究必须从国家和人民利益出发，否则会滑向专门为资本主义服务的邪路上去。这就是他研究城市问题的底线思维。党的十八大后，刘维新写了一篇学习体会，他明确指出："社会主义制度如何与市场经济融合与嫁接，并克服市场经济固有的缺陷就成了中国需要解决的重大理论和实践问题。"他认为，只有解决了这些问题，中国的经济模式才具有普世价值，才能称得上发展了马克思主义。

坚持底线思维就是要有一个经济学家的良心与责任。中国的城市化和城市发展的底线思维是什么？读刘教授的著述，可以看出基本的要点。中国的城市发展建设与改造，资本的大量进入确实成为中国城市迅速变化的重大动力，这是值得肯定的。但是资本的逐利本性是不可改变的。资本在推动中国城市变化的同时，也像大杀手一样把人民群众的利益严重损害了。比如城市投资与规划不考虑人民群众特别是底层劳动者的利益与需求，光考虑资本投资方的需求，乱拆迁、乱改造、乱建设，在城市巨变、光鲜亮丽的背后，其实是严重损害了普通人民群众的利益，以房地产市场化为手段，盘剥了劳动人民的血汗，人民群众成为资本的打工者。比如很多大城市在改造中从不考虑大批打工者的住房问题，造成中心城区与卫星城之间的每日大迁移，就是在城市改造中只为"资本"安家，不为老百姓、打工者安家。中国的城市如果任凭"资本逻辑"横行，并让其成为城市的主宰力量，中国城市的社会主义性质将无法保持下去，这是非常危险的趋势。刘维新教授研究的底线思维，主要体现在土地问题、房地产问题上，因为这两大问题事关城市发展和最底层人民群众的根本利益。这从他的多篇论文报告中可见很多观点。

城市建设和发展要占用很多土地，他坚持一条底线，就是主张坚守保护基本耕地的底线，走集约化利用土地的道路，反对借城市建设之名，大量圈占土地，损害农民的利益，为保护耕地呼喊。他认为土地问题是城镇化进程中的核心问题之一，也是中国经济可持续发展和粮食安全的核心问题。土地问题解决不好，会导致房价居高不下，关系到社会的稳定。在土地问题上必须坚守底线思维，站出来维护城乡人民的利益。他早在90年代初就提出反对把房地产业作为支柱产业，1993年他发表《论炒卖房地产的危害与对策》一文，坚决驳斥"炒卖房地产无害论"，他指出了"炒卖房地产六大危害"。他主张打击房地产投机，开发房地产不能以损害人民利益为代价，廉租房、经济适用房不能市场化，不能各行各业都来炒房地产，必须尽快完善住房的配套政策，必须抑制房地产泡沫和房地产投资风险。

三　用系统思维总结中国城市发展规律

城市发展是中国现代化建设中的一个重大战略问题，可以说是中国所有发展问题的汇集点。城市发展涵盖了中国几乎所有的发展问题。在城市研究中，专家的任务是必须揭示城市化和城市发展中的客观规律，提出符合规律的观点和主张，进而影响政府行为、社会导向。做好此事很难，但刘维新找到一个科学方法，这就是系统思维。在城市建设中他最早提出"城市综合开发"的观点。城市是个大系统，城市问题纷繁复杂，里边的支系统、小系统，都会牵一发而动全身。阅读《刘维新解析城市经济学》，给人的重要启示就是要有系统论的思想，从整体上、客观上进行全面的把握研究，不能单题独进、一叶障目。

刘维新同志多年来一直研究、关注城市发展、土地利用与房地产。这几个问题表面看起来可以分别在不同的领域去研究，而刘维新同志则把它们连在一起看作一个大整体、大体系。他不是笼统地进行城市发展的概念研究，而是把重点放在土地问题、房地产与城市发展的关系上，因为他知道这两大问题正是中国城市化、城市发展乃至整个城市经济、城市社会的两大牛鼻子。这就是系统论方法在研究中的体现。对城市经济运行规律揭示得精确程度，表明城市经济学科发展的成熟程度。刘维新在40多年的研究中，为探索城市经济规律、构建中国城市经济学的学科体系，做了大量工作。城市经济研究对象的不明确，城市经济理论体系的不完整，严重影响了学术界对城市经济规律的揭示，刘维新在他的著作中，发现了这个问题，试图总结出中国城市经济的运行规律。在他的研究视野中，城市经济既是广义的，又是狭义的，广义的城市经济实际上是城市发展理论，涵盖了城市化、城市发展、城市经济增长、城市空间理论等。而狭义的城市经济主要是指其集聚经济理论。刘维新推崇城市集聚理论，认为这一理论抓住了城市经济的核心与要害，一切城市经济与区域经济、城市经济与农村经济的相互关系都是围绕这一中心问题展开的。城市经济学究竟是区域经济学还是空间经济学？学术界长期争论不休，而刘维新没有陷入这种争论，而是把研究的重点放在城市集聚理论上。他认为，城市经济的核心规律是集聚经济价值规律，由此派生出各种各样的规律与范畴，要对这些规律与范畴有创新的正确的解释，必须深入研究城市土地利用与房地产经济问题，因为土地是一切城市空间的载体，房地产是其物化集聚的形态。搞清楚城市土地经济和房地产经济才能真正弄清城市集聚经济空间的本质。进而研究城市经济产业形态、城市经济结构、城市规模经济、城市区位布局、城市功能分工，城市经济竞争力才有研究的根基。

当然，我们从刘维新的研究论著中，还看到了他引入城市经济的又一理论支柱——可持续发展理论。这确实是重要的方法论。因为只追求城市经济的集聚效应，会破坏城市环境，出现各式各样的城市病，城市的经济要素集聚度不能超越城市环境的承载许可限度。这样就正好把城市的经济规律与自然规律有机结合，城市的经济规律必须服从于城市的环境自然规律。这就是他对城市经济规律的发现和揭示。当然，我们研读刘维新的著作，又会发现构建成熟的中国特色的城市经济学还面临非常艰巨的任务，还需有志于此专业的学者长期不懈努力。

四　用创新思维研究中国城市发展前景

城市研究是创新的热点领域，刘维新教授的研究就是在这种热点领域中不断创新。读《刘维新解析城市经济学》，最明显的感受就是几乎篇篇都是创新之作。本书有两部分内容，占据了全书大部分篇幅。第五章是各大报刊对刘维新的专访汇编，第六章是最近几年刘维新的创新研究成果摘编。阅读这两部分，读者会被这些鲜活的内容、创新的观点所折服。可以说刘维新是运用创新思维研究中国式的城市发展问题，是运用创新的方法来给出解决中国城市热点难点问题的有效对策。

刘维新的创新首先表现在城市发展理论、城市经济理论的创新上。理论上不创新，就难以展开整个城市问题的研究。而中国是一个先天有"城市学缺陷"的国家，我们传统的经济学、经济理论体系根本没有城市经济学，在中国社科院虽然有经济研究所、工业经济、农村经济、财贸经济、数量经济等各所，但过去很长时间都没有城市经济学的地位。中国社科院仅仅是在财贸经济所里设立了一个城市经济研究室，也只有几名研究人员。在中国城市改革与发展的大潮下，城市研究显得非常薄弱。正是在刘维新等一批研究专家建议下，才利用中国城市经济学会这个组织，于1992年发起成立中国社科院的城市发展与环境研究中心，刘维新是主要发起人。

其次，刘维新的创新还表现在城市战略创新和策略创新上。他集中研究了中国城市土地利用和房地产问题，可以说他是目前国内对此问题最有研究深度的专家之一。传统意义上的经济学对城市土地问题、房地产问题基本没有涉及，这里的理论、战略、策略是一片空白。面对这种状况，刘维新等专家只能"拓荒"，在研究中提出了独具特色的分析，研究中国土地和房地产问题的理论框架，并进行了全面系统的探索。为了加深对土地、房地产问题的研究，他多次参与这些部门的决策调研活动，承担大量改革研究课题，提出了很多重要建议被这些部门采纳。他甚至兼任了多年的国家土地局科技委委员和《中国房地产金融》杂志的主编，以期对房地产金融问题有更独到的见解。早在1993年他在《中国土地租税费体系研究》中提出："明租、正税、少费"的改革思路。1994年提出住宅市场的两个市场运作的思路，即对高收入者一种市场，对中低收入者一种市场，分别采取不同的土地供应和税费政策。他提出中国正确的房地产市场结构应是中间大两头小，普通商品房占大部分，高档房和廉租保障房占小部分。这个结构设计是符合中国国情的，现在看起来都非常正确。他在研究中指出了经济适用房运作体制和模式的“五大缺陷”：理论缺陷、补贴形式的缺陷、运行模式的缺陷、市场体系的缺陷、产权不清的缺陷。2005 年他与陆玉龙合作研究“共有产权房”，并得到李源潮的批示与支持。

谈到创新思维，他认为这是从事经济研究、城市研究的活的灵魂，他在回顾自己 40 年的研究体会时说，无论是自然科学还是社会科学的研究都必须开拓创新，必须借鉴前人的经验，在其基础上扩展与创新。而研究的创新必须具备三个必要的条件：一是有更多机会了解本学科的进展状况；二是对现实中存在的问题有较深刻的认识；三是要具备一定的理论基础、敏锐的悟性和较好的综合能力、文字表达功底。

《刘维新解析城市经济学》一书出版半年了，相信有专业内外不少读者读到了本书。在目前信息网络浅阅读时代，我建议读者还是要认真阅读此书，从中发现上述四大思维模式，这是本书的最大特色。这对大家会有诸多新的启发。面对中国城镇化和城市发展大潮，困扰政府、困扰人们、困扰企业的问题很多，如读读这本书会得到不少有价值的答案。

婚姻及家庭生活

一　父母包办的婚姻经历

（一）早婚的历史原因

我去天津是想继续读书，未能如愿，但我并未放弃学习，而是采取了半工半读的方式读完了初中，后来在北京读完高中，并在北京广播电视大学继续学习。在天津东站第一文化宫第三职工夜校读书期间，我同桌一位姓李的女同学对我印象很好。休息的时候，经常与我一起去姐姐家里玩。父母知道后，很不放心，认为城里姑娘靠不住。就在这种背景下，母亲在老家为我物色了一个媳妇。她是本村李庄人，母亲早逝，她和继母关系不好，生活很苦。我母亲对她很同情，又看她长得很漂亮，于是背着我就把婚事定下来了。

1953 年春节，17 岁的我突然接到家中电报，说母亲生病让我回家。我把电报拿给姐姐看，姐姐说："你先回去看看病情怎么样，然后再告诉我，我平时也不好请假。"就这样，我一个人就回老家了，万万没有想到家里已经为我结婚准备好了一切，在父母的压力下，我无法反抗，只好完婚。由于是包办婚姻，事先两个人并不熟悉，缺乏感情基础，所以我对新婚的妻子（见图 25）缺乏热情，婚后回天津后三年没有回家。姐姐因为事先并不知道我要结婚，也未参加我的婚礼，还曾一段时间与我妻子造成误会。

图 25　妻子李桂兰照片

我的姐姐结婚后，在天津国棉一厂有了工作的第二年，母亲到天津看望，这是我母亲第一次进城，曾与父母和姐姐、姐夫一起合影（见图 26），这是我和父母姐姐、姐夫一生中唯一一张合影照片，因为后来我就离开天津调到北京工作了。

图 26　与父母和姐姐、姐夫的合影

（二）妻儿进京的历史背景

我的家乡是老解放区，1946年日本投降后就进行了土地改革。我家分得土地6.5亩，定为下中农（因为原来有1.5亩土地）。我到天津后，当时家乡就组织了“互助组”，后来又成立了“初级合作社”。我母亲因为是老妇救会会员，第一个就报名加入了“农业合作社”，将自己的土地、牲畜交给了农业合作社。参加合作社的劳动是计工分，按劳付酬。

我1956年1月从天津调到北京工作后，由于姐姐生孩子没有人照顾，母亲到天津帮助看孩子（小华），老家只剩下我的妻子李桂兰、不满周岁的儿子刘胜利和弟弟刘维钧，还有一个十几岁的小叔子刘乾坤。这时恰巧我父亲在天津东站后边花120元购买了一间十几平方米的平房，母亲白天给女儿看孩子，晚上回到父亲买的小平房内居住。在这种背景下，我回老家探亲，看到这个状况不行，就不加思考地把妻子、不满周岁的儿子、小弟刘维钧（10岁）三人一起接到天津。因为土地、牲畜已交合作社，只剩下祖传的一处上房四合院和东南边的一块宅基地，把门封上就都去了天津。我祖传的这套土房四合院在1962年河北发洪水时被冲毁了，东西也全被大水冲走。

我没有想到，不到三个月，父亲就把我妻子、儿子送到北京。因为天津一家五口老少三代挤在十几平方米的平房里，确实无法居住。当父亲把我妻子和儿子送到北京后，可把我难住了。因为我调到北京还不满一年，自己还住在集体宿舍里，一下子送来两口人，怎么办呢？长期住机要局招待所是不行的。

（三）痛苦的选择

我父亲把我爱人和儿子送到我手里当天就回天津了。我面对妻子和不满周岁的儿子很为难。怀里抱着儿子，眼睛望着妻子，七尺男儿的我落泪了，足有一个小时都没有说话。我内心斗争非常激烈：虽说我们是父母包办，事先也不相识，缺乏感情基础，但是已经有了孩子。我曾提出过离婚，但妻子坚决反对，并说：“你和我离婚我就去死！”加之父母也坚决反对离婚。我心想："是啊，人活着不能只顾自己，不管别人死活呀!"经过激烈的思想斗争，我放弃了离婚的念头。但是，如何解决生存问题呢？我处在深思中……

为了解决生活和住房困难，一方面，我把不满周岁的儿子刘胜利暂时送回天津让母亲帮着和姐姐的孩子小华（李春华）一起照看；另一方面，把妻子李桂兰安排到一个干部家里当保姆，就这样维持了一年多时间。应该说，做出这样的决定我本人下了很大决心，更使我感动的是，妻子能够把不满周岁的儿子送走，并去给人家当保姆而没有任何怨言，这也是需要很大勇气的。

（四）在京组建家与抚养儿女

1959 年，中央机要局与总参机要局合并，我被调到中国科学院工作，妻子也被安排到中国科学院幼儿园工作（见图 27），随后也分到一间 10 平方米的宿舍。这时我才从天津把儿子刘胜利接回北京，才算在北京安了一个家。后来又有了两个女儿刘燕灵和刘燕荣，成为五口之家。我在北京安顿好后，还经常把母亲接到北京住一阵子（见图 28）。

图 27　妻子在中国科学院门前的留影

图 28　五口之家

图 29　全家与母亲的合影

在我的印象里，新中国成立后从 1949 年至 1959 年是最好的时期，既没有妓女、吸毒人员，社会上也没有失业，社会风气端正，人际关系和谐，无私奉献精神高涨。“156 项”工程和第一个五年计划也胜利完成，在中国已奠定了一个完整的工业体系。从解放前不能生产一根火柴，到能够制造飞机、轮船、汽车等高科技产品。

我的工作很忙，很少帮助妻子操持家务和照看孩子。在科学院机关从事物资设备管理工作时，要负责全院各项研究的物资供应，所以，经常在外出差，一年有一半的时间不在北京。到了中国社会科学院财贸所从事研究工作后，又要经常到各个城市去调研，尤其是在中国城市经济学会担任秘书长之后，要经常组织全国性的学术研讨会，因此，生活的担子大都落在妻子肩上，我把全部精力都用到科学研究上，如果说我在事业上有所成就和贡献，军功章上也应有我妻子的一半。

应该说，妻子李桂兰不仅对家庭、孩子很用心，对待公婆也很孝敬，同时与她同父异母的弟弟李广辉相处的也很好，像对待自己的亲弟弟一样，说明她心胸宽广，这使我很感动。我母亲病重期间，妻子守在母亲病床边一个多月，没有过一句怨言，一直把老人送终。

二　孩子成人后的美满生活

（一）结发夫妻感情融合的过程

我和妻子李桂兰的感情融合，是在“文化大革命”期间。我在“文革”中受到冲击，被关进牛棚半年多，这期间，妻子对我没有一点的动摇和埋怨，反而对我倍加关心和疼爱，每天换着花样做好饭给我送去，还经常流着泪对儿女们说：“我们一定要战胜这个难关，要坚强地活下去，你爸爸没有做过什么对不起党和人民的事情，你们要相信爸爸，不要相信别人的胡言乱语，你爸爸是最值得尊敬的父亲。”在妻子和孩子们的支持下，我熬过那些不平常的日子，渡过了难关，坚持活了下来。经过这次考验，我深深地被妻子这种忠贞朴素的爱所感动。后来我被平了反，恢复了工作，我们夫妻感情生活进入了一个新的阶段。

（二）退休后的工作与生活

我的孩子们也都很争气，学习和工作都很努力，都有了自己的工作和建立起了自己的家庭。我自脱离中国科学院机关，进入中国社会科学院财贸经济研究所之后，可以说，研究成果丰富，事业有成，社会影响也较大，事业上达到了巅峰阶段，经济状况也有了很大提高。我退休后，不仅没有闲下来，反而比退休前还忙。一是兼任《中国房地产金融》主编（月刊），每月要保证刊物定期出版；二是兼任中国城市经济学会的秘书长，经常组织全国性的学术交流和讨论会；三是退休之后，还有不少地方政府相邀去搞地方性的战略研究，如延边朝鲜族自治州的战略研究等。这个时期，我还曾抽空带着妻子出去旅游（照片见图30），过着幸福美满的晚年生活。

图 30　带着妻子旅游的留影

图 31　全家合影（2000 年）

三　工作、学习、思想及品格

（一）艰苦的求学历程

我现在是经济学界知名专家，在城市经济圈内有很大影响。在外人看来我一定是某名牌大学的高才生，实际上我是自学成才。我 15 岁离家到天津当时只是小学毕业。在天津当学徒时，我并没有放弃学习的机会，白天早早起床打扫卫生、生火、卖货，忙碌一天，晚上就去夜校学习，经常到晚上十一二点才能休息。冬去春来，日复一日，经过三年的刻苦学习，我以优异的学习成绩完成了初中的课程。这对一个十几岁的孩子来说是多么的不易啊！

到北京后，我又利用工作之余读完了高中三年和大学四年的课程，还有幸参加了干部培训班，在中央党校较系统地学习了科学发展史、哲学、管理学等基础理论，以及毛主席的《矛盾论》、《实践论》，马克思的《资本论》、《政治经济学》等著作，并利用业余时间阅读了大量文学著作和经济学方面的书籍。我的书架上有上万册书，不少书上有我阅读时的圈阅和批注。这些艰辛和努力并没有白付出，这些知识丰富了我的头脑，为我后来从事科研工作奠定了坚实的基础。从事学术研究不仅要有丰厚的专业知识，还要有对社会敏锐的洞察能力、缜密的思维能力、准确的表达能力，以及高度的责任感和求真务实的精神，它是一个人综合素质的体现。我成功的实践告诉人们，一个人单靠在学校里学的那点知识是远远不够的，必须有活到老学到老的追求，才能在学术上有所建树，才能为国为民做点有用的实事。

（二）弃官从研，不断求索

我 45 岁时，已经是中国科学院物资局党支部书记和局负责人。这是一个握有实权的职位，每年从我手中拨出上亿元的物资，按常理我该满足了。但是，我并没有安于现状，我想为人民做些实事，当我听说中国社会科学院招考科研人员时，我又心动了。经过激烈的思想斗争，我毅然选择了弃官从研的道路，考入了社会科学院财贸所，从事城市经济学的研究。这需要多大的勇气和决心呀！何况这是一个新成立的学科，加之我又是半路出家，面临的困难之大可想而知。但我迎难而上，克服了种种困难，终于成功了。什么叫本事？靠关系当官，靠权力发财那是本事吗？不是！那是一个人的耻辱。一个正直的人，当你从政时，应能为人民服务，替普通百姓做实事；当你搞科研时，能在学科建设上、科学研究上有所创新，能提出一些经得起时间检验的观点，这才是真本事。

我弃官从研 30 多年来，发表了三百多篇论文和研究报告，出版了十几部专著，接受了上百次中央报刊和电视台的专访，无数次的电话、电视采访。其中有的学术成果进入国家决策，得到朱镕基和温家宝总理以及中央书记处李源潮书记的批示。为我国城市经济学发展贡献了全部的智慧和毕生的精力，为后人留下了宝贵的学术财富。

（三）坚持真理，敢说真话

我性格直爽，心地善良，身上充满一种正气。在学术研究上，我从不人云亦云，趋炎附势。总是依据调查的实际情况提出自己的观点，为下层普通百姓说话。如《一位城市经济学家临终前的呐喊》、《繁华的城市如何帮助落后的农村》、《“两个过分”困扰中国模式》，以及《对中国经济快速发展及现代化建设的梳理与反思》等文章，没有敢于说真话的勇气和爱国爱人民的大无畏精神，这些文章是写不出来的。这些文章在社会上反响强烈，一位不相识的湖南老干部来信说：“2012 年 2 月 27 日在《文萃报》上看到你的两个过分困扰中国模式的文章，我反复多次用心阅读，真鼓舞人心……我一千个叫好，一万个赞成。”常言道“心底无私天地宽”，无私才能无畏。我敢于一针见血的提出问题，如果没有高度爱国爱人民的情操和大无畏的精神是写不出来的。作为共产党员以国家利益为重，敢于坚持真理说真话，在当今社会实属少见。

四　天有不测风云，人有旦夕祸福

我的妻子 65 岁之后，年年添病，有高血压，心脏也不太好，最使她苦恼的是腿疼，身体又胖，行动不便。有病乱投医，在一个邻居的介绍下，到总参医院打针，医生说：“打四针就好。”哪知这是个江湖医生，是借总参名义行医，在打了第三针后的第二天早上就出现胸闷、喘不上气来的症状。我赶紧把妻子送到复兴医院住院急诊观察，在第二天的上午我一直陪在妻子的病床边。中午儿媳换我回家吃午饭，老伴还拉着我的手说：“你回去吃饭吧，没事。”万万没有想到这竟然成了我与老伴的最后诀别。就在我回家吃饭不足一个小时的时间，同我生活了

50年的老伴突然离我而去了。我被这突如其来的打击弄懵了，半晌说不出一句话，复兴医院医生在无法解释的情况下，定为急性心梗。为了弄清楚老伴的死因，为老伴讨个说法，我花了一年的时间，打了一场艰难的官司，在无法辩驳的事实面前，打赢了这场官司，确定了死因是肺栓塞，与打针有直接的关系，是一级甲等医疗事故。我为妻子讨回了说法，得到了赔偿，庸医得到了应有的惩罚。

官司打赢了，但是我并没有快乐起来。原有的幸福家庭塌了半边天，这对我来说打击太大了，从我在妻子追悼会上即兴吟诗一首里就可看出我当时的悲痛心情。现将诗抄录附后。

图32　妻子晚年照片

和睦家庭万事兴，情深意浓乐融融；
夫妻相伴五十载，儿孙满堂喜相逢。
晴天霹雳一声响，大洋彼岸痛哭声；

狂风猛吹兰花落，残枝枯叶送妻行。

五　失去伴侣后的孤独

在妻子离去的日子里，我孤独地望着天花板沉思，每当看到妻子的照片时，心中就暗暗地流泪，不到三个月，我健壮的身体慢慢消瘦下来，我陷入了孤独、沉闷、抑郁的精神状态中。这时，儿媳史春明曾来劝说："爸，跟我们一起去生活吧，免得您一个人挺孤单的。"我没有接受儿媳妇的邀请。因为自儿子结婚之后就一直单独生活，没有在一起生活过，生活习惯也很不相同，虽说孙子从上小学到读初中都是跟着爷爷奶奶，但我们老两口从未跟儿子一起生活过。另外，我虽说只有不足70平方米的小三间住房，但我把一大间腾出来作客厅和书房（见图33），查阅资料很方便。

图 33　书房照片

如果离开这里，就等于终结学术研究。我自己认为当时身体还可以，刚满 70 岁还可以工作几年。做学问的人，不管到什么地方，是休息不下来的。2003 年北京闹 SARS，小女儿曾把我们老两口接到温哥华探亲三个月，就在探亲期间，我对温哥华的土地利用状况及房屋建筑特色进行了系统的调查与研究，并撰写出《温哥华土地利用规划、房地产开发特色与地税征收启示》一文（见图34）。这个研究报告后发表在《中国房地产金融》2003年第11期，并以此为基础，给清华大学市长研讨班做过两小时的报告。可见，搞学术研究的人，只要身体允许就不会停下来不做事的。

中国房地产金融·海外之窗

温哥华土地利用规划、房地产开发特色与地税征收启示

□ 刘维新

中图分类号:F299.3
文章编号:1006-7388(2003)11-0041-07
文献标识码:D

温哥华是加拿大三大城市之一，也是举世闻名的天然海港，因此使之形成加拿大西部濒临太平洋最大的重要港口及商业中心。温哥华是世界最适合人类居住的城市，冬无寒天，夏无酷暑，温哥华除了是加拿大西部（岸）最具吸引游客与多彩多姿的旅游胜地之外，还随着世界经济潮流的转变，目前已成为北美洲通往亚太地区重要的交通枢纽，是加拿大西部对外贸易最为繁忙的门户，也是近几十来发展最快的城市。

温哥华像个情窦初开的少女，又似一副完美的绘画艺术品，含蓄中发出热情，自然里渗入细腻，美得令人陶醉，好得令人嫉妒。温哥华除了好的气候宜人外，她的山、她的海更是扣人心弦的两项天然资产。在那，我们看到深入城市的海湾以及绮丽崎岖之海岸线；加上冷暖洋流交会于此地，不仅海产丰富，也是加拿大西部唯一之不冻港。然而海岸线底外映入眼底的尽是丘陵起伏及一望无际的田野：让人心旷神怡，使人仿佛置工业大都集中在列治文和本那比。温哥华的由来，是以英国探险家乔治 温哥华（Gcorgc Vancollvc）于1792年登岸，温哥华岛及温哥华市均以他来命名的。笔者对温哥华地区进行了两个多月的调查和研究，启示很多，现谈点看法和观点，供参考。

1 土地利用规划与公共设施建设

加拿大是一个人少地多的国家，国土面积与中国相近，但人口只有3000万左右，而中国的人口是加拿大的40多倍。然而就是在这样一个人少、地多的国家里，都十分珍惜土地。而我们人多地少，却土地浪费惊人，真使我感慨万分。温哥华市区的土地共划分九个等级，这是地税评估的基础，也是土地利用的价值体现。温哥华居住区建筑密度和容积率不高，但使用效率很高。土地利用规划合理，公共设施齐全，服务体系完整，处处体现以人为本的精神。

1.土地利用规划合理，标志性建筑特点突出，公共设施齐全。

温哥华的标志性建筑个性突出，是土地利用合理的标志之一，不仅与地理环境吻合，并溶为一体，也体现温哥华的个性与特色。具有突出特

图34 发表的文章

我妻子刚去世不久，大女儿刘燕灵为给我换换环境，2007年8月曾把我接到日本住了近一个月，还曾陪同我到日本广岛参观原子弹爆炸纪念馆（见图35）。参观完了之后，我在广岛宾馆做了一首诗，现抄录于后。

图 35　与女儿参观原子弹爆炸纪念馆留影

结发夫妻未遂愿，突然离去显孤单；
女儿为父换环境，相陪广岛去参观。
广岛爆炸原子弹，威力无限震撼天；
参观完了纪念馆，令人思绪千千万！
只说日本受害国，只字不提其根源；
宣传原子核威胁，缺乏自省和承担。

我在日本期间，似乎忘却了孤独，但从日本回来之后，重新回到原屋心情又开始沉重起来。这时，不少亲朋好友，以及单位的领导都对我的生活非常关心，劝我找个老伴以免孤独，热情地为我介绍老伴，但是见了好几位都不如愿，看来想找个性格相近、脾气相投，又有共同语言的新伴侣，也不是一件易事。

老伴去世之后，我仍然兼着《中国房地产金融》的主编，所以每周还有两天时间要去编辑部工作。因为有工作，这也缓解了我的孤独感。但是，这种孤独不时地还会出现，如在妻子去世的当年 10 月，一天下雨，自己在房间就显得特别孤独，流露出很悲伤的感情。可见当时我写的一首《思念》的诗歌。

秋风阴雨内心寒，细雨绵绵一整天；
孤灯单影随身闪，时光漫步度如年。

六　晚年的生活状况

（一）晚年伴侣

在我前妻病逝的第二年，通过朋友介绍，我认识了北师大附中的退休教师乜育平。通过一段时间的相处和交往，我们感到彼此有很多共同话题。我们愿意和决定后半生相伴相陪生活在一起。

起初我的儿女们很不理解，情感上也难接受。后来，儿女们从大局出发，为我们着想，考虑到我们是自由恋爱、自由结合，只要我们开心、高兴，他们也不想干涉我们的自由选择和生活。所以，他们欣然尊重和支持了我们的决定。

我们一起共同生活了十年。在这十年里，我们相互陪伴照顾。当我在全国各地讲学时，我把她带在身边。并且她协助我出版了《刘维新解析城市经济学》一书。儿女们支持并赞助我们周游欧洲九国及东南亚的越南、柬埔寨，还畅游祖国的大江南北。大女儿燕灵还两次接待我们到日本旅游、购物、观赛马、洗温泉等长达六个月。

我很感谢儿女们的理解和关爱。除了经常探望我们之外，也是为了感激乜育平和我一起度过晚年，他们从道义上、金钱上都全力支持我们的生活和旅游，只是为了让我们能够高兴、愉快地度过一个幸福的晚年。

（二）我的身体健康状况

几年前，我患有轻微的糖尿病。通过有规律的饮食和锻炼，靠吃药就可以控制。随着年龄的增长，身体代谢功能的减退，在饮食方面不注意而导致血糖再次升高，已导致靠药物无法控制之后住进医院。在医生的建议下，除了吃药，每天晚上还要打 12 个单位胰岛素。这样维持了一年。2017 年 10 月，燕灵要求我们到日本住一段时间。其间，在当地医院又为我检查了糖尿病。大夫说我的胰岛分泌功能还不错，可以打一周一次促进胰岛素分泌的新药。在日本经过饮食的调节和新药的使用，效果显著，我的糖尿病得到了很好的控制。

（三）四世同堂，安享晚年

回顾我 82 年的人生，很是自豪和感慨。现如今，我各自成家立业的儿女们、孙子和孙媳妇们、重孙子们，是你们给我带来无限的欣慰和快乐！我衷心地祝福我的儿女们及儿女的后代家庭幸福美满，身体健康强壮，学业长进，事业有成。在四世同堂（相关照片见图 36）的祝福中，我将继续欣慰、安详、平和的走我的夕阳路！

（a）与长子刘胜利全家合影

（b）与长女刘燕灵全家合影

（c）与二女儿刘燕荣全家及长女合影

（d）与内弟李广辉及部分家人合影

图 36　四世同堂的照片

附　录

附录1　刘维新晚年提出的一些学术观点

毛泽东的精神与他的浩然正气是凝聚正能量战胜邪恶的法宝

——纪念毛泽东诞辰120周年

在纪念毛泽东主席诞辰120年之际，我又一次去纪念堂瞻仰毛泽东主席的遗容，望着主席慈祥的面容，我浮想联翩。目前我国的经济总量，以及人民解放军的军事装备与刚解放抗美援朝战争时期相比，发生了翻天覆地的变化。但是，人们却感觉好像缺了点什么。近些年来却发生了许多怪现象，中国驻南斯拉夫大使馆被炸、南海军机被撞、中国渔船被扣、华侨被辱、香港旅游团的旅客被杀等令人发指的事件都发生了，我们不禁要问这是怎么了？

当初抗美援朝战争之后，美越战争期间，毛泽东给美国空军划了一条27度线，美国空军一接近这条线就自动报警，赶快离开，没有一位空军敢闯这条线。这是为什么呢？因为当时中国大地上到处洋溢着毛泽东思想的精神和浩然正气，这就叫作以正压邪！

总结建党 90 多年来的实践经验，可将毛泽东思想取其精华概括为五大精神。

一是“一不怕苦，二不怕死”的克敌制胜精神。两万五千里长征，是人类历史上从未有过的一次史诗壮举和奇迹。正如张学良晚年所说：“红军长征，是信仰的支撑，上有飞机轰炸，下有几十万大军围追堵截，如果是雇佣军，早就跑光了，不可能取得长征的胜利。”抗美援朝战争也是如此，小米加步枪能打退用现代化军事装备武装起来的十六国联军，靠的是什么？是信仰和毛泽东思想的支撑。

二是“以弱胜强”，无坚不摧的精神。毛泽东的这种精神，早在井冈山三次反围剿就已经展示出来。后在国内战争和抗美援朝，以及在中印边界战争和珍宝岛战役中，都展示的十分清晰。这种精神来源于无私和不畏强暴的正义和自信精神，既是智慧和勇气的结晶，又是与民同心的群众路线展示，正如陈毅元帅所说：“淮海战役，是人民用手推车推出来的。”说明一个不代表大多数贫困阶层的政党，是不可能得到人民真心实意的支持的。只有共产党领导下的人民子弟兵才能做到这一点。“以弱胜强，无坚不摧的精神”是在共产党与人民同呼吸中形成的，资本主义国家是无法效仿的。这种精神，已经成为中国人民解放军的军魂，是战无不胜的。正如美国一个军人所说，“不怕解放军军械现代化，就怕解放军毛泽东思想化”。可见，毛泽东思想体现出来的“以弱胜强，无坚不摧”精神的巨大威力。

三是自力更生，艰苦奋斗精神。这种精神使一个半封建、半殖民地的农业国，在新中国成立后，不到 20 年时间，就建立起完整的工业体系，就完成了“两弹一星”的试验，在世界上都是少见的。这大大提高了中国的国际地位，同时对亚非国家等兄弟民族的解放事业，做出了力所能及的援助，取得了国际社会的好评，才有了亚非拉的朋友把新中国“抬进了”联合国，替代了国民党在联合国的地位。

应该说，自力更生，艰苦奋斗的精神，不仅在新中国成立初期创造了奇迹，也为改革开放奠定了基础。改革开放以后我们仍然贯彻这种精神，使自身成为世界上第二大经济体。并在高新技术方面，通过自力更生，艰苦奋斗精神，打破了以美国为首的西方国家的封锁，在军工技术方面取得了巨大进步，可以说，“自力更生，艰苦奋斗”的精神，是中国经济发展的灵魂，将永远放射着光芒。

四是廉洁执政，大公无私精神。毛泽东在新中国成立之前的七届二中全会上，就提出“两个务必”的要求。但新中国成立不久经过“三反”“五反”运动，党内揪出刘清山、张子善两个大贪污犯，毛主席驳回多人的“说情”，下决心枪决了刘清山、张子善，之后的几十年没有出现大的贪官。一方面毛主席能自律，不仅要求自己严格，管教子女和手下的工作人员也十分严格；另一方面，没有私欲，处理问题大公无私，光明磊落。正如网上有一首诗所描绘的：“在你离开的日子里，我不理解父母为什么流了那么多的眼泪；当歌唱你的‘红歌’再次响遍神州时，我弄懂了什么叫伟大和英明。在淡化中，你的思想走向永恒；在污水中，你的人格越发晶莹……”

虽然近些年贪官遍地，久治不愈，但我相信在习近平总书记的领导下，“廉洁执政，大公无私”的精神总会重新放出光明。

五是民生为本，全心全意为人民服务精神。共产党自成立那一天起，就宣布他是以工人阶级为主体，以工农联盟为基础的无产阶级政党，因此，以民为本，全心全意为人民服务的精神，是共产党的宗旨。所以，从一个胜利走向另一个胜利。以习近平总书记为中心的新的党中央，目前所进行的“走群众路线为主要内容的‘整风’，就是为了更好地清除腐败，贯彻全心全意为人民服务的精神”。

应当指出，上述五大精神，是毛泽东思想在新中国的成立、发展过程中逐步形成的，它是党的灵魂和根基，是建国兴邦的精神支柱，只要共产党存在这种精神就不会消失，它是凝聚正能量，战胜邪恶的法宝。

那么毛泽东的浩然正气，又表现在哪里呢？

依据毛泽东几十年的革命实践，在他身上表现出的浩然正气，主要体现在三个方面。

一是骨气。这是作为民族必须具备的基本道德精神品质。骨气，说白了就是人要有脊梁骨，没有脊梁骨，只能任人欺侮，任人宰割，任人凌辱，是一个永远站不起来的可怜虫，再有钱也只能当人家的奴隶。毛泽东这一生表现出的骨气是惊人的，从办农民讲习所、秋收起义，到井冈山建立红军根据地，再到两万五千里长征、抗日战争、解放战争、抗美援朝等，都留下伟人毛泽东表现“骨气”的痕迹。正像美国军事作家、评论家拉瑞斯约本海默在他的书中说的：“是谁使一个贫瘠的国家，在短短几年，迅速崛起于世界强国之列？在东方一个大国，他就是中国。他是一位优秀的领导者：毛泽东先生。他领导了他的人民，在贫困、饥饿、压力下却取得了远远超越乔治·华盛顿的伟大成就。中国1949年，毛先生建立了他领导的红色政权，同时也揭开了中国人觉醒的时代……”这就是骨气，是毛泽东表现出来的浩然正气。

二是志气。毛泽东一无高贵的家世，二无显赫的学历，他的一生却取得了前无古人，后无来者的惊人成就。他依据马克思列宁主义原理，结合中国国情创造出中国特色的理论体系——毛泽东思想。他的理论著作，如《矛盾论》、《实践论》、《正确处理人民内部矛盾》、《论十大关系》等不仅影响着中国，也在世界上产生广泛影响。毛泽东不仅是革命领袖，还是一位马克思主义的理论家、诗人和战略家。日本研究毛泽东代表性人物竹内实在1965年出版的《毛泽东诗词与人生》中称：“毛泽东首先是一位文学家、一位诗人”，他甚至认为，“与李白的《黄鹤楼送孟浩然之广陵》等千古绝唱相比，毛泽东的诗词毫不逊色，他的确是一位伟大的诗人。”不仅如此，毛泽东的军事理论思想及其著作，以及他的书法作品都是无与伦比的，这就是志气。毛泽东一直胸怀大志，然后百折不挠，力求实现。青年时他就写出这样的诗句“指点江山，激扬文字，粪土当年万户侯”。志气，是事业成功的前提，有志气才能百折不挠的努力追求，最后成功，因此，志气就是浩然正气。

三是勇气。作为一位领导者，勇气来源于对客观事物的掌握与对未来的判断。毛泽东一生中，就军事战争决策方面讲，影响全局需要勇气的有三次重大的军事决策，显示出他那超人的战略胆量。①遵义会议后，决策红军走雪山过草地北上抗日（长征）。②日本投降后，蒋介石发动内战，派胡宗南带20万军队进攻延安。毛泽东决策暂撤延安，不离陕北与敌周旋，从战略防备转到战略进攻，并解放全国。③抗美援朝的决策。对这个决策美国的军事作家拉瑞斯约本海默是这样评论的："1950 我们可爱的总统大人，他觉得朝鲜十分不听话，同时更厌恶中国新生的红色大国，为了灭绝赤色他决心先打掉朝鲜从而占领亚洲大陆一端，再谋求最终消灭赤色中国。随即他调兵遣将，以 18 国集团为核心，以联合国安理会为民意，总计出兵 51.3 万人，坦克 2400 辆，战机 4000 架，各型炮火 5 万门，同时动用了原美国海军第 1、2、3、7 四只舰队，以排山倒海之势杀向朝鲜。……在总统看来，这样现代化的庞大军群，任何一个国家，哪怕就是当时的苏联也不敢与之交手。然而，他似乎忘记了，那位毛先生伟大的军事战略胆量。毛在苏联犹豫迟疑下，果断出兵抗击美国联军。于是一场惊人的战争就此爆发了。"

当时中国大陆刚刚被解放，还未来得及喘气就参与了抗美援朝战争，而且是以小米加步枪对付现代化十八国联军（实际参战的有 16 国），从鸭绿江边把美国联军赶回"三八线"以南，这得需要什么样的勇气和胆略啊？

在毛泽东诞辰 120 周年之际，我十分怀念他老人家，更赞赏和佩服毛泽东的骨气、志气、勇气，这三气叠加在一起就形成了一种正义、公平、道义有尊严的浩然正气，这种正气是不可战胜的，是凝聚正能量的源泉。这种正气，将永远鼓舞着中国人民的前进方向。

（本文发表在《城市发展与环境研究》的网站，2013 年 9 月 9 日，此文是刘维新与乜育平 2013 年 9 月 9 日瞻仰毛主席纪念堂之后撰写的）

是谁给日本军国主义复活埋下了种子

近期从新闻和网上大量报道中不难看出，自去年以来日本右翼发动的"购岛"闹剧越演越烈，到自民党执政以来安倍、麻生等政府官员对二战否定的言行，不难看出日本军国主义复活的迹象十分明显。我们不禁要问：是谁助长了日本军国主义的复活？又是谁给日本军国主义的复活埋下了种子？这不能不引起我们对历史的回顾与深思。

2007 年我有机会在日本广岛参观了原子弹爆炸纪念馆，这次参观给我留下最深刻的印象有两点。一是原子弹太可怕啦，十几万人的一座城市瞬间被夷为平地，几十万人丧生。因核辐射引起的疾病和死亡还要延续十几年，真是惨不忍睹。二是日本是世界上第一个遭受原子弹袭击的国家，值得人们同情。但是，日本利用这个展览宣扬了些什么呢？

第一，整个展览宣扬的主导思想是核恐怖。对于为什么会遭到美国原子弹袭击？当时的历史背景是什么？人们应汲取的教训是什么？只字不提，这就混淆了正义与非正义的观点，使人们同情日本的遭遇，而模糊了日本军国主义在二战时期给亚洲各国人民造成的伤害。这不仅违背了当时的历史事实，也为日本军国主义复活埋下了种子。

第二，没有准确定位日本侵略中国失败的原因。日本无条件投降有三大原因：一是在欧洲德国法西斯已经被苏军和英法联军击败，苏联已经向日本宣战。二是中国的抗战削弱了日本的军事实力，牵制了日本向太平洋进军的步伐。三是日本偷袭珍珠港，激怒了美国，遭到美国原子弹袭击。这三大因素才是日本投降的真正原因。展览馆没有把这些历史背景如实的反映出来，这就使得一些不了解历史的日本青年人和部分民众，认为日本失败是因为美国放原子弹造成的，日本是受害国。所以，现在日本右翼的言论在一些青年人和部分民众中还能有市场，这也为日本军国主义复活埋下了种子。

日本与德国同是二战时期的战败国，他们都是在二战期间犯下侵略罪行的国家，为什么德国与日本对待侵略历史的认识就截然不同呢？因为对清算战争罪行的处理方法与程度不同，就产生了不同的结果。

1. 德国军国主义投降以后，欧洲人民主宰了对德国法西斯罪行的清算，从制度、精神到法律都得到了彻底清算和追究，致使全体德国人民都认识到法西斯对人民犯下了极其严重的罪行，多少无辜的妇女、儿童、手无寸铁的百姓惨遭杀戮，其罪行罄竹难书。这就彻底地铲除了法西斯复活的土壤。并从法律上规定美化和歌颂法西斯是犯罪行为，要追究刑事责任。德国历届政府官员都诚恳地向二战期间受害者道歉、谢罪。因此，取得了欧洲人民的谅解，二战后德国重新融入欧洲集体，与周边国家和睦相处。

2. 日本军国主义投降后，日本人民为什么没有认识到他们给亚洲各国带来的灾难呢？一是日本投降后美国主宰了对日本战败国罪行的清算和审判，剥夺了亚洲受害国的发言权和追究责任的权力，导致日本人民认为战败是因为美国的原子弹造成的。二是中国虽是战胜国，但因日本投降后蒋介石发动了内战，对日本侵华战争给中国人民带来的灾难和犯下的罪行没有追究责任，也没有提出赔偿，这就导致了部分日本人民认为二战与中国无关的错觉。三是没有彻底摧毁日本军国主义的精神支柱和制度体系。日本军队的精神支柱是天皇，而美国为日本建立的两院制保留了天皇，这就埋下了日本军国主义复活的种子。安倍最近大喊“天皇万岁”就是这种精神的体现。四是美国允许日本战争罪犯（包括甲级罪犯）和民族英雄一起被放入“靖国神社”让人们祭拜，这就颠倒了黑白，混淆了是非，不但极大地伤害了亚洲各受害国人民的感情，还为复活日本军国主义招魂，使亚洲永无宁日。

目前日本在右翼势力十分猖獗和反动言论的蛊惑下，军国主义的复活随时都有可能，亚洲各受害国应保持警惕，清醒地认识局势，同仇敌忾坚决反对日本军国主义的复活。也希望助长日本军国主义复活的国家不要忘记历史，小心搬起石头砸自己的脚。

（本文发表在《中国社会科学报》2013 年 10 月 18 日评论版）

如何理解文化的概念与经济发展的关系

所谓文化是一个很广泛的概念，既有有形的物质文化，又有抽象的精神文化。一般可以从三个层面理解文化的概念。

一　个人文化素质的涵养

这是从狭义角度理解文化的概念，是指一个个人的文化素质的涵养。一般可以理解为是植根于一个人内心的修养。他表现在一个人要有一颗善良的心，遇事不从个人的私利考虑，无须提醒的自觉，经常换位思考，理性观察和处理事物、待人文明、礼貌、客观、公正、通情达理，尊老爱幼、爱国爱民、清廉为公、襟怀坦白。以上所述，基本体现了个人素养的本质，也是一个人文化素养的体现。

二　娱乐活动的文化的表现形式

每个国家、每个民族都有自己的文化、自己文化娱乐的形式。就拿我国来说，我国是由五十六个民族组成的大家庭，每个民族都有自己独特的文化娱乐形式。各个地方也有自己特有的文化娱乐形式，其中以汉民族的娱乐文化最为丰富，仅从戏曲来说就有京剧、评剧、越剧、粤剧、豫剧等，体现了各地区不同文化的特色，形成了各种文化的娱乐产业，这种文化产业有力地推动了经济的发展。我国其他民族也有他们自己的文娱形式，如藏剧、民族舞蹈、原生态歌曲等。但各民族、各地区的娱乐文化又都是相通的，这体现了中华民族的最大特色。

三　城市文化——人化

城市文化从一般意义上讲，就是指“人化”，是指人类的实践行为与结果。名城中的文化却是一种价值的观念，是一种对城市优秀文化遗产价值的肯定。如法国的凡尔赛宫、巴黎圣母院、埃菲尔铁塔等，中国的故宫、天安门、颐和园等都有着自己的民族特色。如果一个城市道路没有规划、建筑没有特色，只是堆砌了各种火柴盒、豆腐块、麻将牌式的建筑，没有任何值得后人称赞和学习的创造性的成果，那么这个城市显然就没有自己的文化特色。因此，特色的城市风貌、特色的城市建筑风格，就是城市文化内涵的具体体现。

一个地区的环境、历史、地域、民族等都是形成文化的基础。例如环境文化可体现在三个方面：一是优美的生态环境所形成的景观。二是城市的文态环境所体现的民族特色和文化内涵，要从建筑风格予以展现。三是社区环境。社区是人与人交往的纽带，是感情融合的空间，优美的社区环境与和谐的邻里关系，不仅是社区精神文明程度的体现，也是社区文化内涵的体现。

应当指出，美与文化是相关联的，是构成城市美的内在要素，是规划与建筑文化的极致。凡是去过青岛的人都知道，青岛的美，美在色彩：碧海、蓝天、绿树、红瓦、黄墙，这五种色彩融为一体，美丽和谐，令人心旷神怡。过去青岛的栈桥是这个城市的标志，现在的标志是政府广场上的红色火炬，两种不同形象的建筑，使人感到时代的变迁与进步。青岛的这种建筑特色与个性是世界少有的，它是城市文化——人化的结果，是城市文化的具体展现。

综上所述，从三个层面上来讲，文化只能体现民族特色与个性，不能有先进与落后之分，更不能说汉文化比藏文化先进，这不利于团结。

四　文化与经济发展的关系

无论是有形的文化还是无形的精神文化都对经济发展，尤其对城市经济具有巨大的推动作用，主要体现在三个方面。

1. 文化是经济活动的助推器。文化与经济的关系，是一种相辅相成的关系，是不可分离的。可以说，城市经济活动无不体现着城市文化内涵，形成文化特色。因此，文化渗透在城市经济的各个领域。如饮食文化、企业文化、服装文化、旅游文化、茶文化、酒文化等。各个领域均表现出中国传统文化的影响，因此，文化在经济发展中的地位越来越突出，越来越明显。从企业管理理念、管理方式到消费服务等各个方面，都体现着各自民族的文化传统。

2. 城市文化是经济品位提升的基础，城市文化融入经济活动之中，可以提升经济的价值和品位，形成行业的特色，可增强吸引力，推动消费，增加经济的总价值，这已被实践证明。从某种意义上讲，城市文化是城市经济发展的内在基础。如西安兵马俑的开掘与展出，就与古都文化的吸引和促进是分不开的。北京、桂林、杭州等城市的发展，无不与文化带动和吸引有关。

3. 城市文化是城市经济吸引力、辐射力扩大的基础，是支撑城市生存、竞争和发展的巨大推动力和无形资产。因此，文化对城市经济的发展是不可或缺的。

（此文发表在2015年《城市》杂志第1期）

十三五规划与农村集体土地流转

——首都区域与城市专家春节联欢会发言

（2015年2月8日“北京龙泰国际大酒店”）

首先，向在座的各位专家拜个早年，祝大家春节快乐，万事如意。为了节省时间，就“十三五”规划与农村土地流转问题，我讲三句话：

第一句：十三五规划农业经济是重点。

依据中共中央十八届三中全会确定的“农村土地流转的三权分置”的决定精神，“十三五”规划的农业经济重点及其主要目标应是“在三权分置的原则下，加快农业用地的流转，逐步实现由小农式的分散经营，向集约式的规模经营过渡，实现农业机械化与农业现代化”。这是农业经济发展的主要方向，由分散经营到集体经营，以提高农业生产力，小农式的分散经营很难再提高生产力。

第二句话：总结农业改革的历史经验与教训。

20世纪的农业土地改革，是从分田到户开始的。这次改革，从开始在中国就有两种模式：一种是以安徽省小岗村为代表的分田到户经营；另一种是以江苏华西村为代表的集体经营，走共同富裕的模式。大家都运用市场经济这种机制进行。其结果却有很大的区别。华西村的集体经济规模越滚越大，吸引力越来越强，不仅体现了社会主义的“共同富裕”，还实现了机械化（只有十二个农业工人从事大片的集体农业）、农业现代化、农村城镇化，树立了城乡一体化的典型样板，是目前中国最安定、最和谐的地区，充分体现了社会主义的优越性。胡锦涛在退休前的一个月才敢到华西村参观，握住吴仁宝书记的手说：“你给我们树立了一面社会主义新农村的旗帜。”另一条路是在推广小岗村的分田到户经验，全国大都分田到户，只活跃了三年，解决了个人的温饱问题，但生产力再无法提高，并导致明显的两极分化。“实践是检验真理的唯一标准”，看来土地分田到户的改革还是值得反思和总结的。

在中国这片土地上还有一个河南的南街村，这个村是先分田到户，两年后看不行，又重新回到集体的路上，现在实现了共同富裕。这两个村我都去考察过，现在很值得总结改革的经验和教训。

第三句话：这次土地流转是走集体共同富裕，还是继续扩大两极分化？

我的一个亲戚来京时跟我说，农村土地流转是先实行每亩1000元转包后再流转，一签合同就是五十年不变。如果说把个体分散的耕地，用转包的形式集中到种田能手个人手里，这就形成了个人农场，与集体概念不相容，这不是共同富裕，会出现更大的两极分化。“三权分置”到个人手里五十年不变，这与私有化有多大区别呢？随着物价的上涨，土地价值的增加，不说五十年，二十年后就将会出现更大的动荡。

如果想走社会主义共同富裕的道路，以土地入股的形式集体经营是可以考虑的。上次土地分田到户，地方政府运用地价的剪刀差，曾发起三次圈地运动，导致2.5亿农民失去土地，成为在社会上“游荡的流民”。如果这次再强行推行五十年不变的转包，十五年后，我国将出现4亿“流民”，这将给社会带来不稳定的因素。这个问题必须重视。中国解放前一直都是少数人先富的，大多数人贫穷，是毛主席领导我们翻了身，广大劳动人民才走上了共同富裕的道路，这才是社会主义的根本宗旨。

（此讲话后来发表在《今日国土》2015年第3期）

房地产业在宏观经济中的定位与发展趋势

中国房地产业的复苏与发展，是伴随着土地使用制度改革、住房制度和金融体制改革而逐步复苏和发展起来的。在中国宏观经济发展中，房地产业对提高居民居住水平、改革城市环境面貌、拉动城市经济的增长，都做出了这个行业应有的贡献，这是必须予以肯定的。但是，在住房制度货币化改革之后，房地产业快速发展的十年中也出现不少有待研究的深层次的问题，需要在深化改革或在转型发展中加以解决。

一　中国房地产业如何在宏观经济中定位

从城市经济学理论角度讲，房地产业是城市经济发展中的先导性产业，在二产和三产发展的带动下有成为支柱产业的可能性，但不能定位于基础产业和支柱产业。也正因为如此，1998 年的国务院 23 号文件规定“房地产市场要以经济适用房和廉租房为主体”，并提出“有钱人买商品房，中低收入者购经济适用房，最困难者住廉租房”的政策。应该说，从理论上讲，这个定位是正确的。但在实际运行中被扭曲了定位，大户型的商品房成为主体（高档房和大户型 100 平方米以上），占到 65% 以上，而经济适用房与廉租房被边缘化。不少城市视房地产业为基础产业和支柱产业，由配角变成主角。把房地产业视为基础产业而忽视了实体经济发展，导致实体经济“空心化”，房地产业在推动了 GDP 增长的同时，却超常规地拉动房价上扬，高房价严重脱离了实际购买力，形成了不少城市的“黄金泡沫”，并导致工薪阶层和农民工的怨气和不满。

为什么有了正确的定位在实际市场运行中无法落实，却走偏了呢？其原因有两个。

一是很多地方领导没有认识到“市场经济趋利的天然属性”。房地产业的暴利性，导致各行各业都来搞房地产；为了获利，炒卖投机盛行，这是制定政策者未预料到的。这种趋利性导致与原设想政策脱节。

二是对房地产的属性缺乏正确认识，把房地产产品当成一般商品，忽视了它的特殊性。房地产是房产和地产的总称，房依地建，房地不分；有单独的土地，而无不含土地的房产。这就是房地产商品的特殊性，就房地产本身来说，从理论上讲它具有三性，即自然属性、经济属性和社会属性。而我们在运作中只注意运用了它的经济属性，而忽视了它的自然属性和社会属性。

自然属性是房地不可分性、固定和不可移性及区域性。所以，目前从青岛到威海沿海之间盖了大量的高中档住宅，企图卖给外地人来这里度假，却没想到90%以上都空置在那里，估计十年以后也很难消化，这就是忽视自然属性的结果。

社会属性。房地产的社会属性包括：公平性、福利性和社会保障性。在社会主义国家，盖房主要是为了解决大多数城市居民的居住问题，实现“居者有其屋”，而不是为了少数有钱人作为“工具”炒作挣钱！由于忽视了房地产的社会属性，即公平性、社会保障性，导致大多数群众强烈不满，房地产商的社会形象大为降低。只是到了2010年才把住房的社会保障提到“议事日程”，这年的宏观调控扭转了朝令夕改，自2010年到2013年三年调控没有松动。

二　十八届三中全会后的房地产如何定位？

自1998年住房制度货币化改革之后（23号文件），在土地招拍挂和金融信贷的推动下，中国房地产业得到快速发展，从之前占我国GDP的不足3%发展到10%以上，成为不少城市的支柱产业和基础产业。土地出让和房地产税收成为一些地方政府的主要财政来源。但是，在这种背景下，城市经济在整体发展中也暴露出一些突出问题。

一是实体经济“空心化”，单靠房地产业是无法支撑城市经济健康发展的，土地一次盖房卖掉以后，再也无经济继续循环的基础，这是不少“领导”未认识到的经济学原理。只有制造业、先进高新技术产业才是城市经济发展的脊梁。十八大以后很多干部都认识到这一点，因此，实体经济“空心化”趋势开始得到扭转。所以，单纯依靠房地产业发展的模式面临转型，地产市场也出现了有利于实体经济发展的调整节点。

二是房地产市场结构失衡的问题。前十年房地产业的快速发展，是以高档房、大户型商品房为主体（占到70%以上），导致小户型商品房极缺和社保房缺位。近些年得到一定调整，高档大户型比例逐步下降，小户型商品房和“共有产权”房将成为房地产市场的主体，占70%以上。建设部最近也把社会保障房的建设放到了首位。

三是房地产市场十年的快速发展，导致的高房价、高信贷、高空置率存在很大的风险，让中央的宏观调控不可能轻易地放松。今后，国家会把房地产业，尤其是住宅业分为两部分运行：一部分是商品房，是针对有较高收入的富人，是解决这部分人的住房和改善需求；另一部分是社会保障性的针对中低收入者的共有产权房、公租房和廉租房。政府的社会住房保障体系，不仅要解决居住在城市有户口的低收入阶层，还应包含长期在城市工作的农民工，只有这样社会才会和谐与安定，才有真正城镇化健康发展的基础。这种改变，就意味着房地产业要从“主角”逐步回归于“配角”。

应当指出：有些城市最近又提出“自住商品房”的概念。我认为这种提法很不科学，“商品房”还能分自住和非自住？难道我们过去盖的商品房都是为了供富人投机盈利？应该说，在特色社会主义国家里，尤其是初级阶段，建设商品房、经济适用房、廉租房都是为解决城市居民的居住需要的。单纯为富人炒卖而盖房，就背离了特色社会主义轨道。连资本主义国家都不敢公开宣扬房地产炒卖投机。那种单纯靠房地产炒作拉动地方 GDP 增长的做法是危险的，会产生大量泡沫，会危害宏观经济的健康发展。

综上分析不难看出，房地产业在宏观经济发展中的定位，只能定位于配套产业，只有二产和三产的现代服务业发展了，才能真正为房地产业提供发展的空间。也就是说，要从过去十年城市发展的主角回归为配角本色，才能保证房地产业的健康、持续发展。

三　在新型城镇化背景下的房地产发展趋势。

2013 年 12 月 10 日至 13 日中央在北京召开了中央经济工作会议，确定 2014 年经济工作的方针是：“稳定宏观，放活微观，社会兜底”三位一体政策思路，这是明年宏观调控的主基调。并提出六大任务：一是切实保障粮食安全；二是大力调整产业结构；三是着力防控债务风险；四是积极促进区域协调发展；五是着力做好保障和改革民生工作；六是不断提高对外开放水平，保持 GDP 合理增长，无后遗症。这六大任务有五项与房地产业发展有关。

依据十八届三中全会与中央经济工作会议精神，今后房地产业的发展，既面临机遇，也面临极大风险。也可说风险与机遇并存。

1. 房地产业发展面临的机遇

说房地产从城市发展的主角变为配角，并不意味着没有发展机遇。比如，在新型城镇化的背景下，就面临着以下发展机遇：

一是十八届三中全会决定农村集体土地的建设用地与城市建设用地合并为一个统一的地产市场，让农民享受土地的增值收益。在城乡统一规划下，有一部分集体建设用地必然要转入房地产的建设。

二是十八届三中全会指出，城镇化不是土地城镇化，而是人口的城镇化。其基本含义是农村耕地不能随便占用，要保障粮食安全。但是人口的城镇化就必然带来居住的需求，尤其是中小城市应成为农业人口转移的落脚点。这就是房地产的发展机遇。

三是有些二三线城市，二三产业发展很快，已经成为新的区域经济增长极，如天津滨海新区、重庆的两江开发区，以及西安、兰州等城市，这些城市的房价基本接近正常水平。二三产业的大发展，必然带来人口的增长和住房的需求，这也为房地产企业创造了发展机遇。

至于说，哪些政策与改革会在 2014 年对房地产业产生实质性的影响，笔者认为：（1）农村集体土地的建设用地与城市建设用地建立统一的地产市场，会对房地产业的合理发展产生影响；（2）物业税试点面不断扩大，并不断向住房保有阶段征税，将对房地产的炒作产生影响，将使高房价逐步降低，会压缩房地产炒作的空间。

2. 房地产业将面临什么样的风险

从 1998 年中国实行住房制度货币化改革（23 号文件）之后，中国房地产业得到超常规的快速发展，在做出它本行业应有的贡献外，因过度市场化、私有化和过分炒作，形成了中国房地产经济中的高房价、高信贷、高空置率现状。这三高就存在着巨大的社会风险。

（1）高房价。依据北京金融街西边的三里河地区的一家中介公司的资料显示：一套 50 平方米的二手房标价是 385 万元，合 75600 元/平方米。一个普通的员工每月工资按 4000 元计算，两年才能够买一平方米，这怎么计算收入与房价之比？所以，有的外国学者估计，中国的房地产泡沫很快就会破灭。但我认为2014年不会破灭，因为中国房地产业的资金大都来自四大国有银行，政府不会让它突然破灭。

（2）高空置率。我们国家的房地产只统计新建住宅的空置，不含已卖出和房改房等空置，这种统计是毫无意义的。房屋的空置指的是凡盖起来的住房，只要没有住进人，在那里空闲着，都是空置房。目前我国没有一个城市有准确的空置数。我曾经晚上到东郊的一些小区看过，至少有40%以上的房屋没有灯光。我去年去了一次东海边，从青岛至威海的沿海边都盖起大量高中档的商品房，我去过几个城镇看过都是空的。我估计至少85%以上是没卖出的。北京街头到处能见到这些地区来北京散发的卖房传单。就连北京周边的固安、涿州、三河都借北京高房价的光盖起大量的住宅，都大大超出区域经济与人口的平衡点。而这么多的住宅多数来自国有银行的信贷。

从理论上说，只要是泡沫总有一天会破灭的，就像当初荷兰的郁金香泡沫一样。这个问题不早一点预防，将会由房地产泡沫破灭带来经济危机，这是必须提前关注的。

（3）高信贷率。我国金融信贷的发展，是伴随土地、住房制度的改革而发展起来的。1998年住房制度货币化改革时，全国个人信贷资金仅有800亿元，至2007年个人信贷资金已发展到3万亿元，相比增长30多倍，到2008年6月已达3.225万亿元，至今已超过4万亿元。房地产建设资金的60%都来源于银行信贷。个人信贷目前违约率并不高，就是泡沫破灭，自住房的信贷风险也不会很大，最大的信贷风险来自两方面：

一是房地产企业的建设资金信贷，盲目用土地抵押贷款，盖好的房子长期卖不出去，碰到泡沫破灭就会出现风险，规模大了还会引起金融危机。1992年的海南房地产泡沫破灭后，中央财政就拿出6个多亿贴给银行，那时的房地产规模与现在是无法相比的。

二是房地产炒作的信贷资金，如果泡沫破灭将会导致风险。这是必须预防的。

由于中国的房地产信贷资金大都来自四大国有银行，国家不会袖手旁观的，房价会随着结构的调整逐步回归到合理的位置，近几年房地产泡沫不会突然破灭，况且房地产泡沫也是少数城市突出，不是全国普遍现象，用不着过分惊慌。

（发表时标题为：《警惕房地产泡沫的破灭》，《中国房地产业》2014 年 1、2 期合刊）

推出“共有产权房”是完善住房保障制度的需要

最近国家建设部推出“共有产权房”试点，引起社会广泛关注。其实“经济适用房共有产权”的概念，从提出到国家推出试点前后经历了十几年的时间。我想弄清“共有产权房”提出的背景及探索它的可持续性对完善我国住房保障体系，以及房地产市场的健康发展意义是十分重要的。

一 “共有产权房”提出的历史背景与沿革

1998 年国务院对中国的住房制度进行了货币化改革，颁布了“23 号”文件，并提出“有钱人买商品房，中低收入者买经济适用房，最困难的住廉租房”的政策，规定经济适用房是房地产市场的主体。在没有建立与完善“中低收入者”进入和退出机制的情况下，北京就先后推出“望京”、“天通苑”、“回龙观”等几个大型经济适用房小区。而经济适用房的运作模式是：国家减免二十四种税费，土地在农民手里征购（只给农民青苗补偿费），以划拨的形式交给开发商运作，政府限价卖给中低收入者，由于中低收入者难以准确定位，这种运作模式运作中产生很多弊端。如：①很多经济适用房被有钱人买去出租，有人调查天通苑与回龙观小区出租率高达 40%，这就违背了政策的初衷，有一个时期，北京的经济适用房排队购买十分严重，倒卖一个房号竟高达 16 万元，而真正住房困难户没门路根本买不到经济适用房。因此，引起广大群众的强烈不满，更引起专家与学者对经济适用房的质疑与深入研究。②由于经济适用房用地是减免税费和划拨形式给开发商，地方政府拿不到土地出让金，积极性逐年下降。由于农民补偿过低，意见也很大。因此，有的地方对这种暗补形式进行改革试点，我国最早试点的城市是山东日照市。③经济适用房用地只给农民青苗补偿费，使农民失去土地，农民很有意见。中国的“小产权房”就是在这种背景下出现的。

2005 年上半年，山东日照市召开经济适用房改革现场研讨会，特邀我去参加，在去日照的火车上看到南京陆玉龙同志在《中国建设报》上的一篇文章，他提出“将共有产权引入经济适用房”的观点，我看了非常赞成，并在日照市经济适用房改革试点研讨会上发言肯定了他的观点，并在 2005 年 10 月 28 日和 2005 年 9 月 28 日先后在《中国建设报》上发表《经济适用房运作模式改革的有益探索——完善日照市经济适用房改革具有方向性意义》和《经济适用房政策要进行制度创新——日照市经济适用房“从暗补到明补”改革的启示》。

2006 年 4 月，我随中国社会科学院专家组去江苏做“循环经济发展”调查，路过南京时，陆玉龙同志到宾馆看我，要求我和他共同写一篇《共有产权：经济适用房制度创新研究》的论文。我同意了并对他的初稿进行了修改和补充，后发表在《中国房地产信息》2006 年第 8 期。在此基础上，以我的名义给时任江苏省委书记李源潮同志写了一封信，建议江苏安排试点。李源潮同志不到三天就批示了我的信，他不但同意我们的观点，还在江苏安排了三个城市进行试点。

2010 年 3 月 7 日，由国务院发展中心宏观研究部主办的“淮安住房共有产权保障模式创新研讨会”在北京钓鱼台召开，并邀请我参加，会上淮安市介绍了试点成果，我也做了一个发言（见《中国经济时报》2010 年 3 月 10 日）。这次会不少报刊进行了报道并引起争论。《新京报》就共有产权的十大争议对我进行了专题采访，并要我进行了点评，见《新京报》2010 年 3 月 27 日版。

由此不难看出，国家层面正式推出经济适用房的共有产权房是经历了理论探索、实际试点到正式推出的过程，这个过程经历了十年之久。

我认为，国家推出“经济适用房共有产权房”模式的时机已经成熟，会得到地方政府广泛支持的。

二　推出“共有产权房”是完善住房保障制度的需要

“共有产权房”的前提，是改变现有经济适用房的运作模式，由“暗补”改为“明补”是住房保障制度深化改革与完善的客观需要。在市场经济条件下，我认为只有建立经济适用房共有产权房制度，兼顾各方利益，才具有可持续性。因为共有产权房具有“商品性”与“保障性”的双重性质，通过经济适用房共有产权房的动态组合才能够实现“商品性”与“保障性”的统一。试点的实践证明：得到大多数中低收入者的拥护和赞赏，其效果明显。因为共有产权房模式具有以下特征：

1. 产权清晰，可与商品房市场接轨，实现了商品性与保障性的统一。所谓共有产权是指两个人以上共有财产，称为共有产权，这是有理论依据的。“经济适用房共有产权房”只不过把共有产权移植到经济适用房的运作模式中而已，其本质是一样的。经济适用房的个人部分与普通商品房一样，保值、增值，可抵押、可转让等并可将资产变为资本，这是传统经济适用房不具备的。

2. 从淮安的实践证明，价格不高，区位适中，百姓认可。淮安的做法是共有产权房执行政府指导价，一般低于市场的5%～10%之间，相对传统经济适用房不多掏钱。传统经济适用房为降低成本，主要征用郊区农用地，越征越远。而共有产权房以普通商品房为参照，不会越建越远，也不会形成贫民窟。

3. 有助于解决“夹心层”住房问题，实现住房保障的广覆盖。淮安市2009年就已将保障面扩大到中低收入者，并扩大到新就业人员的住房困难者。由于共有产权房的资金形成良性循环，补贴也会随之扩大。淮安共有产权房分为两种；一种是7∶3，即个人占70%产权，政府占30%；另一种是5∶5，个人与政府各占50%。这实质上是从补“砖头”改为补“人头”，并形成共有产权。

4. 以“出口”机制把住“入口”关。因共有产权房在“房屋登记簿”及其“房屋所有权证”上有明确的比例及权属关系，不能私下倒卖，因此，即使弄虚作假申购成功，倒卖时还必须交出政府产权收益部分，这就抑制了非法牟利的空间，消除了“入口”时的弄虚作假现象。淮安近几年来没有发现一起投诉和非法牟利的现象。

5. 共有产权房上市不会冲击市场。共有产权房通过政府采购，从供应、购买两个方面对市场产生影响，当房价高时，可由政府通过招标方式选择较低的商品房，供符合条件的人群自由购买；当房价暴跌时，政府可确定合理的低价楼盘作为共有产权房的资助对象，构筑市场底部，提高市场信心。以“共有产权房”与小户型普通商品房形成市场主体，满足广大中低收入者的住房需求。

6. 可实现住房保障基金的良性循环。共有产权房的资金来源是由土地出让金、规费优惠产生的收益和政府的直接投入形成“共有产权房”的保障基金。而这种基金是滚动发展的，随年限的延长越滚越多。通过淮安的测算，政府在投入第一笔共有产权房的保障金后，经过 5 年到 8 年的滚动发展，基本可实现资金平衡，形成良性循环。这与传统经济适用房的“暗补”和一次性消费预算相比有本质的区别。加之配套政策与便民措施，如物业管理、房屋维修资金由政府产权部分按比例承担，重新筹集时仍按产权比例操作，以体现公平和公正。

综上所述，依据“共有产权房”这些特征，地方政府怎么会有阻力呢？因为其一解决居民住房困难，是地方政府应尽的责任，用共有产权房方式解决困难户的住房，政府不仅收回土地出让权，还掌握部分产权收益，何乐而不为呢？其二政府用这种方式，可大大杜绝走后门与寻租行为，对于广大群众来说体现了公平与正义。其三用这种方式来健全和完善地方政府的住房社会供给保障体系，政府省心、群众满意有什么不好呢？所以我认为，当国家层面正式推出共有产权房试点的时候，地方政府没有理由产生阻力，因为这种模式考虑到了各个方面的利益和需求。

应当指出：各级政府要看到过去靠卖地维持地方财政收入的道路已经走到了尽头，单纯靠开发房地产拉动 GDP 的时代已经过去了，房地产业的三高，即高房价、高空置率、高信贷率的弊端已经非常突出，再不注意解决将导致经济危机。

三 未来的房地产市场结构与住房保障体系的初步设想

自1998年国务院对我国住房制度的货币化改革之后，伴随着房地产市场的快速发展所产生的一系列问题，也有不少方面值得总结和反思。例如住房的全部私有化与商品化政策，不仅助长了房地产的投机炒作，拉动了寻租、腐败的蔓延，也加快了社会阶层两极分化的速度，这是与社会主义本质相违背的。实践证明，完全靠市场这只无形的手，是很难真正解决社会的住房问题。

那么今后房地产市场深化改革的方向是什么呢？我认为，应从两方面着手。

1. 调整房地产市场结构。也就是说，要改变近十年来以大户型、高档房为主体的市场结构。过去十年中，市场是以100~180平方米为大户型高档商品房为主体，主要是为少数富人服务，因此，大户型商品房占65%以上。后来中央24号文件提倡90平方米小户型要占70%以上，但没有真正实施。小户型极缺，因此，形成房价越控越高的恶性循环，这种局面不改变，中国的房地产市场是没有出路的，也体现不了有中国特色的社会主义特点，必须改革。这种市场结构调整体现在两方面，一是建立以“共有产权房”和“小户型普通商品房”（90平方米以下）为主导的市场主体，并形成两头小、中间大的市场结构。两头小是指高档商品房（包括别墅）占房地产市场总量的10%~15%，加上廉租房不能超过30%，“共有产权房”和“小户型”占总量的70%以上。为大多数人民群众服务应是政府的宗旨，以体现社会主义特色。二是用法律和行政手段抑制房地产投机和炒作与正确认识和处理房地产三个属性的关系。三个属性，即自然属性、经济属性和社会属性。过去十年我们只注重了经济属性，而忽略了其他两个属性。自然属性是房地不可分和不可移动性，以及土地的不可再生性与稀缺性，东部沿海地区盖了大量商品房积压在那里，就是忽略自然属性的表现。社会属性包括公平性、福利性与社会保障性，即“居者有其屋”。过去十年社会保障被边缘化就是具体表现。

2. 完善住房与社会保障体系。今后的住房与社会保障体系主要由三个方面组成：一是共有产权的经济适用房。主要面向中低收入的工薪阶层（夹心层），通过补贴与市场化运作解决他们的住房困难，这是个大头。这种房是社会保障与商品性的统一。土地利用模式不用改变。二是廉租房。主要面向城市里靠拿政府补贴的最困难的居民，这个补贴面不应过大，要补贴的合理公正。三是公租房。目前不少城市都建设公租房，我认为，这部分公租房主要应解决农民工和在城市打工的单身人员的住房问题，只租不卖。

住房社会保障体系的保障房名称不能泛滥，起名要有科学依据，如北京提出的“自住商品房”概念就很不科学，经不起推敲。商品房还有“自住”和“非自住”之分吗？

应当指出：我国是具有社会主义特色的社会主义国家，所谓特色，就是有别于资本主义国家。社会主义国家的住房建设主要是为了满足全体劳动人民的住房要求，是为民生服务，而不是为少数富人投机炒作提供机会，这是由共产党领导的社会主义国家制度决定的，也是与资本主义国家的根本区别，其特色就体现在这里，由此可见，“自住商品房”概念，在理论上是站不住脚的。

（发表标题为：《共有产权房是保障制度的有力支持》，《中国房地产业》2014 年第 7 期）

实现人口城镇化需要破解的两大难题

据统计，我国 2012 年底城镇率已达到 52.27%，这包含两年以上在城镇工作的农民工，城镇户籍统计不足 40%，半城镇化的农民工达 2.6 亿。针对这种状况，在刚刚召开的中央城镇化工作会议，把推进农业人口市民化作为首要任务提出。习近平总书记指出：“城镇化是人口的城镇化，而不是土地城镇化。”这就说明在推行新型城镇化的过程中，不能成为单纯的城镇规模的扩张（导致新的圈地运动），而忽视人口的市民化。

目前，在推进人口城镇化的过程中首先要解决已在城镇工作的2.6亿农民工的市民化问题。但是，要解决农民工的市民化，使之真正脱离农业变为市民，需要破解两大难题。

1. “割掉农民工的尾巴”，使之成为真正的市民。所谓农业人口市民化，是指农民彻底脱离农业生产，变为在城镇从事二、三产业的城市居民，这才叫真正的人口市民化。要真正做到这一点，就必须促使农民工转让承包的耕地和居住用的房基地。这些是农民在农村生存的根基，要解除农民在农村生存的根基，政府必须为他们创造三个条件：（1）能在城市找到比较稳定的工作，并能养家糊口；（2）农民工的承包地要有偿地流动并保证不改变用途，使农民工愿意放弃承包耕地；（3）农民工的宅基地能与城里的公租房和共有产权房挂钩，并得到一定的补偿，使农民工进入城市能安居乐业。否则，农民工不会轻易放弃承包的耕地和宅基地。从当前的政策看这是个很大的难题。如果不割掉“农民工半城镇化的尾巴”，又怎么能真正实现人口城镇化呢？那么“尾巴”怎么割，这既涉及目前的农业政策又涉及农业的发展方向，要提高农业生产力就必须改变按人口计算的个人承包制，即分田到户。只有在改变政策制度的同时，才能割掉“农民工的尾巴”。这真是一个难题。但是，如果不能妥善的解决这些问题又怎么能真正实现人口城镇化呢？

2. 人口城镇化，首先城市要增加就业岗位，据统计目前我国城市人口失业率为4%～5%，不包括90年代末国有企业改制下岗的职工，这些人拿着国家发给的800～1200元的生活费，大部分闲待在家里，不算失业。在目前城里高房价、高物价、高消费的三高现实与贫富差距两极分化严重的背景下，如果盲目动员农民进城后果会怎样呢？难以预料。要化解当前“小城镇留不住人”、“大城市人满为患”的弊端，就必须注重实体产业经济的培育与发展，增强乡村地区自我造血的功能，像华西村那样发展劳动密集型产业，为农业转移人口提供更多的岗位。

从理论上讲，城镇化水平取决于两个条件：一是农业生产力水平，能够提供多少粮食和农副产品，供非农业人口消费；二是城镇实体经济，尤其是二、三产业能够提供多少就业岗位。单靠房地产的带动是不行的，盲目追求城镇化率也是不可取的。前十年不少地方领导把城镇化异化为“大拆大建大手笔，高楼大厦平地起，各种园区扎堆聚”。将房地产业作为基础产业和支柱产业，靠出让土地和房地产税收维持地方财政，导致实体经济“空心化”。没有认识到土地盖了房一次性卖出就再也没有经济循环的经济学常识；也没有认识到房地产在拉动 GDP 的同时却提高了房价，造成高房价、高信贷和高空置率三高风险。可见，单纯依靠房地产拉动 GDP 的路是不能再继续走了，必须认真培育城镇实体产业经济的增长和发展，为农业人口的转移提供更多的就业岗位。与此同时，地方政府要增加农村教育的投入，提高农民素质及文化水平，让农民掌握更多的就业技能，为完成向城镇转移提供条件。

总之，从城镇化的基本定义与新型城镇化的要点不难看出，城镇化的前提条件是提高农业生产效率，能满足城市人口的粮食和农副产品的需求是核心的基础，目的是提高城市与农村的生产力水平，改善生产和生活环境，缩小城乡差距，作用是通过工业化带动农业规模化、机械化和农业现代化，改革城乡基础设施条件，建立完善的城市经济网络体系，逐步实现马克思提出的“城乡融合”。只有从政策和体制上破解上述两大难题，农业人口城镇化才能顺利进行。

（本文发表在《城市》2014 年第 2 期）

如何才能真正实现京津冀一体化

京津冀一体化战略，是人们比较关注的热点话题。从 20 世纪 80 年代的“京津唐国地规划”到吴良镛教授带头搞得北京战略至今已有 30 年历史，有不少专家学者对此进行了研究和探索，但一直未取得实质性进展。过去的30年从行政角度说只有河北省积极，京津都不太积极。为了深化改革，为了给北京减负、减肥，改变环境的严重污染问题，习近平总书记把京津冀一体化提到国家战略的层面，在中央直接干预下有可能得到实质性的推动。但是，我们必须深入研究和探索：①为什么京津冀一体化能够引起高度关注？②经过近30年的研究和探索进展迟缓的根源是什么？③怎样才能实现京津冀一体化。这三个问题搞清楚了，需要解决的途径也就有了。

一　为什么京津冀一体化能够引起高度关注

京津冀一体化之所以引起高度关注，是因为原本是一家人的河北土地滋生出三个不同行政区划的兄弟，一个省内有两大直辖市，如不能遵循错位发展、优势互补的区域经济发展规律，必然产生一系列问题。由于在北京工业化背景的推动下，北京城市病十分突出，城市功能过于集聚，人口增长过快，环境污染加重，北京土地资源与水资源矛盾的突出，引起学界和广大人民的关注。

从历史的角度观察和研究京津冀的发展，不难看出只有遵循区域经济理论的错位发展，优势互补才是真正的出路。北京从明朝、清朝到1949年解放前的600多年时间里，都是一座名副其实的消费城市，那时的北京，所用的轻工产品和农副产品都是由天津和河北供给的。天津是华北地区的经济和金融中心。只是解放以后，在计划经济条件下，尤其是在“把消费城市变为生产性城市”的思想指导下，北京才开始发展工业，并经过几十年的努力，才形成门类齐全的工业体系，不仅成为政治中心，也完善了经济中心的功能。在河北省这块不大的土地资源内形成了两座规模相差不大、功能相近并相互竞争资源的特大城市，从长远看两者发展都受到制约，这是引起高度关注的根源。

常言道：“一山不容二虎”。河北这么个小地方资源是有限的，距离不足120公里，不能容纳功能相近的两座特大城市。只有重新定位，错位发展京津冀，三者才能协调。这是历史经验所证明的。

二　京津冀一体化的优势与阻力在哪里

从理论上讲，京津冀一体化可以取长补短，优势互补，节约资源。

如：①北京已十分膨胀，资源短缺，尤其土地资源和水资源。从三者一体化的战略上讲，北京可以充分利用天津机场，用不着开拓南郊的第二国际机场，因为天津机场大有潜力可挖，北京的第二机场距天津机场不足百里。②北京用不着到唐山投资另建港口，可充分利用天津的资源，目前的四大港口“天津、唐山、秦皇岛、黄骅”都吃不饱，并形成了毫无意义的恶性竞争。③河北因受限于水资源保护，工业都不让搞，这种不公平的生态补偿制度使河北的发展雪上加霜，造成了环京津周边的贫困带，如北京执行中央批示的“两轴两带多中心的规划”，北京只定位于政治和文化功能，可有大量的经济功能转出，减轻北京环境和人口压力。但由于行政壁垒的关系，这些中央指示都做不到，可见，习近平总书记要求京津冀协调发展时，强调打破“一亩三分地”的思维模式是多么重要。

从历史与客观上看，阻力主要来自三个方面。一是行政壁垒阻碍了协调发展，尤其是北京和天津长期以来，都想成为本地区的经济中心，在资源稀缺、产业类似的背景下，这种竞争必然影响协调发展。二是违背了区域经济和城市经济错位发展的理论，形成协调发展的阻力。按城市辐射理论讲，大城市的辐射和吸引力一般是 300 ~ 500 公里，而北京与天津之间只有 120 公里。三是规划与市场的分割阻碍了资源的合理配置。有人说“以市场为主导就可以克服行政壁垒”，我认为，这是不可能的。因为我国的特色社会主义市场经济，是在国家五年计划指导下的有计划的市场经济，不是以私有化为主体的自由市场经济。在这种背景下，让各级领导不干预经济是不可能的。因此，只要京津冀三者的规划（五年规划与长远规划）不统一，规划与市场的分割就无法解决，可见规划与计划是京津冀协调发展的基础。

当然北京执行中央规划指示不积极，也有一定的客观原因。一是政治功能突出，这是国家实力的表现。因此基础设施必须先进和配套，这没有经济功能的支持是无法完成的。二是北京尤其改革开放之后的 30 多年快速发展，已经成为华北地区的经济中心，“从经济发展阶段上看，目前北京的经济已是后工业化时期，天津则是工业化中期，河北则刚刚迈入工业化中期，产业结构落差大，存在明显的产业链断裂”，京津与河北之间已形成了极端的“核心—边缘结构”。这些问题的形成有多种历史原因，不解决这些问题，不从北京的重新功能定位上去着想，由顶层设计推动是很难有进展的。

只有将天津（含滨海新区）培养成为真正的华北地区的经济中心、金融中心、货物集散和服务贸易中心，使河北成为北京经济功能疏散的承接地，实现错位发展，京津冀才有可能协调发展。北京是首都，主要功能应是政治、文化功能，其他功能应大大削减，而不是建立周边中央政治功能的副中心。北京和天津，可考虑纽约和华盛顿的分工模式。

近些年对京津冀的研究和探索很多，但进展迟缓，北京和天津之间，为争夺中心，一直明争暗斗，既缺少民间经济互补的动力，又缺少官方协调。

三 重提京津冀一体化的背景

五年前为解决北京的“城市病”，北京在规划上做了战略调整，提出“两轴两带多中心的战略规划”以克服摊煎饼式的向四周发展。当时党中央国务院对北京的批示中，只批北京市是政治与文化中心，没有批经济中心，目的是让北京逐渐减少经济功能，给北京减肥，之后不久，北京首钢逐渐搬到昌平与河北的唐山，但北京的经济功能并没有减弱，汽车厂与其他的各种市场在北京的各个角落兴起，人口不但未减，反而外来人口逐渐增加，目前常住人口加上外来人口已接近2500万。当然北京未执行国务院减少经济功能的批示也有客观原因，在分税制的背景下，北京减少经济功能就无法维持现代交通的修建和维护，因此，造成北京人口拥挤、交通堵塞、雾霾加重，严重影响北京的生存条件，国内外对北京的环境反响强烈。中央从环境角度开始重新重视京津冀一体化问题，其实质不仅仅是一个环境问题还涉及国土资源的合理利用以及交通和产业布局合理分布，解决重复生产等一系列问题。在这种背景下，习近平总书记到北京召开京津冀一体化座谈会，把京津冀一体化上升到国家战略层面，提出：“打破一亩三分地的思路”，在这种情况下再度引起北京、天津、河北以及社会各界对京津冀一体化战略思路的重视。

四　国家战略为京津冀一体化创造了条件

把京津冀一体化上升为国家战略层面，并成立以政治局常委张高丽为组长的京津冀一体化领导小组，只有在国务院直接领导下，打破行政壁垒，打破规划与市场的分割，按照区域经济学的错位发展理论，统一规划，分步实施，才能真正实现京津冀一体化。

1. 规划的统一是实现一体化的前提。规划可分四个层次，其一是国土利用规划的统一是空间合理利用的前提。我国是人多地少、人地矛盾非常突出的国家，它涉及耕地保护与粮食安全，以及社会稳定，所以要把国土利用规划放在首位。其二是三地交通规划的统一，机场、铁路、公路（高速），从大流通的角度考虑三地交通的统一。其三是环境规划，城市环境包含三个层次，即生态环境、文态环境与社区环境。三地应考虑大环境的规划。其四是税收、金融、物流市场以及房地产开发规划。房地产不能盲目开发，目前北京周边的河北县城房地产已开发过度。

2. 分解首都经济功能，应把北京建设成为国际化的政治、文化、高科技功能为主体的现代化大都市。要把北京的产业功能、经济功能逐步向天津滨海新区与河北转移，使北京减肥。不是在北京周围建立政治分中心。可像美国的华盛顿与纽约分工一样，突出各自的特点。

3. 把天津（以滨海新区为主）建设成一个华北地区辐射东北亚的经济、金融、物流中心。在经济上以天津为主导带动华北，辐射东北地区的经济发展，使之成为经济、金融、物流中心，并促使秦皇岛、唐山、黄骅、天津四大港口协调发展。并将河北打造成为两个特大城市的后方基地和城市群形成的基础，使京津冀真正实现一体化。

4. 三地的邮政、通信、区位和票据结算应该统一，这是提高效率的重要手段。北京重新定位以后，财政上的缺口应由中央统一负担，以减轻北京市政府的压力。

综上所述，目前京津冀一体化的外部条件已经逐步成熟，在国务院的统一领导下，京津冀一体化是可以实现的。

应当指出：推进京津冀一体化的目的，一是要使北京减肥、瘦身，使北京的主体功能政治中心和文化中心突出，缩减经济中心的作用；二是培育天津滨海新区，使天津成为华北地区经济中心、金融中心和物流集散中心；三是通过三者的重新功能定位，弥补河北这个短板，使其成为北京、天津的区域经济基础，使河北的工业上一个新台阶。

（注：此文发表在《城市》2014年第7期和第9期，是两篇合并而成）

附录2　刘维新晚年诗文汇编

青山绿地相连

2003年的春天，
北京爆发SARS病毒传染，
北京街上无人行走，
饮食行业大都关店……

小女担心父母安全，

把我们接到温哥华那边。
温哥华的郊外啊，
山水相通空气格外新鲜……

在那青山绿水相连的郊外，
人烟稀少，山清水秀让人思绪万千……
女儿女婿相陪、外孙相伴，
我们内心如蜜润喉、心里格外甜。

（2003 年 7 月 20 日写于温哥华的山边）

东京赏樱花

女儿相陪东京行，
观赏樱花情更浓；
上野公园虽拥挤，
情深义重显轻松。

（2004 年 4 月写于东京）

唯独日本富士山，
火山余热形成泉；
富士周边温泉多，
泡罢温泉美食餐。

（2007 年 8 月 16 日写于富士山温泉）

思念（七绝）

秋风阴雨内心寒，
细雨绵绵一整天；
孤灯单影随身闪，
时光漫步度如年。

（2007 年 10 月写于北京家中）

欧洲行

天高气爽欧洲行，
八个国度各不同；
异国他乡别风味，
感慨万分难忘情。

荷兰风车莱茵情，
威尼水城情意浓；
巴黎塔奥大利屋，
梵蒂教堂传盛名。

瑞士钟表销世界，

罗马斗兽是个景；
比利时的原子塔，
体现了欧盟一统。

（写于 2010 年 9 月 27 日）

为周诚教授祝寿

葡萄美酒味甘甜，
学友聚会情趣添。
敞言笑谈忆往事，
历历在目记心间。
开怀畅饮心灿然，
知足常乐笑开颜。
精神邃密合时宜，
人生喜逢过晚年。
青春岁月虽亦远，
耄耋之年还呈献，
心旷神怡生活美，
共为周老祝寿宴。

（写于 2010 年 12 月）

给白仲尧拜年

新年最是守真诚，
总有凡尘不老情；
寒雪封门思远去，

飞鸿依见问候声。

（2012 年春节邮件）

仲尧回诗：

真情最是不老情，

坚冰寒雪化晶莹；

挚友谊深长相忆，

飞鸿问讯热泪盈。

参观胜利字画店

燕胜轩字画店，

寄托两颗心愿；

展示技能窗口，

成败全在奋战。

（2014 年 6 月燕灵陪同下参观）

中秋节家宴

八月十五家团圆，
四世同堂吃家宴；
怀抱重孙在当中，
孙子夫妻坐两边。

乳山疗养

乳山就在东海边，
乳头山上显特点。
院里组织来疗养，
党的温暖记心间。

白天游泳晚联欢，
饮食丰盛笑开颜。
欣赏近处风景地，
远游威海纪念馆。

感受祖国新变化，
高楼大厦遍地现。
交通顺畅基础好，
生活美满人气添。

（2011 年 7 月写于乳山）

虎 年

虎到百兽惊，
年来又春风，
好事常相伴，
运至万事通。

心存凌云志，
相去万里行，
科研创新多，
成功破九重。

（写于2010年春节）

庆祝抗美援朝60年

立春过后万物生，
跟随“天伦”朝鲜行。
志愿陵园祭岸英，
板门参观赞英雄。

（写于2010年5月29日朝鲜羊角岛饭店）

为弟鸣冤[①]（打油诗）

我弟毕业工学院，

① 写于2014年9月深夜。弟弟刘维钧，共产党员，生前是兴隆小三线军工厂书记、厂长。

分配兴隆小三线。
天津市里大后方，
生产肩扛小火箭。
从技术员到厂长，
样样事情都能干。
改革开放要撤销，
为民请愿遭暗算。
他心想的是职工，
贪官脑里全是钱；
下岗职工三千多，
五十不到退二线。
待在家里心烦恼，
血流不顺得血栓。
躺在床上仅两年，
心中憋闷命归天。
全国下岗七千万，
这个责任谁来担？
为国为民尽忠心，
贪官不反难闭眼。
近平执政随民愿，
雷厉风行反贪官，
苍蝇老虎一起打，
拯救民族大危难。

野鸭湖湿地公园参观（自由体）

在十月的秋天，
院里组织离退休人员去湿地参观，
出城向北，拥堵的车辆望不到边，
走了两个多小时才到居庸关。

过了居庸关，
车速加快空气新鲜；
马路两旁的山上，
看不到头的红叶连成片。

车行的前面，
已经进入延庆的地面，
从南向北走来，
真是跨过长城南北两重天。

野鸭湖湿地的面积万顷，
各种资源十分丰满；
鸟类就有两百多种，
还有丰富的水草产品资源。

97 年开拓出野鸭湖湿地公园，
它就处在官厅水库的旁边；
打造成了一块旅游胜地，
现已成为北国的一条风景线……

这不仅增长了游客的知识，
更促进了旅游事业的发展，
带动了本地区的经济，
拓宽了饮食产业的客源。

国家的兴旺发达，
使我们这些老人颐养天年。
社会的进步环境的改善，
促使中华民族的梦想早日实现。

（2014 年 11 月 14 日发表于中国社会科学报家园专刊）

记忆——庆祝新中国成立 60 周年

我出生后的第一个记忆，
是“七七”事变日寇的烧杀掠夺；
我的母亲抱着我呀，
为活命东藏西躲，四处奔波……

在那苦难的岁月里，
国破家亡，流离失所；
生命　朝不保夕，
哪里还有一点点儿时的欢乐。

我的第二个记忆，
是日寇投降传来的喜悦电波；
我开始进入共产党领导的校园，
享受着阳光明媚的学校生活。

在党的领导下打土豪分田地，
农民开始有了自己的安乐窝；
在那送旧迎新的年代里，
人民喜悦的脸上像绽开的花朵。

我的第三个记忆，
是新中国成立时毛主席声音的电波；
只用几年新中国就铲除了娼妓、吸毒的危害，
并做到了从农村到城市人人都有工作。

“156”项工程的设计与建设，
是新中国工业基础建立的探索；
在“一穷二白”的中国土地上，
用“自力更生、奋发图强”战胜了敌人的封锁。

我的第四个记忆，
是废除了“租界”和“不平等的卖国条约”；
中国人民真正站起来了，
帝国主义再也不敢对中国掠夺。

抗美援朝取得了胜利，
中印边界战争也获得了闻名世界的战果；
“两弹一星”的自主创造，
震撼了世界头号帝国……

我的第五个记忆，
是改革开放后经济体制的变革；
从农村到城市，
迎来经济发展的累累硕果。

改革30年的经济快速发展，
是中华民族“振兴中华”的寄托；
60年来风风雨雨的顽强奋进，
由贫穷变为世界经济总量的第三大国。

记忆中的酸甜苦辣，
是对新旧中国的历史叙说；
60年中华儿女的开拓进取，
开创了中华民族前进历史的先河。

（发表于2009年10月《中国房产金融》第十期
2016年4月29发表在《中国社会科学报》4版）

军博公园观风筝

五月晴空格外明，
良辰美景放风筝。
今朝创业宏图展，

往昔辛苦壮志盈。

（写于 2009 年 5 月 1 日）

吴哥窟观感

天气炎热路不平，
奔到吴哥不轻松；
金边吴哥本不远，
崎岖土路实难行。

古城吴哥声在外，
神秘面纱奥无穷；
只因战乱国衰败，
无力修复显威风。

（写于 2013 年 3 月 21 日吴哥）

胡志明市印迹

走进越南最南边，
参观西贡中心点[①]；
法国殖民留建筑，
现代邮局仍呈现。

（写于 2013 年 3 月 28 日胡志明市亚洲大酒店）

① 越南统一后，西贡市改为胡志明市。

有感君子兰盛开

像一幅名画，
悬于写字台面，
那是一盆君子兰。

其叶叠翠，
凛凛香气透示笔端。
花的到来，
使我兴奋不已。
躺在床上难眠，
梦里仍然出现。

（写于2009年春节家中）

温州的变迁[①]

二十年前曾参观，
街道破旧没特点；
小商品发展迅速，
假冒伪劣到处传。

今日再来重新看，
面貌与前大改变；
五马街，江心屿，
温州特色已显现。

假冒伪劣不再见，
品牌产业盛誉传；
商品畅销全世界，
温州变化人人赞。

（2014年10月29日写于温州东瓯大酒店）

① 2003年曾到温州参观城市建设，这次是随康乐号老年考察团去温州参观。

雁荡山5A地质园

风景优美雁荡山，
北雁南来度冬天；
奇石碧水收眼底，
因此得名世代传。

剪刀峰、流泡岩，
石熊独立站中间；
地质独特出佳景，
峰洞相连显奇观。

国家推荐古遗产，
评定5A地质园；
名声在外誉全球，
奇特景区供人参①。

（2014年10月30日写于雁荡山宾馆）

参观诸葛八卦村②

千年建筑万年情，
诸葛后代传家风；
“八卦”中国独一处，
保护遗产留正宗。

（2014年11月1日写于鹰潭骏安国际大酒店）

① 雁荡山2005年被联合国评定为5A级世界地质公园，现已成为国家重点风景旅游区。

② 八卦村，是诸葛后代留下的遗产，整个村落以中钟池为核心，八条小巷向外辐射，形成内八卦，村内保存完好的古建筑有200多座。村落景观，既有鳞次栉比的古建筑群，又有环水塘而建的商业中心，全村形成一个变化丰富而统一的整体。

参观景德镇瓷展

景德古镇上千年，
瓷都美名世纪传；
艺术烧烤变瑰宝，
时间越久越沉淀。

（2014 年 11 月 1 日写于列车上）

鄱阳湖参观①

① 鄱阳湖湿地公园是亚洲湿地面积最大、物种最丰富、景观最美、文化最厚重的国家湿地公园，园中有白鹤、天鹅、大雁等国家重点保护鸟类。仙鹤的 90% 以上都集中在这里。

鄱阳碧水浪波远，
湖泊湿地紧相连；
生态调节显威力，
候鸟群居度冬寒。

（2014 年 11 月 2 日写于鄱阳湖观察塔上）

龙虎山独特景观[①]（七律）

① 龙虎山拥有世界地质公园和世界自然遗产“双冠”称号，国家 5A 级景区，以“神仙都所”、“人间福地”而闻名天下，是我国道教的发源地和道教名山。有典型的丹崖地貌特征，山水自然而成，美轮美奂，丹崖碧水，山水交融，还有千古未解的古越崖墓之谜，完美结合，交相辉映。

玉碧凌空悬木棺，
龙虎独特一景点；
艺人高空展绝技，
船夫载人水中观。
鱼鹰整齐站船边，
待命捉鱼箭在弦；
江心乘船观景色，
奇山异景收眼帘。

（2014 年 11 月 3 日晚写于宜昌金狮宾馆）

三峡人家[①]

两面山谷中间峡，
山谷里面有人家。

---

① 三峡人家风景区有四种人家：①水上人家；②山上人家，主要是土族；③今日之家；④溪边人家。体现靠山吃山，靠水吃水的特征。

三峡人家共四种，
各有根基和文化。

（2014 年 11 月 4 日写于山上人家）

参观三峡大坝有感[①]

建设三峡大坝的梦想，
起源于“革命先导”孙中山，
可是革命尚未成功，
军阀混战与之无缘。

第二个提出梦想的，
是咱伟大领袖毛泽东，
“高峡出平湖”的壮丽诗篇，
为我们展示出美景一片。

改革开放之后，

① 2014 年 11 月随老年团参观三峡大坝有感。

把人们的视野拓宽，
三峡大坝的修建，
被提上议事桌面。

“人大”争论不小，
主战派占多数而决定拍板，
采用多渠道集资，
还向全国发行了债券。

1994年破土动工，
不到五年梦想初步实现，
总投资1800亿，
到2007年全部归还。

防洪效果十分明显，
从十年一遇提升到一百年，
建成32台发电机组，
已向全国各地输电[①]。

这项闻名世界的工程，
速度、效益把世界震撼，
坚持社会主义特色的优越性，
什么梦想都能实现。

（2014年11月4日写于宜昌金狮宾馆，已发表在2015年3月28日《晨报》）

① 据介绍三峡每天的发电量按价格计算可收入一亿元。

三次光顾古隆中[①]

三次光顾古隆中，
每次感受均不同。
诸葛智慧古今赞，
贤德治国让人崇。
隆中改为景观区，
教育后人归正统。
中华文化传四海，
文化精神一脉通。

（2014 年 11 月 6 日写于襄阳川惠大酒店）

① 1996 年第一次去襄阳是参加土地租赁改革会议，第二次 2004 年去调查科技兴市，第三次 2014 年 10 月随康乐老年团考察。

三峡大瀑布

三峡瀑布奇观，
飞流直下三千；
汇集天下游客，
人人为之赞叹。

西部旅行记事之一
——嘉峪关

甘肃西部嘉峪关，
长城西边的起点；
向东逐步的延伸，
万里东至山海关。

它是历史的象征，
体现防卫的前沿；
是中华民族之魂，

轰动世界的经典。

西部旅行记事之二

——登上火焰山

登上新疆火焰山，
满身汗迹心如煎；
太阳如火难伸手，
铁扇公主是神传。

西部旅行记事之三

——天池景色

山顶积雪山中湖，
天池悬在半山中；
独特地质出景色，

圣水祭潭显神灵。

西部旅行记事之四

——敦煌莫高窟

我国敦煌莫高窟，
俗称藏有千佛洞；
是世界著名遗产，
享受着世界盛名。

（写于2012年6月5日）

我为什么崇拜毛泽东

——为纪念毛泽东诞辰121周年而作

我为什么崇拜毛泽东？
是他领导的政党，
运用马列主义的理论，
将灾难深重的劳动人民唤醒。

为了挽救危难的民族，
他率领人民军队前仆后继，
爬雪山、过草地，
走过两万五千里长征……

经过抗日、内战艰苦卓绝的战争，
搬掉压在人民头上的三座大山，
人民成为真正的主人公，

才有中华人民共和国的诞生。

我为什么崇拜毛泽东？
是他给了人民尊严和新生，
新中国刚刚成立，百废待兴，
美帝就联合十八国发动了侵朝战争。

面对强大敌人的疯狂进攻，
他的胆识让“麦克阿瑟”清醒；
这场战争历史上罕见，
打出了志气，赢得了几十年的和平环境。

从此中国人民站起来了，
就连他的敌人也不能不敬，
中印边界与“珍宝岛”两大战争，
更是打出了中国人民的威风。

我为什么崇拜毛泽东？
新中国成立短短三年中，
就把旧中国遗留下来的吸毒、妓院，
清除的干干净净。

在“一穷二白的废墟上”，
五年的时间就完成“156 项”工程。
十几年的时间，
完善的工业体系就已建成。

三年自然灾害、苏联撤走专家，
用“自力更生、奋发图强”的精神，

克服了重重困难发射了“两弹一星”，
这些成就使世界强国震惊。

我为什么崇拜毛泽东？
他一心想着人民，无私奉献、两袖清风，
他从不隐瞒自己的观点，
光明磊落为人民奋斗一生。

在革命年代，
他一家六口为革命贡献出生命。
他严格要求、以身作则，
树立了令人称赞的家风。

在淡化中他的思想走向永恒，
在污水中他的人格越发晶莹。
他才华横溢、文韬武略，
连美国都把他的塑像立在白宫。

我为什么崇拜毛泽东？
是他指出社会主义的远景；
为捍卫马列主义的纯洁，
他很早就和“赫鲁晓夫”斗争。

为了防止中国复辟资本主义，
他七十三岁高龄还向走资派发起冲锋。
尽管这次冲锋有不少争议，
但是他的英明判断已被历史证明。

他的思想已被历史的长河检验，

时间越久，越显示出他的英明。
他那大公无私的胸怀，
他的骨气、勇气、志气永远让人崇敬。

我为什么崇拜毛泽东?
是他的灵魂十分洁净;
一个国家的领导人，
心里装着民众社会才有正义和公平。

我与毛泽东非亲非故，
也没有一点点私情;
是他的灵魂感召了我，
是我心底喷发出来的崇敬。

我崇拜毛泽东，
我赞美毛泽东，
他是东方的巨人，
他是中国人民的大救星。

（2014 年 11 月写于北京）

附录3　奋斗的人生

——记我的父亲刘维新

1974 年 9 月，我从通县张家湾农村插队抽调回城，分配到北京无线电仪器厂，那年我 18 岁。当年正巧父亲单位在城里分配了一套住房，我们家就从居住了 18 年的通县搬到了现在居住的西城三里河。

父亲那时担任中国科学院物资局副局长，掌管着全院的物资供应和指标分配大权，那会儿正处在计划经济时期，买什么都要票，按计划供应，所以这个职位是很让人羡慕眼红的。当时父亲 38 岁，正值中年。

父亲 15 岁从河北老家出来谋生，到天津给杂货铺老板当学徒，饱受了生活的艰辛与磨难。但他有一种敢于面对困难、勇于挑战自我的信心和勇气。他知道要改变命运，就要靠知识和自己的努力。在学徒期间，他挤出时间上夜校，充实自己的文化底蕴。正是这种积极向上的努力，终于有了回报。没过两年，正赶上中央机要局在天津招聘，他把握住了机会，应聘来到了北京。后来中央机要局解散，他被分配到位于通县的中国科学院印刷厂。

从把家安到通县以后，直到“文化大革命”前夕，父亲除了工作之外，一直在电大学习中文专业课程，这为他日后在事业上的腾飞打下了坚实的基础。他喜欢文学诗歌，业余时间把自己创作的一些诗歌短文投稿给报社，在《北京晚报》发表过几首小诗。看着自己的手写稿变成了铅字“豆腐块”，他很是欣慰自豪。

我和妹妹都是在通县印刷厂长大的。在我的童年印象中，留下更多的是辛酸和痛苦的记忆。

我小学三年级就开始了轰轰烈烈的"文化大革命"，那会都要响应毛主席号召，全民参与"文化大革命"。学校停课闹革命，到处都是大字报，倡导大鸣、大放、大辩论，整天批斗、游行、学毛著。红卫兵造反派一时风生水起，势不可挡。父亲那会响应毛主席号召，参加了造反派，还被推举当了个头头，整天开会、游行、写大字报，忙得顾不上家，所有的家务劳动都由母亲承担下来。

我的母亲淳朴善良，默默承担起养育子女的所有家务劳动，从无怨言。我那会儿十岁，也能帮着母亲买菜做饭干一些力所能及的家务。

从上中学开始，父亲的命运急转直下。另一派掌权后，把他打成"5·16反革命"分子，扣上了许多莫须有的罪名，关押起来。在长达近两年的关押期间，广播大喇叭天天播放批判刘维新的文章，我们全家也被视为"5·16反革命"家属，遭到周围人的鄙视和攻击。记不清有多少次，我和妹妹在外面受了委屈，回来向母亲诉说，说着说着三个人就抱头痛哭起来，那情景，至今历历在目，难以忘怀。我和妹妹幼小的心灵受到极其严重的伤害。

1972年，我中学毕业后，就背着行李下乡插队了。那时父亲的案件得到了平反，恢复了工作，调到中国科学院院部工作，家里的生活才逐渐恢复了平静。

1980年，由于干部政策上的调整，父亲被选送到中国科学院干部管理学院管理系学习了两年，回来后分配他去下面的研究所工作。父亲为此徘徊痛苦了很久，最终还是决定离开中国科学院的领导岗位，而去了中国社会科学院财贸所从事科研工作。那一年父亲46岁。

46岁，人到中年，从领导岗位退下来，转入科研工作，这是常人无法想象的，这需要怎样的决心和勇气啊！

父亲是一个不会轻易认输的人，一旦认准的事，不干则已，干就一定要干出个名堂来。

到财贸所后，他选择了"城市经济"这个崭新的领域进行课题研究。"城市经济"这个学科主要研究今后城市的发展、规划、未来走向等，并结合当地的资源及人文社会综合情况，为政府和决策机构提供前瞻性的可行性分析调研，为领导决策减少失误提供理论上的依据与支撑。

在短短几年间，父亲的足迹就踏遍了祖国的大江南北。并先后搞出了一大批具有前瞻性、高质量的调研成果。像《中国昆山的崛起与可持续发展》、《社会主义城市经济学》、《中国房地产经济研究》等一大批学术著作，先后在业界学术报纸和期刊上发表，许多研究成果被政府决策部门采纳，为当地的城市经济发展做出了重要贡献。

从 1982 年父亲从事科研工作以来，经过十几年的勤奋努力，他从一个门外汉，变成了一位业内著名的经济学家、教授、研究员，成为中国城市经济学领域开拓者之一。他的有些著作和理论，被选作高校城市经济学专业的教材。

在学术研究方面，他先后发表各种学术论文 200 多篇，数百万字。个人专著就有十几部，像《城市发展 · 土地利用与房地产》、《中国土地租税费体系研究》、《论城乡土地统一管理》等著作在经济学领域都产生过较大的影响。他的许多著作和论文都有着自己独到的观点和见解，一些研究成果多次获得部委科技进步成果奖和优秀成果奖。特别是他们科研组调研的西部地区人口与资源等方面的研究课题成果，引起了中央领导的高度重视，朱镕基总理亲自批示，为中央决定西部大开发奠定了理论基础。父亲另一项关于盲目开发、滥占耕地的研究成果，也得到了温家宝总理的批示，为中央制订口粮田红线、土地规划合理开发利用等一系列政策，提供了理论上的依据。

一位专家学者的科研成果，能够引起两位总理的重视，并都做了批示，这在社科院历史上也是前所未有的荣耀。

近几年，父亲虽然退了下来，但一直没有停下奋斗的脚步。“老牛自知夕阳晚，不用扬鞭自奋蹄。”他除了应邀为一些城市讲学外，还担任《中国房地产金融》杂志的主编，并时刻关注业内一些最新的研究成果和学术动态，并发表一些自己的理论文章和学术观点。2015 年，他把自己多年的学术成果整理汇总，出版了一部《刘维新解析城市经济学》一书，受到业内专家学者的广泛好评。

父亲的一生，是坎坷的一生，是辛劳的一生，更是奋斗的一生。父亲从一个头顶高粱花，脚踩胶泥瓣的乡村土娃子，成长为中国经济学界的著名专家学者，生命轨迹中的每一步印痕，都浸透着他拼搏奋斗的汗水，展示着他奋斗的人生。

长子：刘胜利

附录4　我心目中崇高伟大的父亲和坚强不屈的母亲

我的童年是在“文化大革命”中度过的，“文革”期间经历的诸多事件，至今使我记忆犹新。

原本我应该是7岁上小学，但由于“文化大革命”耽误了1年，8岁才上小学一年级。那一年由于妹妹的出生给我这8岁的孩子身上增加了负担。每天放学要看妹妹，做饭、干家务，这样学习的时间就减少了。渐渐的学习成绩也下降了。在我家境最困难的时候，也就是在爸爸被关押期间，是高老师不仅在精神上帮助了我，而且在学习上帮助我。他经常放课后在办公室里为我补习功课。就这样，在我小学5年级时跳了一级直接升入初中，没有继续上六年级。因此在我的童年人生中高老师是我永远不忘的老师，也是我的恩师。

一个难关过去了，又一个灾祸降临了，1972年至1973年当时我12岁，我哥哥15岁，妹妹只有4岁，因为所谓的反革命集团事件，爸爸被无缘无故的软禁起来。在狱中，他们审问拷打父亲，非让他说出同伙是谁，只因父亲正直，宁可自己死也绝不无辜伤害一个好人，因而受尽了屈辱。开始他们把父亲关在县城里的一个地方，在这期间与家里人无任何联系。我们全家谁也不知道他的下落。当时，靠妈妈一个人的工资养活我们兄妹三人，是妈妈一个人支撑着这个家。我从小没有穿过几件新衣服，脚上穿的鞋都是露着脚指头的，衣服上补着补丁。那时候妈妈顶着各种各样的压力及生活上的压迫，省吃俭用。每天回到家里不停的哭，眼睛都是红肿着的，经常一边哭一边对我们说："你爸是死还是活着呢，连个音讯都没有。"用妈妈自己的话说，"眼泪都哭成河了，也不见你爸的踪影"。她经常对我们说："你们要相信爸爸，不要相信别人的胡言乱语，你爸爸是最值得相信和最值得尊重的父亲"。那时候我还小，不怎么懂事，但自从爸爸被转移回工厂后，他们命令我们给爸爸送饭，这对我们来说是多么高兴啊。可以每天与爸爸联系了，可是万万没想到，送饭哪里让你见人，只让我们把饭送到传达室门口。之后再派专人送到里面去。后来，妈妈想了一个办法，给爸爸送饭时在一个细细的小纸条上写上我们要说的话，再塞进米饭或馒头里，无论是刮风下雨还是三九严寒，由我和哥哥轮换着给爸爸送了将近一年半的饭。为了留做纪念，妈妈一直把这个饭兜子保存着。在那样的时候，有谁能理解我们全家人的心情？又有谁能够帮助我们，安慰我们，给我们温暖呢？在那些年月就连跟我们说句话的人都没有，人们见到我们全家都躲着，翻着白眼看我们。就连上学也不得安宁。在学校，同学们骂我"反革命的女儿"、"小 516 分子"，"你爸爸那是 516"，他们每天指着鼻子骂我，偷我的东西、打我，当时我真受不了，但是也只能默默的哭。回到家，每天大喇叭广播"反革命 516 分子"家属某某，妈妈和哥哥忍受着无数的谩骂和唾弃。当时记得大卡车每天都载着爸爸从家门口路过，爸爸胸前挂着大牌子，上面写着"反革命分子"，每当这时，妈妈都会冲出家门，冲着大卡车呼喊"你一定要坚强的活着，我们相信你！""然后抱着哥哥一起大哭。这种场景至今仍印在我的脑海里，永生难忘。

记得有一次，我领着妹妹在厂门口玩，忽然看到看守把一个人领出来放风、晒太阳。我领着妹妹好奇地走过去，仔细一看，这不是爸爸吗？我立刻喊了一声爸爸，妹妹听到我叫爸爸，说爸爸在哪？我急忙说这就是爸爸啊！因为妹妹生下来以后还没有见到过爸爸，所以不知道爸爸长得什么样子，妹妹听我喊就跟着一起喊"爸爸，爸爸！"我和妹妹都哭了起来，扑了上去。可是大铁门把我们拦在了门外，这时看守见到我们喊爸爸，急忙说“躲开躲开，不许靠近。”我们俩只好隔着铁栏杆眼望着爸爸。爸爸难过的说“这是小荣啊，你们都好吗？妈妈也好吗?”爸爸说着声音颤抖着，这时我看到爸爸是那样的消瘦、憔悴，年仅30多岁脸上已布满了皱纹，乌黑发亮的头发也变得屡屡苍白。看守看我们还在说话，就对爸爸说：“回去吧，不许再放风了。”就这样，我们和爸爸分别了。

又有一次，他们把爸爸带出来批斗，哥哥出来晒被子正好碰上。哥哥赶忙上去对爸爸说“爸爸您到底犯了什么罪，他们为什么要对您这样?”爸爸激动的说：“我没有犯什么罪，事情总有一天会搞清楚的。”这时候来了一个姓于的看守立即打了哥哥一拳说：“谁让你和反革命分子讲话，你不知道我们去批斗么?”哥哥听到这样侮辱人的话而且蛮不讲理，顿时火冒三丈，抡起拳头就打，这样两个人就扭打起来。爸爸见此情景急忙说：“小利，快回去吧，你闯祸了。”哥哥说：“我不怕，我跟他拼了。”姓于的一听立刻软了，说了声：“好，对不起行吧。”转身拽着爸爸就走。其余的人这时才反应过来，“快走快走”，就这样一场风波过去了。

经过一年半多的狱中生活，他们看从爸爸的嘴中掏不出任何东西来，终于把他释放了。又过了1年，爸爸终于被平反了，还重返工作岗位，且升了职，这时家里是做客满堂，络绎不绝。越在这时我就越不禁想起了爸爸入狱时的情景，当时，反革命的家属有谁能理你和瞧得起你呢？我伤心的哭了，并大声的喊：“难道人与人之间就是这样的势力吗?”

通过那一段经历，证明了爸爸不屈不挠的伟大精神，更证明了妈妈对爸爸的信任是正确的。如果没有妈妈的坚强支撑，抵抗外界的各种压力，估计我们全家也到不了今天。

是妈妈的不离不弃，与爸爸共同经历了风风雨雨、困苦难关，才有了爸爸的今天。妈妈一生艰苦朴素，勤俭持家，一个人拉扯了我们兄妹三人度过了那段艰难的日子。只可惜爸爸妈妈在50年金婚那一年，妈妈被医疗事故夺去了年仅70岁的生命。已故后被人称为：“助夫君事业有成，亲朋好友称赞，教子勤奋，让邻友心服口服。”

在我们心中，爸爸永远是一个崇高伟大的父亲，妈妈永远是一个无私无畏，坚强不屈的伟大母亲。

长女：刘燕灵

附录5　浮云游子意　落日父母情

父亲退休后，要写回忆录，作为女儿和女婿的我们，非常高兴和支持。父亲回忆录的前一部分，是自己一生学术成就的归纳，思想观点的总结。《刘维新解析城市经济学》一书已公开出版发行。他在广阔的经济学领域里劳作耕耘，取得了丰硕的成果，成为著名的经济学家。后一部分是自己一生奋斗经历的追忆，家庭亲情的回顾。我们儿女们作为他老人家不平凡人生轨迹的组成部分，能有幸参与，分享和见证父亲通过自己长期坚持不懈，孜孜以求的努力工作，所取得的社会名誉和地位，感到骄傲和自豪。

虽然母亲已经离世，父亲生活在国内，而我们常年旅居海外，天各一方，但“枯藤老树昏鸦，小桥流水人家，古道西风瘦马，夕阳西下，断肠人在天涯！”也许是今天已到知天命年龄的我们，思念亲情之时，心态的真实写照。

近乎四分之一个世纪以前，在我们刚刚踏入社会不久，当我们离开父母，告别亲人，远赴异国他乡时，并没有背井离乡的感触，因为当时认为我们不是去流亡，而是为了换一种更好的生活方式。所以，那时我们并没有太多的不舍，而且，周围的环境和时代的气氛并没有什么值得我们可留恋的，更多的是庆幸我们有机会可以远走高飞，年轻的心中并不明白什么是不舍，只知道可以走了，可以追求我们向往的世界了。套用今天时髦的说辞：生活不止眼前的苟且，还有诗和远方的田野，虽然赤手空拳来到人世间，但为找到那片海而去不顾一切。因此，我们就那样义无反顾地去追逐自己的梦想。

时光荏苒，岁月如梭，转眼间，不知不觉我们已经人到中年了。

也许选择总是令人遗憾的，也许失去的或得不到的东西才是最好的，也许是我们浮躁的心逐渐冷却了。一直漂泊在外的我们虽然仍以全部的激情对待每一天，但这么多年，却总是对亲情有一种愁绪，徘徊在我们心中，使我们魂牵梦萦。每当我们不经意回忆时，终于明白了亲情的含义，知晓了心中那淡淡的愁绪，我们是在故国那片土地上生长的，是她所有的一部分，哪怕我们的身影飘荡在思想最远的地方，而我们的心却依旧是留在那里。因为那里有我们的父母，兄弟姐妹，亲朋好友和记忆，这也许就是藕断丝连的根，永远不分的亲情吧！斗转星移，物是人非，曾经那个有着诸多幻想的青年我们，已经被眼前这个饱经沧桑的中年我们代替了。特别当再次看到2003年，父母从国内来温哥华探亲时的照片，更触及了对亲情的思念和渴望。

出国已经25年了，不管从1991年去东京留学，到2000年移民温哥华，在日本的3000多个日日夜夜，还是来温哥华后的近16年，似乎除养育了两个孩子外，并没有其他太多难忘的纪念和回忆。其间只有2003年春天，父母来温哥华探亲那段时间，给我们留下了许多开心和

值得回忆的幸福瞬间。

在我们来到温哥华第三个年头时，父母从北京长途跋涉，经过十几个小时的飞行，专程来温哥华探望我们，在接下来近 3 个月的探亲时间里，我们祖孙三代，尽情享受了人世间的天伦之乐。两个出生在海外的外孙，第一次体验了生活里有姥爷和姥姥在身边的幸福，那时我们几乎开车跑遍温哥华周边地图上所有的公园和景点。去过北美最大的城市公园，亦是世界最闻名的公园之一的史丹利公园，在那里，享受长达 32 公里的森林小径与自然美景，观赏沙滩上海鸥渴望的向游人乞食，惊喜不时穿梭林间捡拾松果灵巧可爱的松鼠，以及偶尔出现在眼前的野兔，和代表着原住民生命的起源与文化的传承的图腾柱群。陪两个小外孙参观加拿大最大的，同时名列北美前 5 名的水族馆之一——温哥华水族馆，水族馆里灵敏的海马、贪玩的海獭与皮肤柔滑的杀人鲸，以及每天都有非常精彩的杀人鲸表演、海狮喂食、潜水鲨鱼等节目，都让我们流连忘返。

而在有五块白帆标志 1986 年万国博览会期间建设的加拿大广场前拍照，漫步市中心煤气镇、唐人街、格兰威尔岛、伊丽莎白女王公园、加美边境和平门，游玩北温哥华著名观光胜地卡皮拉诺吊桥公园，拜访不列颠哥伦比亚大学，开车去更远的维多利亚岛上的布查花园、议会大厦和威斯拿滑雪胜地，更使得我们乐不思蜀。有父母同行，激发了我们生活的兴趣，增添了我们奋斗的动力，丰富了我们旅游的快乐。

也许是心理作用，母亲来到温哥华后，连常年离不开的高血压药都不用服用了。亲情带来快乐可以创造奇迹。父亲喜欢游泳，常去附近社区中心游泳池教两个小外孙游泳。也正是亲情的吸引，我们游遍了温哥华附近的山山水水，留下了至今值得回忆的温馨而幸福时刻。

但作为学者和研究员的父亲，即使难得的度假，也时刻不忘自己的事业和社会责任，虽然当时中国的房地产经济才刚刚起步，父亲却非常专业，敏感有远见的意识到以后中国房地产市场的发展将要面临的困境和问题，所以在温哥华期间，父亲详细调研了加拿大房地产市场的发展历史和模式、税收制度的构成和特色。前瞻性地发表了有关如何建立中国物业税，规范、健康发展房地产经济的论文——《开征物业税提出的背景及对房地产开发与消费的影响》。父亲提出的“依据我国国情，物业税的调节主体应放在房地产炒作、高档住房与富裕阶层及二套住房以上的群体”。观点和建议，直到十几年后的今天才逐步变为政策，被落实和实施。看到今年十二届全国人大常委会立法规划近日公布，房地产税法正式列入其中，专家预计，房地产税法最快有望在2017年获得通过。很为父亲无处不学问的精神点赞。

至此的感悟和启发，其一有亲情的经历是幸福和能被记忆的，其二父亲一生的奋斗是有价值和社会意义的。

张信哲的《苍苍》，有几句里面的歌词很能表达漂泊多年，人到中年的我们的心境：

走得如何匆忙　你总静静的眺望
往我的方向　等我的归航
牵挂伴随你　白发苍苍
皱纹在　脸上织成网
再多年少的轻狂　有你肩膀可以放
陪伴给了我　力量
岁月的淡淡清香　温暖以爱酝酿
几句叮咛　放进行囊
我愿背上　幸福重量
越过了几片海洋　你是终点的港
无风无浪　平静安详

值此父亲撰写自己生活回忆录之际，写下以上只言片语以示对父亲光辉一生的点缀和参与，希望父亲的晚年生活更丰富多彩，健康幸福，开心快乐。福如东海，寿比南山。

二女儿：刘燕荣
二女婿：张天征

附录 6　记忆中的大姐、姐夫以及对我的影响

一　我出生后，对大姐、姐夫的记忆

1955 年，我出生在河北省武强县农村一个劳动家庭，父母靠种地为生。我出生后乳名“参伙”。我有三个姐姐，大姐和我是同父异母，大我 19 岁，我记事起大姐和姐夫就在北京工作，而我大外甥比我仅仅小一岁。

1964 年的冬天，大姐带着她的两个孩子回老家看望父母。那时交通非常不方便，要从北京坐火车到泊头，再坐马车回家。那次刚好遇到下大雪，雪不停的下，下得很大，路、地分不清楚，坑洼不平，无法乘坐马车，只能从泊头西部的富庄驿步行 20 华里路才能到家，当时大姐一人带着两个孩子步履艰难，一路上不停的摔跤，晚上十一点多钟才到家。到家之后，大姐累哭了，好半天才说出了一句话：“下辈子再也不回家了”。

1975 年我 17 岁高中毕业，姐夫帮我在沧州市刚成立的一家气体炼铁厂找到一份工作（合同工），每月工资 41.5 元，在当时的工资就算很高了。

1976 年厂子决定派几个技术员到北京化冶所去学习，让我和几个技术员一起去。当时我特别高兴，想着马上就能见到大姐和姐夫了，晚上都激动得睡不着。

我在北京化冶所学习期间，每周末就会去大姐家，她总做我最爱吃的饭菜，对我的关心犹如父母般无微不至。当时正遇到北京地震，大姐和姐夫商量在楼下空闲地方盖一个防震棚，我和外甥每到周末，就到处去捡砖头，在北京西四（有一家拆了房）去捡砖头时，我们先一堆一堆的放好，然后再开车去拉，就这样拉了两趟盖防震棚的砖就够了。防震棚结构很简单，下面一米是垒的砖，上面是窗户门。我外甥会做木工，门窗都是自己做的。盖好防震棚之后，外甥很好奇，天天在防震棚里住。每当预报有地震时，全家就都到防震棚里住。

我在大姐家住时，晚上来了两个人找姐夫，谈论“旧车床”。那时姐夫是中国科学院物资局局长，全国科学院校各所淘汰下来的旧车床、旧设备，经过物资局领导协商都处理掉。这两个人原来买过旧车床，他们买了旧车床再倒手卖给别的厂家，从中牟利。有一个人凑到近前问我，你和刘维新什么关系，我说是我姐夫。他又说“你需要用什么东西吗？用不用自行车、手表这些？”当时年龄小，没多想，就说我很喜欢“飞鸽牌”自行车（当时买天津“飞鸽牌”、“红旗牌”和上海“永久牌”的自行车，以及天津产的“东风”手表，都需要购物票，没购物票是买不到的）。第二天晚上，听到有人敲门，一看正是昨天晚上来过的那两个人。有一个人推着一辆锃明瓦亮的新“飞鸽牌”自行车，我当时特别“惊喜”，可我姐夫一看推来了自行车，就问这是干什么？又问我，你问人家要自行车了，我说没有啊！昨天晚上他问我喜欢自行车、手表吗？我说很喜欢“飞鸽牌”自行车。姐夫又问：“多少钱，有发票吗？”那两个人说不要钱，没有发票。姐夫义正词严地说：“推走，不要。”那两个人好言好语地说，“把自行车放下吧”。最后姐夫和那两个人急了，说：“你再不推走，我就报警了。”那两个人在毫无办法的情况下，乖乖的把自行车推走了。那两个人走了之后，姐夫很耐心的和我说，“这不是好人，是些骗子，是想让我犯错误”！第二天姐夫让我去玉泉路一家旅店，看一看他们是什么人？我到了之后看到有四个人在打牌，还有两个吸烟的女人。又过了一段时间，我又去了北京，姐夫和我说“那两个人被抓了，诈骗犯”，还上报纸了。

二 我与大姐、姐夫的来往

自从我结婚之后，父母把家里的一切事情都放任不管了，我们两个年轻人主动挑起了家庭的重担。妻子为人处事不计较又通情达理，和周围邻居相处得都很好。我们每年都种些绿豆、花生、芝麻等农作物，妻子都分别晾晒好，挑拣干净，放一兜一兜的，等大姐回老家时，让他们带回北京，虽说东西不值钱，可是那份亲情，姐姐、姐夫是晓得的。

1984～1985 年虽然父母去世了，但和大姐、姐夫的关系并没有生疏，倒更加融洽了。这些年，妻子朴实的心一直系着这份亲情。有一次秋后我去北京看望姐姐和姐夫，妻子准备的东西两大提包都装不下，塞了又塞、挤了又挤，什么花生、大枣、香油、麻酱、芝麻、玉米面、各种豆类等，两大提包东西足有 40 多公斤。我大姐总说："别带这么多东西，北京什么都有卖的，你们带这么多东西我们吃不了。"我说你们吃不了送人，再说买的没有咱自己种的好吃，自己种的是纯绿色食品，你们吃着放心。这样一天一天过去，大姐、姐夫和我们之间感情越来越深，看这弟弟和弟媳妇比亲兄弟还要亲。

我姐夫有一个姐姐、一个弟弟，都在天津工作，姐夫他父母的墓地也在老家刘家坟里，他们兄弟二人轮流回老家扫墓。自我父母去世后，大姐、姐夫每隔一年的清明节总会回老家来扫墓，每次我都愿意让大姐提前回来多住些日子，我记得有一年大姐提前回家住了半个多月，等临近清明节，姐夫和外甥、外甥媳妇开车来才一起回北京。

渐渐地大姐回老家的次数多了，每次回来，我和妻子都会陪大姐去邻居家玩她喜欢的纸牌、麻将牌。后来，我们特意买了新麻将牌和新纸牌，好让大姐回家后找几个人在自己家里玩儿。而每到吃饭时，大姐总是笑着说"坐在自己家的炕头上真好"。大姐还经常和我说，我小时候"灾荒年"，我还和咱奶奶要过饭呢，咱家那个藤篮子就是我和奶奶要饭的那个篮子。大姐对老家的往事都记得很清楚，经常像讲故事一样和我细细地说，说说东邻、讲讲西邻，说说过去、讲讲现在、聊聊未来……每次说得都很开心、很高兴。

大姐每次回老家都要去临村"武安庄"看她三婆婆姨（聂福禄的

母亲)，去小漳看她的亲姨（我姨)。开始我骑自行车带着大姐去，妻子在自行车后座绑上一个软的小垫子，这样坐着比较舒服一些；后来骑摩托车带着大姐一起去；再后来我买了汽车，可是我再也没有机会陪大姐一起去看她婆婆姨和我姨了。

再后来，我去北京的次数也多了，还记得陪大姐他们一起去外甥刘胜利在通州区的小院时的场景。大姐在院里种了大冬瓜、北瓜、豆角等蔬菜，还栽上了两棵樱桃树，后来长了好多樱桃。我们买些吃的带去，烧壶热水，中午吃完饭休息会儿，下午才走。大姐和姐夫很愿意去那里玩、每次都很开心，我还在那小院里和姐夫下过象棋呢！这些往事，一桩桩、一幕幕，在脑海里像播放电影一样，一次次回放着，记忆中的这些欢乐场景我永远铭记心中，难以忘怀。

2003 年 4 月我在北京，当时非典蔓延，我想回老家，但不通任何车辆，我就在大姐家住了将近一个月。后来，北京通往献县的长途客车终于开通了，我到附近医院做了检查，开了没有感染非典病毒的证明，买了 2003 年 6 月 3 日的车票，县里就听说了，非典病灾区“北京”回来人了，要严格检查隔离，我没到家，窝棚提前搭好了。我一进村好多人都远远地看着我，有戴口罩的，还有戴防毒面具的，而妻子却靠近我，要把行李拿回家，村干部老远就制止不让靠近，说是注意别感染非典，让我把行李、东西放在街上，先消了毒再拿回家，而我在窝棚里吃住半个月，之后才回的家。

这次非典事件之后，大姐对我更是疼爱。每年冬天我也都会去北京看望大姐和姐夫，每次去，他们都特别开心。晚上和大姐、外甥们打麻将，有说有笑，真开心、真高兴。每当我要走时，大姐都满眼舍不得，不愿意让我走，让我多住些日子。有时刚好家里打电话来，有事让回去，大姐总说：“把家里的事情处理完再来北京，多住几天。”我笑着说“大姐，明年秋后我再来了一直住到年行吗?”大姐笑了。

每次从北京回家，大姐都会给几百块钱路费还给买好多东西，并嘱咐了又嘱咐。大姐对弟弟的关心和疼爱，我永远也忘不了，这是我心里话。

2006 年大姐和姐夫七十大寿，在北京同和居饭店三楼举办庆典。大姐的儿子、儿媳妇、女儿、女婿、孙子、外孙子，从天津来的姐夫他弟弟、弟妹、侄子、侄媳妇、两个外甥、两个外甥媳妇、一个外甥女和外甥女婿，我和三女儿也一同参加了这次庆典。

时隔一年，2007 年 2 月 11 日下午 4 点多，一个噩耗传来，姐夫给我打电话，声音很低沉很难过的说，你大姐现在病危。我蒙了，但脑子里想的是“我要马上见到大姐”，不由分说地，我马上骑上摩托车去了十几华里外的县城坐车去北京看大姐，但我去车站买票时，售票员说：“春节现在这个时间哪还有车？你明天早晨吧！”但我不甘心，就去大公路边上等，看看有没有去北京的长途客车，正巧有一辆衡水通北京的长途客车路过，我快速地不顾一切地拦车，就这样，晚上 8 点多钟到了北京。我多么希望再能见大姐一面，再和大姐说说话。在路上我给我三女儿佩佩打电话（因为她在北京一直在她大姑身边），问她大姑的情况如何，佩佩泣不成声地说“爸爸，你别着急，别难过……我大姑已经推向太平间了。”当时在车上我整个人都瘫了，放声大哭，泪流满面。车上的售票员问我，你哭什么？我说对不起，我控制不住，我大姐去世了。

到了大姐家之后，佩佩看到我之后抱着我痛哭失声，久久不能平静，因为大姐是突发性心梗过世的，当时三女儿跟她大姑一起生活，她大姑待佩佩就像自己的亲闺女一样，去世的前一天晚上佩佩在医院陪到很晚，大姐还在念叨佩佩的婚姻替她操心，当天早上佩佩还买好了早点带去医院，陪她大姑，但此时已经阴阳两隔了。2007 年 2 月 11 日，我最爱的大姐永远离开我了。大姐的突然离世，纯属医疗事故，打了半年多官司，最终胜诉。

想起之前来大姐家，姐夫见到我总会说："累不累，杀两盘啊（姐夫特喜欢和我下象棋）！"大姐每次都说，参伙刚进门，你让他休息会儿吃点东西，再下棋。而我也特别喜欢和姐夫下棋，因为棋逢对手。姐夫和我无话不谈，有一次下完棋姐夫和我说，我和你大姐结婚五十年，一直没领取结婚证，现在儿孙满堂，不也很好吗！我能感觉到，那是大姐和姐夫专属的一种幸福。

三　姐夫对我的影响

从我记事起，姐姐和姐夫就一直在北京工作，最早姐夫在中国科学院印刷厂工作。听父母说姐夫那时也是个干部，周总理接见过他。姐夫长得英俊潇洒，身体不胖不瘦，个头不高不矮，算的上标准人才。另外脑瓜特别聪明，很有文化，称得上大才子。姐夫他们村和我们家是临村，听村里岁数大的人们说：你姐夫上学时，特别聪明，上各年级时都数第一。

我第一次去北京是在 1974 年冬天。我记得姐夫坐"吉普车"出差在老家路过顺便回家看看，我跟车一同去的北京。那时老家没楼房，没有电话，到北京后一看姐姐、姐夫全家住的是楼房，还有电话！那时国家高干才有电话呢！我总认为姐夫真了不起，肯定是中国科学院的大干部。

姐夫 15 岁他父亲就把他叫到天津，在一家杂货铺学徒，就这样父亲让他"弃学"走上工作岗位，做买卖、做生意，因为他父亲就是某大公司的经理。那时姐夫小，父亲说的话就是圣旨，毫无办法，就一直在这个小杂货店和老板做生意。后来他自己决定要自学，白天在杂货店卖货，晚上去上夜校，就这样他一直没有耽误学习。他很厌烦做买卖、搞生意这些工作。后来他卖货，买一毛钱的东西，他给人家两毛钱的货，很快小杂货店就无法经营了。当时他已拿下初中毕业证，甚至文化水平已达到高中水平。几年之后，他在小报上看到北京中央机要局招人，他就报了名。经过面试、考试，两项都顺利过关，就去了北京。当时我姐也在天津还有不满周岁的外甥和公公婆婆在一间斗室里，两个大床紧挨着，中间吊着一个布帘，祖孙三代在一起生活。

姐夫接到通知后，全家谁都没告诉，马上就去了北京，1959 年从机要局调到中国科学院，过了一段时间姐姐和外甥一同搬到了北京。全家才团聚生活在一起。

1972 年，姐夫从中国科学院印刷厂调到中国科学院物资局工作，1974 年全家都搬到北京三里河，住进了楼房。

姐夫在中国科学院物资局工作期间，姐姐和我说：给你姐夫送礼的人很多，有一次开汽车拉香油来，一箱箱卸在了楼下门口，我回来之后看到，有人说是给你家送来的，当时我问你姐夫，你姐夫说：咱不要啊！让他们快弄走！纯粹是在我脸上抹黑，当时这种事情举不胜举，都被姐夫一一拒绝了，姐夫常和我说不要占小便宜，不能得不义之财，贪便宜会上当，得不义之财会犯错误，会落下骂名，我为官清白，两袖清风。姐姐和我说，你姐夫说的对，他特别正直，不让人说一点不好，我很了解他的脾气秉性。

1975 年春天自从我去沧州工作之后，和姐姐、姐夫接触的多了，沟通也多了。1976 年厂子让我去北京化冶所学习，这样和姐姐、姐夫在一起的时间就更多了，此后感情越来越深。开始有点怕姐夫，后来觉得姐夫一点架子也没有，对人每次说话都很好、很和气。我从没见过姐夫和别人发过脾气。有时大姐责备姐夫，姐夫就轻轻拍一下姐姐的头一笑了之。

此后我总去北京。记得有一次我去北京，姐夫他母亲在姐姐家住着，见到叫大娘呗。晚上我和大娘睡在一个大床上。大娘晚上睡不着，就和我聊聊一些往事，千年黑、万年白，和我真是无话不说。大娘为人很善良、心很好。睡觉时年轻人从不注意，我睡觉有时把被子踹了，冬天不盖被子容易感冒，一宿大娘给我盖几次。姐夫对他母亲特别孝顺，从不让他母亲生气，姐夫说“我们姐弟三人母亲愿意在哪家住，就随母亲的愿。”我姐每天早晨给大娘蒸一个鸡蛋，买一盒鲜奶，姐姐和婆婆的关系就像闺女和亲娘一样好，两个人在一起时，姐姐“娘、娘”地叫着，有说有笑。亲眼见到姐姐、姐夫对大娘那么孝顺，我心里特别佩服。对父母必须这样，当时我还没有结婚，所以说姐夫、姐姐对大娘的一切行动，对我影响很大，我懂了做儿女应该怎样对待自己的父母才叫孝顺。

姐夫常和我说当领导很累，不管事不行，管事就很容易得罪人；管的事多，得罪的人也多，越是正直人得罪的人越多。姐夫把从政这个理念分析的很对，千真万确。姐夫是“文革”中提拔起来的有能力的年轻干部。1978 年那个年代“文革”上来的干部一律靠边站，一刀切。姐夫确实是“文革”中提拔的出类拔萃的好青年干部，文才书底好，懂业务，人品又好，通情达理，办事处事坚持公平正义。没办法，停止工作在家等候。在家等了几个月天天没事干非常憋闷得慌。有一次姐夫出去遛弯，在中国社会科学院门口贴出招生广告，“社会科学院招聘一至两名科学技术人员”。姐夫知道这个消息之后，准备报名试一试，姐夫不是什么名牌大学毕业，也不是本科生，他初中还没毕业，他曾经自学考得一个电大毕业证书，当时他电大毕业考试成绩每科都在 80 分以上。姐夫抱着试试看的想法，在社会科学院招生办报了名，知识考试、面试，几百人报名，最后姐夫被中国社会科学院录取，姐夫常说：我是半路出家，弃政从研。1982 年他从中国科学院物资局转入中国社会科学院从事学术研究工作，真是前无古人，后无来者，是一个重大的跨越。

到中国社会科学院之后，社会科学院主要领导很器重他，由从政到学术研究，要有一个过程。在社会科学院主要领导的指导下，靠自己勤奋学习，很快就找到了学术研究这个领域的门路。不到几年时间接了很多课题研究，经过不懈努力，他成为一名成绩优秀、知识丰富渊博的经

济学家。回顾翻阅姐夫的学术研究成果，不难看出他始终站在改革开放的最前沿，为社会进步、经济发展默默耕耘，呕心沥血。从在中国社会科学院搞科学研究到现在，共计发表学术论文300余篇，出版专著十几部，完成研究报告数十部，媒体报刊专访和学术演讲数百次。他的学术观点已被朱镕基总理、温家宝总理所认可，批示论文特等奖，他的科学成果已荣获国家级大奖，已经载入史册。

姐姐常说：你姐夫就是“精神”有“问题”，有时某报社要稿子，半夜里来电话马上就写，你和他说话都听不进去，一气呵成。姐夫在学术上的研究成果，他的性格占了很大比例，他说干的事，不拖不等，决不食言，一定要提前完成，性子特别急。

在2008年姐夫回老家上坟，武强县土地局何局长邀请姐夫给土地局全体职工讲一次课，关于土地开发利用、保护耕地等热点问题。姐夫给讲了两个小时，全场掌声不断，激动不已。都说能听“中国社会科学院研究员”给土地局讲堂课，真是幸运。讲课时我在座位上和职工们一起听课，当时何局长问：“刘教授，讲课费多少?”我姐夫笑了，姐夫说，我愿为家乡多奉献。姐夫这次讲课，又给武强县历史增添了光辉的一页。另有《千年古城——武强》，这本书中有我姐夫刘维新的名字。

2013年春节前，我去北京看望姐夫时，姐夫对我说：“我有一要求，请你帮忙把我父母、爷爷奶奶的坟墓修一修，中等就行，在2013年清明节之前修好就行。”我按照姐夫的“旨意”，在本村找了几个人，在2013年3月12号就全部修好了。

姐夫的为人处事，所作所为一直影响着我。

内弟：李广辉

后　记

最近四五年，随着父亲年事已高，糖尿病控制得不好，需要长期注射新药，以改善自身胰岛分泌功能，当注射药用完后，必须本人去日本医院方可开新药。所以，父亲多次来日本看病，并探望我们。

趁此机会，我们也会带着父亲到处游玩，父亲非常开心。2018 年 5 月 18 日，父亲第六次来到日本。在他来日本后，和父亲共同生活了很久的乜阿姨在国内突然给胜利哥哥打电话，告诉他她不能继续陪伴父亲了，她已经让自己的儿子把自己所有的衣物从父亲家拿走了。赡养父母、孝敬老人是我们做儿女的天职和义务。我们从来没想也未曾想过把“责任”由她负担。她选择离开我们也无法阻止，只能说，缘分已尽，将来各自安好。

祝福父亲健康，快乐，幸福！继续安祥享受“最美不过夕阳红”的幸福晚年！

刘维新的儿女们

2018.08

图书在版编目（CIP）数据

漫漫坎坷人生路 / 刘维新著. -- 北京 ：社会科学文献出版社，2018.10

ISBN 978 - 7 - 5201 - 3606 - 8

Ⅰ.①漫…　Ⅱ.①刘…　Ⅲ.①回忆录 - 中国 - 当代
Ⅳ.①I251

中国版本图书馆 CIP 数据核字（2018）第 227347 号

漫漫坎坷人生路

著　　者 / 刘维新

出 版 人 / 谢寿光
项目统筹 / 陈凤玲
责任编辑 / 陈凤玲　黄　丹

出　　版 / 社会科学文献出版社 · 经济与管理分社（010）59367226
地址：北京市北三环中路甲 29 号院华龙大厦　邮编：100029
网址：www.ssap.com.cn
发　　行 / 市场营销中心（010）59367081　59367018
印　　装 / 三河市东方印刷有限公司

规　　格 / 开　本：787mm × 1092mm　1/16
印　张：20.75　插　页：0.75　字　数：300 千字
版　　次 / 2018 年 10 月第 1 版　2018 年 10 月第 1 次印刷
书　　号 / ISBN 978 - 7 - 5201 - 3606 - 8
定　　价 / 99.00 元